Brighter Than the Sun

by Maya Banks

あなたの笑顔が眩しくて

マヤ・バンクス

市ノ瀬美麗=訳

マグノリアロマンス

BRIGHTER THAN THE SUN
by Maya Banks

あなたの笑顔が眩しくて

ケリー・グループ・インターナショナル（KGI）　極秘任務を遂行する、家族経営のスーパーエリート集団。

能力　高い知性。鍛え抜かれた肉体。軍隊での活動経験あり。

任務　人質・誘拐事件の被害者の救出。機密情報収集。アメリカ政府が対処不可能な事件の解決など。

主な登場人

ステラ・ハンティントン（ゾーイ・キルデア）――元恋人に命を狙われている。
ジョー・ケリー――ケリー家五男。KGIのメンバー。
ネイサン・ケリー――ジョーの双子の弟。KGIのメンバー。
ドノヴァン・ケリー――ケリー家三男。KGIのメンバー。
スカイラー・ワトキンズ――陽気でお喋り。KGIのメンバー。
サム・ケリー――ケリー家長男。KGIの創始者。
ラスティ・ケリー――ケリー家の養女。ゾーイの親友。
ゼイン・エジャートン――KGIのメンバー。
スワニー――KGIのメンバー。
リオ――KGIのチームリーダー。
アリー・ジェイコブス――KGIの新メンバー。堅物。
セバスチャン――ゾーイの元恋人。
ガース・ハンティントン――ゾーイの父親。

1

ゾーイ。あなたの名前は、いまはゾーイ・キルデアよ。

ゾーイはうろうろと歩きまわりながら、心のなかで自分に言い聞かせた。立ち止まって腕時計を確認すると、ますます動揺が高まった。ラスティはどこ？　もうここに着いていていいはずなのに。いくつものおそろしい可能性が頭のなかをかけめぐる。ラスティが見つかってしまっていたら？　自分のせいで危険におちいっていたら？

そのときドアが勢いよく開き、ゾーイはかろうじて驚きと恐怖の叫び声をこらえた。大学時代の友人のラスティ・ケリーが、ファイルや書類の束をかかえていそぎ足で入ってくるのを見て、ほっとして力が抜ける。

ラスティは持ってきたものをコーヒーテーブルにどさりと落とし、ゾーイを思いきり抱きしめた。しばらくふたりで抱き合ってから、ラスティがとうとう体を引き、ゾーイの状態をたしかめるように全身に視線をはわせた。

「大丈夫？」ラスティは心配そうに聞いた。

ゾーイは唾をのみ、うなずいた。涙でまぶたがちくちくしている。

ラスティはもう一度思いきり強くゾーイにハグをし、ゾーイも同じくらいしっかりと友人にしがみついた。それからラスティはゾーイを近くのソファに連れていって座らせ、自分は斜め向かいに腰をおろし、ゾーイの両手をきつく握りしめた。

りしなかった？」ラスティは緊迫した口調で聞いた。

「だれかにつけられなかった？　不審なものを見かけたり、だれかに見られてるって感じたりしなかった？」ラスティは緊迫した口調で聞いた。

ゾーイは首を横に振った。「いいえ、大丈夫だと思う。気をつけてたから。すべてあなたに言われたとおりにしたわ。西のカリフォルニアに向かってると思わせるようにしてきた」

ラスティは満足げにうなずいた。「いいわ。でも、時間は無駄にできないし、安心だと勘ちがいするわけにもいかない。あんたはここの大学に通ってたし、この街をよく知ってる。論理的に考えて、あんたがここに来るって思うのが筋だわ」

「ここにはいられない」ゾーイは喉をつまらせて言った。「いくつか聞きたいことがあるの、ステ――いいえ、ゾーイ。もう。うっかり口をすべらせないようにしなきゃ。つねに気をつけて用心するのよ。本名に反応しちゃだめ。たじろいだり、はっとしたりするのもだめよ。ほかの人の名前を呼んでるんだと思って、そういうふうにふるまうの。あとは、偽名に慣れて。それが生まれついたときの名前であるかのように」

ゾーイはうなずき、ラスティの手をさらにきつく握りしめた。心臓が胸から飛び出しそうだった。六日前にセバスチャン――それが本名かどうか知らないけれど――の会話を立ち聞きしてから、彼女のなかで恐怖が絶えず命を持って息づいていた。あの日、人生全体がひっくり返ってしまった。打ちのめされ、自分がいかにだまされやすい世間知らずであるか気がついた。昔からそうだったのだ。

「ゾーイはとてもなじみのある名前なの」ゾーイは照れくさそうに視線を落として告白した。「子どものころ、わたしはひとりぼっちで……すごく寂しくて、空想上の友だちを作ったの。ゾーイよ。ゾーイ・キルデア。ほかに友だちはいなかった。自分の家でもよそ者だった。父はわたしの存在を気にもとめてなかった」

ふたたび涙があふれ、言葉を切る。まったくもう。父や、セバスチャンのようなろくでなしのせいで、もう泣いたりしない。生まれてこのかた、自分がだれかにとって大切な存在だったことはない。だったら、なぜ恋人になった男にとって自分は大切な存在なのだと一瞬でも信じたりしたのだろう？ あの男は笑いながら、彼女のような負け犬と寝なきゃいけないなんてひどい仕事だと言っていた。それを立ち聞きしたときのことを思い出すだけで、屈辱のあまり身がすくんだ。

「ああ、ハニー」そう言ったラスティの目も涙で明るくきらめいていた。

ゾーイは首を横に振り、唇を結んだ。「あいつらにはわたしたちが涙を流すだけの価値はないわ。ほら、聞きたいことってなに？」

ラスティはため息をついたが、当面の問題に戻った。「あたしのことを、セバスチャンやお父さんやだれかに話したことがある？ あたしの名前でも、なんでも。よく考えて、ゾーイ。大切なことなの」

ゾーイは眉をよせて思い返してみた。「いいえ。ラスティのことはだれにも話していない」どんな形であれラスティを危険にさらしたくはないと思っていた――ラスティははじめての友人、たったひとりのほんとうの友人なのだ。ゾーイの人生において、唯一の実在する忠実な人間。ラスティの質問に対して、ゾーイはかぶりを振った。

「百パーセント確実？」ラスティはさらに問いつめた。

「父とは話をするような仲じゃなかった」ゾーイは苦々しく言った。「それに、セバスチャンとつきあってたときは、ふたりの〝関係〟以外のわたしの生活のことは話さなかった。すごく不安だったの。わたしのことが……わたしの素性が……ばれて、彼に嫌われるんじゃないかって。最初からわたしのことを知ってたなんて思いもしなかった」

ラスティはほっとした顔になってから、ほほ笑みをうかべ、勝ち誇ったように目を輝かせた。「心配しないで。完璧な計画があるの」

ゾーイは困惑してラスティを見つめたが、ラスティは持ってきたファイルをかき集めた。そして、呆然としているゾーイの前にいろいろなものを置いていった。

「まず、これが運転免許証。ちなみに、あんたはシカゴ出身になってるから。こっちが出生証明書と、パスポートと、社会保障カード。ああ、それとクレジットカードも。もうちゃんとした信用情報がついてるわ。購入履歴から考えると、あんたは本とワインが好き。それと服ね。服と靴に目がないってことにしてある。それから、フェイスブックとツイッターのアカウントも七年前に作成したことになってるから——あんたの人生を作りあげて、くだらない投稿をアップして、偽の友だちをでっちあげるのに、どれだけ時間がかかったかわかる？ああ、それと、アマゾンでのたしかな購入記録もあるわ。キンドルとか、電子書籍の購入もたくさんね。あんたは料理本とロマンスとSFの熱烈なファンよ」

ゾーイはすっかりあっけにとられてラスティを見つめた。それから、ラスティが最後に言った言葉に気がついた。「料理本?」ヒステリックに笑いだす。「お湯も沸かせないのよ!」

ラスティは肩をすくめた。「細部が大切なのよ。料理の腕前を証明しなきゃならないようなことにはならないわ。こんな短期間じゃ、これくらいしか思いつかなかったの」

ゾーイは畏敬の念を抱きながら口をぽかんと開けた。「ラスティ、いったいどうやってここまでやったの? これって……違法じゃないの?」

ラスティはそれほど気にしていないようだった。「どう言えばいいかな。あたしはテクノロジーとハッキングに関してすごい才能があるの。今回は自分でも感心したわ」

「なんて言うか、これって……」

ラスティは生意気ににやりと笑った。「最高? 天才?」大げさに爪を吹くまねをしてから、いたずらっぽく目を輝かせる。「ああ、ところで、あんたは学士号を取得してから、デポール大学でMBAも取得したことになってるから。実際の経歴とかぶらないようにね」

「いまはちょっとあなたが怖いかも」ゾーイは言った。だが、卑劣な元恋人が立てている計画を耳にしてからずっと感じていたパニックがいくらかやわらいだ。

ラスティはあきれたように目を上に向けた。「あたしがしたことをあんたはだれにも話せないわけだし、よかったわ。おかげで、イケメンオタクの兄貴のドノヴァンよりあたしのほうがテクノロジーに精通してたって、いばりくさった兄貴たちにばれることもない。言うまでもなく、あたしの悩みの種のあのおまぬけ保安官にもね。何年も、ことあるごとにあたしをコケにしたり、侮辱したりしてきたくせに、どういうわけか、人生で最高にすてきなキスをしてきたのよ。キスの経験はあんまりないけど」

ゾーイは同情して顔をしかめた。ラスティは地元の郡の保安官のショーン・キャメロンとの愛憎関係を、ゾーイだけには打ち明けていた。

「男のことになると、わたしたちふたりとも最悪ね」ゾーイは弱々しく言った。

「いいえ、シスター。最悪なのはあたしたちじゃない。男たちよ」ラスティはきっぱりと言った。

「そうね」ゾーイはつぶやいた。

ラスティは身を乗り出してゾーイの手を握りしめた。目には同情があふれている。「あいつはまぬけよ、ゾーイ。あいつのことで後悔するのは時間の無駄。あんたはなにもまちがったことをしてない。あいつがあんたをもてあそんだ。悪いのはあいつよ。あんたじゃない」

「それでも、やっぱりわたしはバカよ」ゾーイはつぶやいた。

「まあ、大半の人間はそうよ。ショーンがあんなことをしたとき、歯をへし折ってやればよかった。しかも、そのあとで謝ってきて、こんなことは起こっちゃいけなかったって言ったのよ。ありえない。あたしはバカみたいに突っ立ってた。まったく、考えただけでいまだって恥ずかしいわ」

「それで、完璧な計画があるって言ってたわね」ゾーイはそう言って、ラスティにとって明らかにつらく気まずい思い出話からわざと話題を変えた。

ラスティは目を輝かせてほほ笑んだ。「完璧な計画よ。あんたはあたしの家に来て、しばらく滞在するの。わかるでしょう。大学の学生会で知り合って、連絡を取り合ってた友人。マーリーンとフランクはあんたを気に入って、家族みたいに受け入れてくれるわ」

ゾーイは困った顔をした。「それはいい考えじゃないわ、ラスティ。あなたもあなたの家族も危険にさらしたくない。あなたはすでにものすごくリスクをおかしてくれてる」

驚いたことに、ラスティは笑い声をあげた。「あたしたち、友だちになってからずっとお互いに秘密をかかえてたのね――あんたは父親が組織犯罪にかかわってる。あたしは？ まあ、とりあえず、もっといい計画を考えつくか、セバスチャンをとっちめるまで、あんたにとっていちばん安全なのは、あたしの家族といることだって言っておくわ。セバスチャンはあたしの兄貴たちが相手じゃ手も足も出ない。もちろん、彼らの下で働いてる人たちにもね」

ゾーイは問いかけるように眉をあげた。

ラスティは指を一本ずつ立てながら説明しはじめた。「まず、あたしと同じように家族に迎え入れられたあのおまぬけ保安官も家族に対して過保護だけど、あたしの兄貴たちは悪者をやっつけることを仕事にしてる。みんな元軍人よ。どんな形であれ彼らに逆らうやつはバカね。で、あんたがあたしの友だちとして家に来たら？ そうね、自分はケリー一族のメンバーだって考えて。『ケリー家をなめるな』っていうのが彼らのモットーなの。いい、シスター、口先でいばってるだけじゃないのよ」

「いったいどんな仕事をしてるの？　その、元軍人で、悪者をやっつけてる以外に」

「ケリー（K）・グループ（G）・インターナショナル（I）っていう組織を運営していて、身辺警護から人質の救助まで、幅広く引き受けてる。政府から面倒な任務の依頼もあるわ。自分たちの手は汚したくないけど、目的達成のためにKGIを犠牲にするのはかまわないってときに依頼されるの。これまで、逃亡者の捕獲や、救出任務、テロ組織の壊滅なんかをやってきた。そういう任務に就いてるときには、みんな自分の大切な人たちに会えないんだけどね」

ゾーイはしばらくラスティをまじまじと見つめた。「冗談じゃないのね？」

ラスティは首を縦に振った。「ええ。彼らは最高に腕が立つのよ。誇張なんかじゃないんだから。会えばわかるわ！」

「ええと、それはいい考えじゃないかも」ゾーイはぼそぼそと言った。「できるだけひとりでいるほうがいいと思う」

ラスティは肩をすくめた。「あたしの家に来たら、いつかは必ずみんなに会うことになるわ。あんたらしく、気楽にふるまえばいいだけよ。びくびくしておかしなそぶりを見せたら、疑われる。それだけは避けなきゃ」

「それじゃ、みんなには話さないわね……わたしのことを。つまり、ほんとうのことを」

ラスティは真剣な目つきになった。「あんたの信頼はぜったいに裏切らないわ、ゾーイ。あんたは友だちだもの。彼らにとっては、あたしたちは大学で知り合った友人同士で、あんたはあたしを訪ねてきて、ふたりで学位や将来のことを相談してるって思わせておく。あまり多くを知らせないほうがいい。むしろ、事実を知ってるのはあたしたちふたりだけでいい。情報がもれるから失敗するのよ。なにがなんでもあんたの命を守ってみせる。あのろくでなしのセバスチャンには手出しさせない」

ゾーイは深く息を吸いこんだ。「じゃあ、いつ出発する？」

2

「もうすぐよ」ケンタッキー湖にかかる橋を渡りながら、ラスティが陽気に言った。

「きれいなところね」ゾーイは小声で言った。「とても静かで平和そう。大都市の喧噪はない。ここの住民はいい人たち？」

ラスティは鼻にしわをよせた。「大部分はね。というのも、小さな町はみんなそうだけど、詮索好きなおせっかい焼きがいる。ほかの人たちをみじめにさせることが人生の唯一の野望なのよ。だけど、ケリー家はこの地域ではとても尊敬されてる。フランクはドーヴァーで金物店を経営してるし、前に話したように、六人の息子たちはそれぞれ軍で働いてた。あたしはまったく正反対の暮らしをしてたの。貧乏白人。トラブルメーカー。負け犬。言い方はなんでもいい。でも、フランクとマーリーンの家に侵入したとき、人生が変わった。あのときあたしは飢えてた。ろくでなしの継父は、酒やクスリを手に入れることしか頭になかった。すぐにいい気分になれるなら、アルコールもドラッグも選り好みはしなかった。尻軽な妻に押しつけられた継娘の面倒を見るのは優先事項じゃなかったのよ。最初のひと晩だって彼と過ごしたくなかったけど、ほかに行く場所がなかったし、当時は若すぎて、もっと年上のふりをすることもできなかったから、家を出たとしても強制的に児童養護施設に入れられてたはずよ。まあ少なくとも、継父みたいな悪魔のことはよく知ってたし、うまくやりすごせるようになったけど」ラスティは顔をしかめた。「たいていはね」

「まあ、ラスティ。わたしの人生だってすばらしかったわけじゃないけど、虐待されたことはないし、必要なものはそろってた。父がわたしにはなんでも最高のものを用意させたの。そうすれば、わたしのせいでさらに恥をかかずにすんだからでしょうね。母にとってわたしはいらない子だったの。娘を連れていこうなんて考えもせずに、出ていったのよ」

ラスティは顔をしかめた。「あたしたちの境遇って似てるわね。ふたりとも必要とされなかった。それって子どもにはきついわよね。あたしたちがいい例よ」

「そうね」ゾーイは同意した。

「あたしはすごくラッキーだった」ラスティの表情はやわらぎ、目は愛と誇りで輝いていた。「マーリーンとフランクは最高よ。ふたりはなんの疑問も抱かずにあたしを受け入れて、まぬけな継父と対決までして、彼から永久に養育権を取りあげてくれた。その上、あたしが十八になったあとで、養子にしてくれた。ほんとうにあたしを家族の一員だと、娘だと思ってるってことをあたしにわかってもらいたいからって」

「すてきな人たちね」ゾーイはうらやましそうに言った。

「会えばわかるわ」ラスティはほほ笑んだ。「そのうちマーリーンはあんたを家族だって言いだすわよ。兄貴たちは、〝迷子〟を集める癖をどうにかしろって文句を言ってるけどね。マーリーンは何年も迷子たちを家族に受け入れてきたの。マーリーンとフランクを愛さずにいるなんて無理だわ」

「そんなにいい人たちが実在するのかしら」ゾーイは正直に言った。

「まちがいなく実在するわよ。すぐにわかるわ」

ゾーイは長い髪の先を指で緊張ぎみにくるくるまわしながら、サイドミラーに映る自分の姿をちらりと見た。

「この変装ってなんなの、ラスティ？　なんだか……わたしじゃないみたい」

ラスティは声をあげて笑った。「それが狙いだもの」それから、ゾーイが本気で困っているのを感じたのか、彼女の手の上に自分の手を重ね、安心させるように握りしめた。「ブロンドでもすごくすてきよ。赤毛を黒髪に変えるのはリスクがありすぎたの。注意して定期的に染め直しても、根もとが目立っちゃう。あんたの髪は濃い赤毛じゃなかったから、ブロンドのほうが、根もとが伸びてきてもそんなに目立たないわ」

「このエクステは？」ゾーイはいぶかしげに聞いた。

「考えてみて。あんたの髪は肩まであった。見た目を変えたい場合、たいていの人はどうする？　髪を切るわ。変装するために髪を早く伸ばすことはできないからね。髪をたっぷり二十センチ長くしておけば、変装だと思われる可能性が低くなる。それに、あんたがエクステをつけてるなんてだれも気づかないわよ。どこからどう見ても自然だわ。だから、時間をかけてこうしたの。完全になじませなきゃならなかった。もう一度言うけど、あたしたちはつねに完璧にやらなきゃだめなの。失敗は許されない」

ゾーイは口角をあげてかすかに笑った。「『あたしたち』って言われると、あなたがずっとわたしを守ってくれるみたい」

ラスティは獰猛な顔つきになった。「可能なら、そうするつもりよ。あんたをこの窮地から救い出して、あんたを殺そうとしてるろくでなしを追い払う方法を見つけるまで」

「それでも、やっぱり慣れそうにないわ。感じがよくて、自然体で、近所にいそうな親しみやすい女の子っていう印象を持たせたいんでしょうけど」

ラスティはあからさまにため息をつき、横目で怒りと悲しみの入り混じった視線を向けた。

「誤解しないでね、ゾーイ。批判するわけじゃないのよ」とかなり強い口調で言う。「あんたのお父さんがあんたに厳しい基準を押しつけて、あんたの人生全体を支配してたのはよくわかってる。あんたはお嬢さまで、いつも洗練されたファッションを身にまとってた。富と上流階級の典型だった。まったく、アパートを出るときは必ずメイクでそばかすを隠してた。お父さんがそれを欠点だと思ってるから。そのうち、あんたもお父さんと同じように考えるようになった。そばかすのことも、なにもかも。お父さんにレッテルを貼られて、ありのままの自分じゃいけないって信じこむようになった。自分で言ってたでしょう、あんたがつきあってたまぬけは、あんたにそばかすがあるなんて知らなかったって。あんたはありのままの自分でいることを許されてこなかった。ゾーイ、これから言うことをよく聞いてちょうだい。あんたには、ほんとうのあんたには、なにも問題なんてない。きれいだし、服とかメイクとかアクセサリーで着飾る必要はない。だけどいまは、欠点だと思いこんでたものを強迫観念にかられるように隠してきたことが、有利に働いてる。いまのあんたは若々しい顔で、ノーメイクで、鼻にはそばかすがうっすら。すっごくかわいらしい。生まれてからずっと上流階級のファッショニスタだったようにはぜんぜん見えない。カジュアルな色あせたジーンズに、キュートなトップス、ローファーかサンダル。そういう格好をしてれば、だれもあんただって気づかないわ。あんたはずっと自分を偽ってきたのよ。人生の大半、無理やり衣装を着せられて、ほんとうのあんたじゃなかった。いい、この格好なら、いまのあんたの姿なら、完璧な変装になる。偽りはまったくないもの。百パーセント本物で、本来のあんたなんだから」

熱い涙が酸のように目の端を燃えあがらせ、ゾーイはいそいでまばたきをして視界をはっきりさせた。ラスティの熱のこもった言葉が、心のなかのいままでだれにも見せたことのない弱々しい部分に染みこんでいく。

「なんだか自分が愚かで恩知らずみたい」ゾーイは言った。羞恥心が背筋をじわじわとはいあがってくる。「でも、そうじゃないのよ、ラスティ。ほんとうはものすごく不安なの。自分のことだけじゃなくて、あなたのことが。あなたはすべてを危険にさらしてわたしを助けてくれてる。心配でたまらないの。あなたのことがばれたり、あなたの身になにかあったりしたら？　わたしのためにこんなにリスクをおかしてくれたせいであなたが傷ついたり殺されたりしたら、ぜったいに自分を許せない」

そしてゾーイはラスティの腕をつかんだ。おびえてあまりに強くつかんでいたせいか、ラスティは腕から慎重に彼女の手を離し、ゾーイをちらりと見た。そのまなざしには理解と愛と友情が見て取れ、ゾーイの目に涙があふれそうになった。

「あんたは親友だもの」ラスティは心をこめて言った。「ぜったいにあんたを見捨てたりしない。それに、あたしにはすばらしい才能がある。兄貴たちでさえ、あんたのほんとうの過去を暴けないわよ。彼らの仕事を考えると、それはすごいことなんだから。兄貴たちはいつまでもあたしを過小評価するか、すごく過保護かのどっちかで、腹立たしいったらありゃしない。奥さんたちにしてるみたいに気泡緩衝材で包みたがって、あたしをひとりで世界に出してくれないのよ。まったく、大学三年になる前に、寮を出てアパートでひとり暮らしをしたいって言ったときの猛反対ぶりを見せたかったわ。世界が終わると思ったはずよ。それから、前に一度、兄貴をからかって、自分の身はちゃんと自分で守れる、護身のクラスは女子大生には必須だって話したことがあるの。そしたらすぐに、あたしを困らせてるのはどんなろくでなしだって問いつめてきて、そいつをたたきのめしてやるって言ったのよ」

ラスティはあきれて目を上に向け、笑い声をあげた。

「わたしにはわからないわ」ゾーイはうらやましそうに言った。「そんなに愛して気にかけてくれる家族がいるなんて、きっとすごくすてきでしょうね」

とたんにラスティは悔やむような顔になった。「もう、あたしってバカね。あんたにつらい思いをさせるつもりはなかったのよ」

「やめて」ゾーイはきっぱりと言った。「わたしにそんな家族がいないからといって、自分にすばらしい家族がいることを謝らないで。それに、あなたの話が事実なら、ここにいるあいだに、ほんとうの家族がいるのはどんな感じなのか経験できそう」

「覚えておいて」ラスティが言う。その口調は、精一杯、女教師のような印象を与えようとしているみたいだった。「いつものメイクはしない。ブランドものの服もなし。いまの見た目に合わせてふるまうこと。若々しくて、あどけなくて、いかにも隣に住んでいそうなアメリカの女の子よ。ジミーチュウのことを、めちゃくちゃ高い靴じゃなくてレストランのことだと思ってる」

ゾーイは噴き出した。「それならできるわ。たった一度でも、父に支配されてる見せかけのバービー人形じゃなくて、自分自身でいられるのって、楽しそう。父が娘のわたしを思い出すのって、服装や行動について指示したり、どこに行け、どこに行くなって命令したりするときだけだった」

「きっと乗り越えられるわ」ラスティは断言した。「全部の答えは出てない。まだね。だけどいまのところは、リラックスして、楽しんであたしや家族と過ごしてちょうだい。あんたを殺そうとしてるろくでなしのことは忘れて。ここではあいつはあんたを傷つけられないわ、ハニー。それだけは約束できる」

ラスティのジープは湖沿いの曲がりくねったハイウェイに入り、数分後、大きなセキュリティゲートの前で止まった。ゾーイは目を見開いた。ラスティが窓をさげて網膜スキャナーに顔を向けると、ゾーイは口をあんぐりと開けた。

「兄貴たちの仕事のことは話したでしょう」ラスティは肩をすくめた。「彼らは家族の安全をすごく真剣に考えてるの。長いあいだにあまりよくない敵を作ってきたし、この居住地が完成する前、義理の姉のひとりがここからさらわれたこともあった。だからいまでは、だれひとり兄貴たちに知られずに出入りすることはできないの」

世界が崩壊してからはじめて、ゾーイは希望を抱きはじめた。ラスティの言うとおりかもしれない。ここは当分のあいだ身を隠すのにいちばん安全な場所かもしれない。ふたりの乗った車は、滑走路や射撃練習場、ふたつの建物を通りすぎた。そこは〝作戦室〟と診療所だとラスティが説明してくれた。やはりここなら安全にちがいない。父でさえ、ケリー家が所有していると思われる豊富な資金は持っていない。

数秒後、大きな二階建ての家の前で車が止まった。新築だけれど、前の時代に逆戻りしているように見える。典型的な南部の田舎の家。すてきな屋根窓がついていて、家のまわりを囲むポーチにはロッキングチェアとブランコがある。

「フランクとマーリーンの家よ」ラスティが説明する。「兄貴と奥さんたちも、居住地内にそれぞれ家を持ってる。いちばん上の兄のサムが、両親にここに移ってくるようにってずっと説得してたの。時間がかかったけど、いまはこうしてここに住んでる。ふたりは建築士に頼んで、前に住んでたのとまったく同じ家を再現してもらったの。そうでなければ、昔の家をそのままこの場所に運んできたでしょうね。ここに住んでないのはジョーだけよ。ジョーとネイサンは双子で、兄弟のいちばん下なの。まあ、あたしが家族になる前までね」にやりと笑ってつけ加える。「ジョーだけはまだ独身で、任務に出てないときは、彼に結婚相手を見つけようとしてるマーリーンから逃げまわってることが多いわ」

「よく任務に出るの？」ゾーイは好奇心にかられて聞いた。

「状況によるわね」ラスティはそう言いながら車をおりた。ゾーイも外に出て、ふたりでトランクから荷物をおろした。「いまは落ち着いてるけど、いつ状況が変わってもおかしくない。KGIには三つのチームがあって、いまは新人を雇って訓練してる。いつもは交代で任務に就いて、その合間にチームごとに休みをとってるけど、ときどき厄介な状況になると、三つのチームがそろって任務に出ることもあるわ」

ゾーイは目を丸くした。「どんな状況か、知りたくもないわ」

「慣れるわよ」ラスティは平然と言った。「それがここでの生き方なの。家族以外の人間には奇妙に思えるかもしれないけど、あたしたちにとっては日常茶飯事よ。むしろ、なにも起こらなくて、ふつうの生活を送るほうが、おかしな感じがするわ」

「なんだか、おもしろそうな話をたくさん聞けそう」ゾーイはラスティに向かって片方の眉をあげた。

ラスティは声をあげて笑った。「ええ、そうよ。いつかすべて話してあげる。いまは、この家でくつろいで」

ドアが開く音が聞こえ、とたんにラスティがうれしそうなほほ笑みをうかべた。正面玄関のほうを向くと、年配の女性が飛び出してきた。ラスティはスーツケースを地面に落とし、女性の腕の中に飛びこんだ。こんなに興奮しているラスティは見たことがなかった。

「娘が帰ったわ！」マーリーンと思われる女性が猛烈にラスティを抱きしめながら言った。

すぐに年配の男性も現れ、ラスティはマーリーンのときと同じように大きな腕の中に飛びこんだ。

「帰ってきてくれてうれしいよ、お嬢ちゃん」男はだみ声で言った。

切望がわきあがるのを抑えきれず、急にゾーイのまぶたが涙でひりひりした。ラスティがこのふたりを愛しているのと同じくらい、彼らもラスティを愛しているのは明白だった。こういう絶対的な不変の愛とはどんな感じなのだろう？　ふいに自分がひとりぼっちで場ちがいに感じられ、ゾーイは視線を落とした。生まれてからずっと切望していた——けれど与えられなかった——ものをこれ以上見ていられなかった。

「ママ、パパ、しばらく友だちが泊まりにくるって話したでしょう」ラスティがゾーイのほうに戻ってきて、彼女の手を握った。「ゾーイ・キルデアよ」

それからゾーイを年配の夫婦のほうに引っ張っていく。驚いたことに、マーリーンは心から歓迎するようにほほ笑み、フランクはすぐに愛情のこもった表情をうかべた。

「会えてうれしいわ」マーリーンがそう言って、ラスティにしたのと同じくらい猛烈にハグをし、ゾーイを驚かせた。

ゾーイはしばらくそのままの状態でいた。母親のハグはこんな感じにちがいない。ああ、離したくない。彼女の欲求を感じ取ったのか、マーリーンは腕に力をこめ、しばらくただゾーイを抱きしめていた。やがてマーリーンがうしろにさがると、今度はすぐさまフランクの大きな腕に包みこまれ、厚い胸に押しつけられた。

「ラスティの友人なら家族も同然だ」フランクはだみ声で言った。ゾーイはすでにその声をラスティの養父と結びつけていた。「好きなだけ泊まるといい。世話を焼ける相手が増えて、マーリーンは大喜びだろう」

ラスティは「言ったでしょう」という気取った視線を向けてきた。ゾーイはすっかりあっけにとられてその場で立ちつくすしかなかった。彼らの率直な歓迎にどう反応すればいいかわからなかった。

マーリーンがゾーイの手を握り、フランクが荷物を持った。「中に入って。ずっと車に乗ってたんだから、おなかがすいて、喉が渇いてるでしょう」

「大丈夫よ」ゾーイとマーリーンが横を通りすぎるとき、ラスティがささやいた。「マーリーンはだれにでも食事を出すの。でも信じて、彼女の料理ほどおいしいものは味わったことがないはずよ」

ラスティの案内でゾーイは階段をあがり、ふたりは廊下の突き当たりの寝室に入った。

「ここだけは元の家とちがってるのよ」ラスティがやさしくほほ笑んで言った。「もともと寝室は七つだったの。主寝室と、兄貴たちそれぞれが育った部屋。あたしが家族に迎え入れられたとき、ジョーとネイサンだけはまだ実家で暮らしてたけど、陸軍に入ってたから、ほとんど家にいなかった。ふたりとも、短い休暇のあいだしか家にいないんだから、自分たちの家を買ってもあまり意味がないって考えて、実家に泊まってたの。あたしが来たとき、マーリーンは兄貴たちの昔の部屋のひとつをあたしに使わせてくれたけど、同じ家を建てることになると、あたしの寝室を作るって言い張った。家には使ってない寝室が六つもあるのに」

ゾーイが困惑した目を向けると、ラスティは声をあげて笑った。

「わかるわ。でしょう？　さっき言ったように、ジョーだけは結婚してないけど、居住地にはいなくて、いちばん上の兄貴が昔住んでた湖のほとりの家で暮らしてる。ほかの兄貴たちはみんな居住地の自分の家で奥さんや子どもたちと暮らしてるわ。だけどマーリーンは、どうしてもなにもかも同じままにしておくんだって言ってゆずらなかった。みんなに昔の寝室を残す、古いトロフィーとか、賞品とか、記念品とか、そういうのも昔のまま飾っておくってね。考えてみるとちょっとクールだよね。マーリーンは、みんなが〝帰って〟くる場所、祝日に集まって、昔のことや楽しい記憶を思い出す場所をつねに残しておきたいって言ってた。彼女にとって、とても大切なことだったのよ。べつに彼女を責めてるわけじゃない。子どもたちはみんな巣立っちゃったし、マーリーンはこうすることで寂しさをまぎらわしたり、家族を結びつけたり、思い出がなくならないようにしてる。孫たちに父親が育った場所を見てもらって、若いころの父親の写真とか持ち物を見せてあげたいのよ。この家は家族の歴史と密接に結びついてるって言えるんじゃないかな」

「すてきね」ゾーイは切望するような声をごまかそうとしながら言った。

「それで」ラスティは間を置いて言った。「あたしと一緒に寝ることになるわけだけど、部屋が足りないせいじゃないからね」

ふたりは噴き出した。それからラスティは話を続けた。

「そうじゃなくて、夜はあんたのそばにいてあげたいの」ラスティの口調は表情と同じくらい真面目だった。「すごくおびえてるでしょう。それに、今回のことに対処する時間も、まして や把握する時間もなかった。あんたが悪夢を見たり、悲鳴をあげながら目を覚ましたりしたときのために、あたしがそばについてる。マーリーンやフランクを不安にさせたくないし、嘘をついて厄介な状況を切り抜けるのもいやなの。すべてを話してないという点で、ふたりには嘘をついてるんだけどね。そもそもふたりに嘘をつくという考え自体、気に入らない。あたしにこれだけよくしてくれたふたりの信頼をぜったいに裏切ったりしないわ」

ラスティの目は本物の苦しみできらめき、そこには過去の影も混じっていた。とたんにゾーイは自分が友人にさせていることに激しい罪悪感を覚えた。ふたりでラスティの養父母に嘘をついている。そのせいで自分が救いようのないクズに思えた。

「ちょっと、そんな顔しないで」ラスティが言う。「ときには、気が進まないことや、いやなこともしなきゃならない。今回の場合、あたしは平気よ。それに、こういう状況ではふたりはあたしを怒ったりしないわ。悪意があってやってるわけじゃないし、自分がしでかしたことや失敗の責任を逃れるために嘘をついてるわけでもない。友だちの命を救うためよ。ぶっちゃけ、あたしがあんたを見捨てて助けなかったり、見て見ぬふりをしたりしたら、ふたりは完全に失望するわ。そういう人たちなの。家族みんなね。フランクとマーリーンは昔から、自分の子どもたちや、家族に迎え入れた人たち全員に、立ちあがって正しいことをしろ、他人のために尽くせって教えてきた。血がつながってる子も、つながってない子も、みんなちゃんとその価値観を身につけたんじゃないかな。あたしはその概念を理解するのに、ほかの人たちよりも少し時間がかかっちゃったかもしれないけど」ラスティは悲しげに言い足した。

「コンコン」廊下からフランクの声がした。「荷物を持ってきたぞ。どこに置けばいいか教えてくれれば、きちんとそこまで運んでやる」

ラスティがいそいでドアまで行き、さっと開けた。両親を見ただけでラスティの表情がすぐにやさしくなり、愛情とあたたかさを帯びることに、ゾーイはすでに気づいていた。

「ありがとう、パパ。ここに置いておいて」ラスティはドアのすぐ横の壁際を指した。「ベッドに倒れこんで一時間休んでから、荷ほどきするわ。ノックスヴィルからの運転時間が毎回長くなってる気がする」

フランクはラスティの額にキスをした。「だから、家の近くで仕事を見つけるべきなんだ。おまえがここにいないとおかしな気がする。おれも母さんもおまえがいないと寂しい。もっとおまえの顔を見られたらうれしいし、おまえが結婚して子どもができたときにここにいてくれたらなおいい。ここにはほかの孫たちもいる。おれたちはみんなを甘やかしてやれる」

フランクが結婚と子どもの話をしたとたん、ラスティは車のヘッドライトに照らされたシカのような顔になり、それを見たゾーイは笑いをこらえた。

フランクは背中を向けて出ていこうとした。「ふたりで荷ほどきをするといい。さっきも言ったと思うが、来てくれてうれしいよ、ゾーイ。なにか必要なものがあれば、おれかマーリーンに言いなさい。すぐに用意しよう」

視界から消えかけたとき、フランクは唐突に振り返った。

「ああ、忘れてた。母さんから、すぐにディナーができると伝えてくれと言われてたんだ。いそいだほうがいいぞ」

3

ジョーは作戦室の机のひとつにもたれながら、そこここに立っている仲間たちを眺めていた。ふたりの新人、ライカー・シンクレアとアリー・ジェイコブスの姿もある。ライカーはジョーとネイサンのチームに加わっており、ふたりともものすごく満足していた。ライカーとは軍で一緒だった。ジョーもネイサンも、ライカーになら命をあずけられる——ほかのチームメイトのスワニーとエッジとスカイラーの命も。

アリーについては、驚きとしか言えなかった。とても小さな体に、爆発しそうな火の玉を秘めている。新しいチームメンバー候補を紹介されたときのリオの顔だけとっても、金を払ってでも見る価値はあった。だが、一時間もしないうちに、アリーはリオだけでなくテレンス——リオの右腕で、クマのような大男——に尻もちをつかせ、リオの懸念は十億分の一秒で敬意に変わった。さらに、アリーは射撃練習場でも腕前を発揮し、爆破装置もすばやく効率的に解除してみせた。その結果、KGIの全員が、彼女はすぐれた新人だと納得し、ほかの組織より先に彼女をつかまえたことをありがたく思った。

あらゆる点ですごい掘り出し物ではあるが、性格に関しても同じことがいえるかという疑問があった。アリーは堅苦しく、KGIのチームメンバーたちの気楽な仲間意識が不快なようだった。しかしみな、その疑問を好意的に解釈することにしていた。単に新しい環境に緊張して落ち着かないだけかもしれない。

長兄でKGIの創始者であるサムが、明らかに困惑して腕時計を見た。

「だれか、スティールから連絡があったか？　ミーティングに遅れるなんて、あいつらしくない」

ほかの仲間たちもサムと同じくらい驚いているようだった。スティールのチームメンバーたちはもじもじと身じろいだが、黙っていた。けれど、ドルフィンの目は明らかに不安がにじんでいた。

「あいつになにかあったらどうする？」ドルフィンは全員が思っている疑問を口にした。

それを聞いてサムが携帯電話を取り、ボタンを押した。と同時に、作戦室のドアがスライドして開いた。全員がそちらを向くと、スティールが立っていた。目はうつろで、自分がどこにいるのかも、自分がだれなのかもわかっていないかのようだった。

「心配性のおまえたちに、六十二秒前にスティールがセキュリティゲートを通ったって言おうと思ってたんだ」常駐のテクノロジー専門家のドノヴァンがそっけなく言った。

ジョーは目を細めた。スティールはまだその場に立ちつくしている。目は一点をじっと見つめ、ほかの人間がいることに気づいていないみたいだ。

「おい、大丈夫か？」ジョーは聞いた。

P・J・コルトレーンが進み出てスティールの腕に手を置いた。「ねえ、どうしたの、スティール？」

コールが妻のP・Jのうしろに移動し、同じくスティールに手を伸ばした。チームリーダーがその場で顔から前のめりに倒れてしまうのではと心配しているかのように。

「マレンがまた妊娠した」スティールは呆然とした口調で言った。

部屋じゅうにはやしたてる声や祝いの言葉が響きわたる。スティールはＫＧＩの大勢のメンバーから順番に背中を叩かれ、酔っ払いみたいにふらつきながらバランスをとろうとした。

「なんてこった」騒ぎがおさまると、スティールは小声で言った。「妊娠したなんて。また」

全員が笑い声をあげたが、スティールの表情は大真面目で……おびえていた。スティールが手で顔をこすると、ほかの仲間たちは愉快そうに視線を交わした。マレンと一緒になる前、スティールのニックネームはアイスマンだった。感情がなく、社交嫌い。仕事とチームのためだけに生きる。そっけなく、あまり話し好きではない。どちらかというと〝言葉よりも行動のほうが雄弁〟な男。だが、この組織ではそういう性質が評価される。

「なあ、マレンはタフだ」次兄のギャレットが、当惑しているチームリーダーを元気づけようと声をかけた。「つらい状況を全力で乗り越えてきたんだ。二度目の出産くらい朝飯前さ」

「また妊娠したなんて、お、れ、が耐えられそうにない」スティールが口走り、ますます発狂しそうな目になる。

またひとしきり笑い声が起きたが、部屋にいる子持ちの男たちからは同情と理解の視線が向けられた。まったく、ＫＧＩでは定期的に赤ん坊が生まれている。ジョーだけが独身で母親の標的になってイサンに落ち着かない視線を向けた。いつもなら、ジョーは双子の弟のネイサンも同じように気まずそうな視線を返してきた。

「いいか、結婚したって状況はよくならないぞ」ネイサンはささやいた。「結婚すれば、おふくろがおれにおせっかいを焼くのをやめてくれると思ってた。おまえがあきらめて〝運命の相手〟を見つけるまで、永遠におまえにうるさくつきまとってくれるはずだってな。それなのに、いまじゃシェイとおれに、いつ孫の顔を見せてくれるのかって遠まわしに言ってくる。やれやれ。血がつながった子も、家族として受け入れた子もふくめて、もう九人も孫がいるじゃないか。少なくとも五人目ができるころには気がすむと思ってたのに！」

ジョーは不満げに弟を見た。「最高だな。つまり、おふくろは四六時中おれを追いまわして、すてきな若い娘を見つけて結婚しろってうるさく言ってくるのに、結婚してからも――そんなことはすぐには起こらないが――今度は子どもを作れって言われるってことか？」

恐怖がいくらか顔に表れていたらしく、双子の弟は大笑いしはじめ、ついにはぜいぜいと息を切らしていた。「ああ、そういうことだ」

「しかも、ひとりじゃすまないぞ」ジョーは指摘した。「前に、サムとソフィにふたり目を作れって言ってた。すでにサラにもうひとり作るようにほのめかしてる。ケルシーはやっと一歳になったばかりだぞ！　気の毒なサムとソフィは、グラントがもう一歳二カ月になったし、三人目の子どものことを言われてるかもな」

「いや、おれはサムが気の毒だとは思わないぞ」ネイサンは顔をしかめて言った。「かわいそうなのはソフィだ。サムはあと数年ソフィに赤ん坊を産んでもらいたくてしかたがないはずだ。あいつとおふくろはタッグを組んで、気の毒なソフィを攻撃してるにちがいない」

「マレンの妊娠を聞いたら、おふくろは満足して、少なくとも数カ月はそっちに気をとられてくれるんじゃないか」ジョーは皮肉をこめて答えた。

ネイサンはあざ笑った。「まさか！」

ふたりが部屋の状況に注意を戻すと、スティールのチームメンバーのレンショーがあわててチームリーダーの前まで椅子を引いてきて、スティールはそこにどさりと座りこんだ。

「最初の妊娠中、マレンはとんでもない目にあった」スティールはしゃがれ声で言った。「拉致され、脅され、操られ、支配され、捕らわれてるあいだ毎日子どもの命を心配してた。あのくそ野郎にレイプされないかと、つねにおびえてた。おれたちの赤ん坊に危害を加えられないかと心配で、まともに食べたり飲んだりしなかった。それから、ヘリコプターから落ちそうになったし、そのあとけっきょくヘリコプターは墜落して、マレンは命からがら生き延びた。しかも、そういうことのあとで、おれに四六時中そばをうろつかれてた。一分でも目を離したらまた彼女を失うんじゃないかと死ぬほど不安だったんだ。それに、出産。くそ、出産は永遠に終わらないかと思った！　マレンはものすごく苦しんでた。それなのに、また同じ思いをする？　彼女や子どもになにかあったら？　おれは耐えられない。彼女はおれの命だ」

部屋にいる全員が言葉を失い、チームリーダーをぽかんと見つめていた。以前はほとんど人間というよりロボットと思われていた男が、この数分のあいだに、ＫＧＩのチームリーダーになってからしゃべった以上の言葉を口にしていた。

「おれがすてきな結婚制度を避けてる理由がわかるか？」ジョーは声をひそめて間延びした口調で言った。「あいつを見ろよ。ノイローゼになってる。あの男はぜったいに我を忘れない。ぜったいに。それなのに、マレンかオリヴィアがかかわる場合はべつだ。つねに心配やストレスや不安をかかえる人生にみずからサインしたいか？」

ネイサンがこちらに向けた視線に、ジョーはたちまち自分が未熟で無知になった気がした。また、心から正直に言うなら、羨望も感じた。

「ほかの生き方は想像できないからな」弟はさらりと答えた。「シェイはおれのもので、おれを愛していて、おれも命より彼女を愛してる。それだけで、心配したり、不安になったり、恐怖で身がすくんだりする価値はある。もう一度同じことをくり返さなきゃならなくなったとしても、おれはなにも変えたくない。地獄に戻って、サディスティックなくそ野郎どもに拷問されてやる。その出来事があったから、いまシェイがおれのものになってるんだ」

弟の熱のこもった穏やかな誓いを聞いて、ジョーは黙りこんだ。ネイサンがどん底にいるときも、絶頂にいるときも、この目で見てきた。シェイが彼を連れ戻してくれた。金では買えない貴重なものをジョーのもとに返してくれた。双子の弟。そして、ジョーとネイサンの絆はかつてないほど強くなっていた。とくに、ネイサンと妻とのあいだのテレパシーによる特別な絆がジョーにもおよんでいるのだからなおさらだった。ジョーもシェイも仰天したが、いまはこれでよかったと思えた。おかげで弟がいっそう近くに感じられる。そうでなければ、自分ひとりが取り残され、人生が変わるようなとても貴重なものから締め出されたような気持ちになっていただろう。シェイか弟が危険におちいったり、助けが必要になったりしたときに、シェイがジョーと交信できると思うと安心だった。

「マレンは大丈夫さ」イーサンが口を開いた。「あの女はファイターだ。おれたちの女はみんなファイターだ。自分でも言ってただろう。マレンはすでに最悪の出来事を生き延びた。楽しめよ。これからどんどん楽しくなるいっぽうだ。過去をくよくよ考えても、苦しくなるだけだぞ。経験者からの言葉だと思え」

スティールはジョーの兄のイーサンを見あげ、すぐに彼の言葉を理解して真顔になった。イーサンと妻のレイチェルは、とくにレイチェルは、大変な目にあってきたが、いまはかつてないほど強くなっている。レイチェルは生存者（サバイバー）だ。ぜったいに逆境に負けず、あきらめたりしなかった。ジョーは人生でだれよりもこのふたりの義理の姉妹、レイチェルとシェイを敬服していた。ふたりとも、彼の兄弟のために想像を絶する目にあってきたのだ。

スティールは苦悩に満ちた表情でイーサンに視線を戻した。いつもとちがって感情を表すなんて、これも彼らしくないことだった。「くそ、おれはとんでもないまぬけだな」

イーサンはほほ笑んだ。「いいや。おれたちみんな、自分がどれだけ恵まれてるかを思い出す必要があるのさ。なにが起きるかわからない不安や、自分ではどうすることもできない過ちなんかで正気を失わないようにしないと」

サムが咳払いをした。「朝の感情的な大騒ぎがすんだのなら、仕事に移っていいか？」

スティールがサムをにらみつけたが、自分から注意をそらしてもらえてほっとしているみたいだった。

「続けてくれ、ボス」ドノヴァンが間延びした口調で言った。「妻と子どもたちとデートの予定があるんだ。そうだな、来週までには実行したいんだが」

ああ、またいつもの日常に戻った。部屋じゅうで安堵のため息が起きたようだった。最高の戦闘員として働いている男女の感情的な騒乱を見るより、爆破したり、悪者を倒したり、銃で撃たれたりするほうがましだ。

「ほとんどが、というより、少なくともきちんと話を聞いてくれたやつらは知っているように」サムがそう言って、チームの数人にまた愉快そうに皮肉を浴びせた。「ふたりの新人を雇った。みんな、ライカー・シンクレアには会ったことがあるな。イーデンの兄で、ハンコックの義理の兄でもある」

かつての宿敵の名前が出ると、いっせいに穏やかなうめき声があがった。ハンコックもスティールと同じく、急激な変化を遂げていた。かつては、冷たく感情のないマシンで、なんとしても任務を成功させることが唯一の目的だったが、いまでは新妻がつま先をぶつけただけで正気を失う男になっていた。

ジョーにもそうなってほしいと、母親や義姉妹たちは望んでいるのだろうか？　それについては、ジョー本人は先に延ばすつもりでいた。ずっと先に。いそいで身を固める気はない。正気でいられるいまの生活が気に入っている。正気。まったくありがたい。

「ライカーは、ネイサンとジョーのチームに入る。スカイラーとエッジとスワニーがチームメイトだ」

ライカーはにやりと笑った。「スワニー、じつは妹から脅されてるんだ。いとしい夫を守って、体のどこも欠けていない状態で家に帰らせなければ、おれのケツを蹴飛ばすってな」

スワニーはあきれて目を上に向けた。「おまえの罰なんて軽いほうだ。おれも厳しく言われたんだぜ。大切な兄貴にすり傷ひとつでもついたら、どうなるかってな。おまえのほうがおれよりましなのに、女々しいやつだな」

アリーが顔をしかめ、猛烈に非難するような表情になった。

「だれか真面目な人はいないの？　わたしはサーカスと入団契約を交わしたの？　この仕事って、きちんと油を差した機械になって、最高レベルの訓練を受けて、ほかの人たちの人生を永遠に変える任務に就くことだと思ってたけど」

いくつもの驚いた視線がアリーに向けられたが、リオはただ得意げににやにやと笑っていた。彼のチームメンバーも同じだった。

「社交嫌いで気難しいおまえたちのチームにぴったりだって言っただろう」サムが冷ややかに言った。

するとアリーがますます憤怒の表情になった。すでに接近戦で仲間たちの半分を倒していることもあり、彼女のそばにいる者たちが用心深くあとずさり、警戒するように見つめた。

「あなたをからかってるだけよ、アリー」スカイラーがなだめるように言ったが、アリーの言葉にむっとしているのだとジョーにはわかった。「わたしたちだってつねに真面目じゃいられないわ。この仕事がつらくなっちゃう。ユーモアのセンスがあっても、ときにはなくても、真面目に戦わなきゃならないときに力を発揮できないわけじゃないって、あなたにもわかるわ」

「フーヤァ！」イーサンとコールが同時に歓声をあげた。

「おれたちの憂さ晴らしで気分を害したのなら、すまない」ドノヴァンが真剣な口調で言う。「だけど、スカイが言ったことは事実だ。おれたちは任務で毎回死に直面してる。そうなると、一瞬を生きるようになる。もしものことをくよくよ考えたりしない。妻や夫や愛する人たちから離れるとき、彼らに会えるのはこれが最後かもしれないと毎回思う。みんな、自分なりのやり方でプレッシャーに耐えてる。だから、完全にルールを無視していないかぎり、非難しないようにしてるんだ。おれたちのほとんどは長いつきあいで、それぞれが大変な目にあうのを見てきた。ほかの人間だったら心が壊れたり、辞めてただ歩き去ったりするような経験をしてきた。おれたちがおまえを選んだのは、いままで雇ったなかで最高の新人だからだ。おまえの才能が必要なだけじゃなく、おれたちをチームとしてさらに高めてくれると思ったんだ。この組織で大切なのは個人じゃない。これからしょっちゅうこの言葉を耳にするだろうけど、おれたちはチームとして生きて死ぬ。つまり、だれひとり自分のことだけを考えてるわけじゃないということだ。おまえに誤った印象を与えていなければいいんだが。おれたちはおまえを軽蔑したわけじゃないし、おまえにはおれたちの仲間でいてほしい」

「ああ、頼む」ギャレットがぶつぶつと言った。「おれたちと戦ったら、おまえはおれたちを倒せるだろう」

つかの間、アリーは実際にほほ笑んだ。驚いたことに、笑っても顔にはしわもない。まったく、バカ真面目じゃなくて、尻をつねられたような顔をしてなければ、美しい女だ。漆黒のストレートヘア、クリーム色の肌、きれいな瞳。アジア系の血が流れている。ほほ笑むと、顔全体が変化するようだった。見とれていたのはジョーだけではない。ほかの仲間たちも同じようにあっけにとられながら、新しい女戦士を見つめ返している。まだ望みはあるかもしれない。早く打ち解けてもらわなければ、かえってこの仕事がつらくなってしまうだろう。

「ごめんなさい」アリーはすまなそうに言った。「前のチームメイトたちは、一緒に働くには理想の人たちじゃなかったって言っておくわ。自分たちが口出しする筋合いのないことばっかりしゃべってたの。もっと口数が少なくて、ちゃんと自分たちの仕事をこなしてたら、前の任務で失敗することもなかった。そのせいでわたしは長期休暇をとらされて、けっきょく二度と戻れなかった」

「ひどいな」テレンスがうなるように言った。

P・Jが進み出て、アリーの腕に手を置いた。それは驚く行為だった。P・Jはやさしくて愛想のいいタイプではない。

「信じて、アリー。援護してもらうのにこれ以上の人たちはいないわ。わたしにはわかる。たしかにくだらないことを言ってるけど、つねにあなたを守ってくれる。ほかになにも信じられなくても、それだけは信じて」

アリーはP・Jの熱い言葉に目をぱちくりさせたが、P・Jが顔をこわばらせているのを見て、短くうなずいた。結論を出すのは保留ということだろう。

「手短にすませよう。昔からそうしてきたんだからな」サムがぶつぶつと言った。「スティール、おまえのチームは二週間ほど基地で新人訓練の手伝いをしてくれ。リオのチームと、ネイサンとジョーのチームがここで訓練演習をおこなう。おれたちは得意分野に応じて手分けして、チーム演習のほかにマンツーマンで指導をする」

「任務の合間にこれだけ時間がとれることはあまりない」ギャレットが続きを引き継いだ。「おれは、平穏が続いているうちは、妻と娘との時間を楽しむつもりだ。そのためにも、おれは月曜から金曜までは、午前中に四時間トレーニングをするぞ。少なくとも、問題が起きて召集されるまでは」

「楽天家だって言われたことは?」ネイサンがぼやいた。

「それから」サムが唇に薄ら笑いをうかべて言った。「全員に特別な楽しみを用意した。アリーに爆発物の訓練をしてもらう。解体や解除、ヘマをしたときとそうじゃないときの見分け方についてだ。ベイカー、おまえはとくに感謝しろよ」

「ああ、くそったれ」ベイカーはうなるように言った。「勘弁してくれ。失態はあの一回だけだし、大昔のことだ! もう忘れてくれ」

アリーが問いかけるように眉をあげた。

「あとで全部話してあげる」P・Jがベイカーに意地の悪いにやにや笑いを向けながら約束

した。

「なあ、そんなにひどくはなかったぞ」レンショーが擁護した。「最終的にはボスとマレンが一緒になったんだから」

「長い話になりそうな気がするのはなんでかしら？」アリーがあきらめたように聞いた。「あなたたちって真面目になるときはあるの？」

部屋に笑い声が響きわたる。

「みんな、いろいろあったのよ」スカイラーが楽しそうに目をきらめかせて言った。「わたしはほかの人たちほど長いつきあいじゃないけどね」

「おれたちは真面目さ」ジョーは落ち着いた声でアリーに言った。「しくじって死んだりしないってことに関しては真面目だ。そこだけ真面目ならいいはずだ」

アリーは眉をあげ、ジョーに向かって明らかに軽蔑するように鼻を鳴らした。スカイラーがそれに気づき、表情が暗くなる。P・Jがスカイラーと目を合わせ、ふたりはしばらくのあいだ無言でコミュニケーションを交わしていた。まちがいなく不満そうだ。くそ。ジョーがアリーだったら、いますぐちびっていただろう。ふたりの女のどちらかひとりに食ってかかられると思っただけでも、おじけづいてしまう。それがスカイラーとP・Jの両方だったら？　ふたつの脅威にガタガタ震えない大人の男がいたら、そいつはまぬけだ。アリーのためにも、さっさと挑戦的な――というより攻撃的な――態度を改めてもらったほうがいい。さもなければ、険悪なムードになってしまう。

リオがチームについてくるように合図して、そのまま作戦室から歩き去った。

ジョーはくすくすと笑った。「気まぐれだからって、リオを責めるな」

「アリーは優秀だ」ギャレットが考えこみながら言った。その目は、数秒前にリオのチームが新人と一緒に出ていったドアにまだ向けられていた。「めちゃくちゃ優秀だ。リオのチームにぴったりだろう。相性がよければな。新人を雇うとき、どれだけチームに合うかどうかは賭けだ。問題なのは能力じゃない——そもそも、優秀でなければ雇ったりしない。能力が重要なんじゃない。新人はチームと一体にならなきゃならないんだ。さもないと、あっという間にとんでもない事態になっちまう。だが、それは運命みたいなもんで、理解することはできない。たとえチェックリストとか、パーソナリティ・プロファイルとか、そういうのを作ったとしても、アリー以上にリオのチームに合う人材は見つからなかったはずだ。たまたま舞いこんできた贈り物みたいなもんだ。ばかばかしい話かもしれないが、統計的にありえないことを考えて時間を無駄にするつもりはない。あいつらはまわりを気にせずに自分たちのやり方でやるくせに、毎回仕事をこなして、おれたちに手柄を取らせて満足してる。そんなチームに合う新人を見つけるなんて、とんでもなく当選確率の低い宝くじに当たるようなものだ」

くすくす笑いが連続して起こり、ジョーはあきれ顔で言った。「なあ、おい、アリーを見つけるっていう統計的にありえないことを考えて、めちゃくちゃ時間を無駄にしてるぞ」

ギャレットは顔をしかめた。「くそったれ。もういいか？　今日は妻と娘と過ごしたいんだ。娘はもう歩いてる。信じられるか？　あの子は天才だ。きっと母親に似たんだな。あんなに賢い赤ん坊はこの世にいない」

さっきまでのくすくす笑いがうめき声に変わり、何人かは慈悲を乞うかのように目線を上に向けた。ジョーも部屋から出ていこうとしていたが、ほかの全員が早く家に帰りたがっているのとはちがう理由からだった。独身男が、とんでもなく感傷的でこっ恥ずかしい家庭生活の話を一日に許容できる範囲はかぎられている。それでも、いまひとりで暮らしている家に帰るという考えにはまったく惹かれなかった。ビールでも飲みに行こうか。だが、やはりひとりで行くことになるだろう。兄弟たちは、そして言うまでもなくKGIのほとんどのメンバーも、幸せな結婚生活を送っており、バカげた赤ちゃん言葉を使ったり、自分たちの子どもほどかわいい赤ん坊はいないと自慢したりするほうが、男同士でつるんで一杯やるよりもいいのだ。あるいは三杯。

スカイラーとエッジなら、ミーティング中に正気を失う大人たちから離れることに賛同してくれるかもしれない。スカイラーとエッジがだめでも、ドルフィンならいつでも楽しい時間を過ごすことに乗ってくれる。ジョーと同じく、ドルフィンも独身で、身を落ち着けるような気配はない……まったく。ジョーはそれほど遊び好きではないし、家族と過ごすほうが好きだ。たとえ独身でいることについてうるさく言われていらいらするとしても。それでも、ドルフィンの偉業は伝説的で、定期的に自分の夜遊びの話でチームやほかのKGIのメンバーを楽しませてくれる。

ネイサンがけげんそうにこちらを見ているのが目にとまり、ジョーは自分が頭を左右に振っていることに気がついた。「大丈夫か、兄貴？　なんでテロ組織をぶっつぶしてやりたいとでもいうように頭を振ってるんだ？」

いま、テロ集団をつぶすのは、さっき目にしたような壮大な感情的騒乱にさらされるよりも魅力的だった。以前は、三人の兄が創設して運営している組織のなかで部外者のように感じたことは一度もなかった。ずっと前から、陸軍での最後の海外勤務が終わったら兄たちと働こうと考えており、それが楽しみだった。陸軍での仕事は好きだったし、おかげでKGIのほかのメンバーと同じレベルで働けるまでに成長できたけれど、人生の次の段階に進みたいと思っていた。

だがいまは？　KGIは明らかに居心地が悪く、またしても、もやもやした気持ちを覚えた。奇妙なことに、嫉妬のような感情が絶えずつきまとっている。兄弟たちを妬んではいない。彼らの幸せを心から喜んでいる。近いうちに身を固めたくもない。時間はある。心の準備ができたら、そうすればいい。兄弟たちはみな、〝運命の相手〟を見つけたとわかった。それまでは、ジョーと同じく、独身でいることにすっかり満足していたし、この世を変えたり、ずっと裁きをまぬかれてきたろくでなしに正義をくだしたりすることだけに集中していた。ところが、妻たちが人生に現れた瞬間、すべてが変わった。

ジョーは〝運命の相手〟に出会っていない。もちろん、デートはしている。男娼のようなセックスライフを送っているわけではないが、そういう気分になったときに相手に不自由することもない。だが、これまでデートをしたどの女も、猛烈な反応を引き起こすことはなかった。これまで何度も目にしてきた、兄弟たちが魂の伴侶を見つけたときのような反応を。

やれやれ。ビールは忘れよう。もっと強いものが必要だ。それに、さっさとここから出ていきたかった。魂の伴侶とか、自分にはそういう存在がいないとか、くだらないことを考えてぼさっと突っ立っていても意味はない。いまはそういうものを望んでいるわけでもないだろう?

4

「ほんとうにいい考えだと思う？」ゾーイはパニックになりながらラスティにたずねた。二階の窓から外をのぞくと、裏庭に大勢の人たちが集まっていた。

今日、ケリー家の全員が、血のつながりはないけれど家族とみなされている人たちまでもが、フランクとマーリーンの家のバーベキューに参加するとラスティから聞いたとき、ゾーイは不安を覚えた……それと恐怖を。ここに来たのは、身を隠すためだ。できるだけ人目を引かないようにするため。ここにいれば、ラスティと次の計画を立てるまで、見つかる心配をせずにすむと思っていた。

いま、外では三十人くらいの人たちが、もしかするとそれ以上いるかもしれないが、ほほ笑んだり、笑ったりしながら、楽しく過ごしている。子どもたちも遊んでいる。本物の家族みたいだ。少なくとも、ゾーイが想像する本物の家族。けれど、自分は家族のなにを知っている？　こんなふうに育ってはこなかった。ラスティははじめてできた本物の友人だ。はじめて心から彼女を気にかけてくれていると思えた人。ラスティはゾーイの命が危険だと考えて、強硬手段をとってくれた。

ゾーイは、こんなに大勢の人たちの前に姿を見せることの恐怖だけでなく、強烈な羨望も感じていた。ずっと前に自分の境遇を受け入れていたはずなのに、こんな気持ちになるなんて思ってもみなかった。自分の人生はどうなっていただろうか……こういう家族がいたら？

愛情深く、献身的な家族。幸福。愛情。ほほ笑み、笑い声。彼女が慣れている味気ない環境とは大ちがいだ。

ラスティがゾーイの肩に手をすべらせ、自分のほうに体を向かせて強く抱きしめた。

「緊張しないで、ゾーイ。あんたを危険にさらすようなまねはぜったいにしない。あれはあたしの家族よ。骨の髄まで誠実なんだから。噂話には興味ないし、他人のことに首を突っこんだりしない。あんたはお客さんとして、家族の一員として、歓迎されるわ。だれも尋問したりしないいし、あんたのことも、家族のなかで起きてることも、他人に話したりしない。慎重に家業を続けていくのが重要だってことを学んだの。家業よ。つまり、家族みんなでかかわってるの。いまでは、あたしが友だちを家に連れてきたってことは全員が知ってる。午後じゅうずっと部屋に引きこもってたら、余計に怪しまれるわ。下に行って、みんなと過ごして。今回だけは気をつけつつもリラックスして楽しまないと。あんたに必要なことよ、ゾーイ。自分の育ちはふつうじゃない――そんなのは家族とはいえない――ってことを理解するの。そのためには、今日の午後をあたしの家族と過ごすのがいちばんだわ。みんな、両腕を広げてあんたを歓迎してくれるだけよ」

ゾーイはため息をついた。「あなたの言うとおりだってわかってる。ただ、完全にパニックを起こしたり、すごくおびえた顔をしたりせずにいられる自信がないの。みんなすぐに、あなたが家に連れてきた〝友だち〟を不審に思うわ」

ラスティは声をあげて笑った。「みんな、あたしのことはよくわかってる……そうね、あたしは最初の何年か、とんでもなく反抗的だったって言っておくわ。いつも好き勝手やってた。ただ、以前とちがったのは、落ちても受けとめてもらえる安全ネットがあったってこと。あんたにもそれをあげたいの」真面目な口調でつけ加える。「下にいる人たちはみんな、命をかけてあんたを守ってくれる」

ゾーイはラスティにいぶかしげな視線を向けた。「わたしはよそ者なのよ、ラスティ。家族じゃない。それなのに、あなたはわたしが家族も同然だって言い続けてる。どうして知りもしない人のためにみんながリスクをおかしてくれるの？」

ラスティの真剣な表情が消えた。笑い声をもらし、楽しそうに目をきらめかせる。「ねえ、それが彼らの仕事なのよ。一度も会ったことのない人たちのために命をかけてる。前に言ったでしょう。彼らが作った組織は、救出や護衛や復讐にかかわる活動をしてる。ほんとうに立派な人たちよ、ハニー。だけど、あんたが姿を見せて、家族の集いに加わらなきゃ、そのことがわからないわ。それに、ええと、奥の手を使いたくはないけど、あたしと一緒に下に行かなきゃ、マーリーンがあがってきて、あんたを引きずり出すわよ。だれもマーリーンにノーとは言えないんだから。意地が悪いわけじゃない――もう、あの人は聖人よ――けど、気がつくと彼女の思いどおりに動いていて、あとになって戸惑うの。言いなりになった覚えはないのに、ほかの家族と同じようにいつの間にか従っていて、彼女が決めたとおりのことをしてるから」

ゾーイはつかの間だけ目を閉じてから、背筋を伸ばした。「あなたの言うとおりね。わたしったら、おびえて、理性を失って、バカみたい。びくびくしたネズミでいるのはうんざり。もう、こんな自分がいやだわ」

「変わるのに遅すぎることはないわ、ハニー」ラスティは言った。その表情は愛と理解でやわらいでいた。「それはあたしがだれよりもよくわかってる。あんただって、自分がなりたい人間になれる。人生を取り戻すための一歩を踏み出すだけでいい。なりたい人間になるの。夢を叶えて、ずっと望んでいた生活を送るのに、遅すぎることはない。過去にとらわれないで。過去に現在を支配させるのはやめて。未来も。あんたは頭がよくて、おもしろくて、美人だわ。思いやりがあって、やさしくて、欲がない。そうなったのは、お父さんのおかげでも、あんたにひどい仕打ちをしたあのろくでなしのおかげでもない。あんたが選んだのよ。その道を示されなかったにもかかわらずね。あんたはあんただし、彼らがなにをしても、それはぜったいに変わらない。あんたがそうさせないかぎりは」

「わたしの長所リストから〝賢い〟は消して」ゾーイは顔をしかめて言った。「わたしはバカよ。救いようのないバカ。それに、あなたは正しい。子どものころにあなたが友だちだったらよかったのに。でもやっぱり、そうじゃないほうがよかったかも。わたしの人生にかかわらずにすんだもの。だけど、いまは友だちでよかったわ。どうして泣きごとばかり言うわたしに見切りをつけて歩き去らずにいてくれるのかわからない。あなたはわたしを助けるために多くのリスクをおかしてくれた。それなのに、わたしは恩知らずの子どもみたいにふるまってる」

ラスティは目を細めた。自分に厳しすぎるとゾーイに説教をはじめるつもりにちがいない。そこで、ゾーイは片方の手をあげて、浴びせられるとわかっている言葉をさえぎってから、もういっぽうの手をあげて降参した。

「わかった、行くわ。ちゃんとした服に着がえるから、せめて一分待ってくれない?」

ラスティは疑わしげにゾーイを見つめた。「オーケー。だけど、五分あげる。それまでに下に来なかったら、マーリーンをよこすわ。そうなったら大変よ。あんたが下着姿だって気にしないわ。足をばたつかせて悲鳴をあげるあんたを階段の下まで引きずりおろして、大家族のひとりひとりに得意げに紹介して、もうあんたも家族だって宣言するわよ」

ゾーイの顔に恐怖がうかんでいたにちがいない。ラスティは笑い声をあげた。「ちょっと大げさに言ってるだけよ」くすくす笑いながら言う。「少なくとも、着がえる時間はもらえるわ。それ以外は? ほとんど言ったとおりよ。できるだけやさしくあんたを引きずりおろすでしょうね。だけど、あんたは抵抗できない。そういうわけで、早く着がえたほうがいいわよ。それと、いまのあんたは以前とは別人なんだから、ジーンズをはいて、キュートなトップスを着て、髪をとかすだけでいい。あたしのおかげで人生がすっごく楽になったでしょう? 一時間かけてメイクして、髪を完璧にアレンジして、ウォール街のブローカーの奥さんみたいな格好をしなくていいんだから。三分ですむはずよ。それも最長で!」

「わたしがあなたの首を絞める前に出てってて」ゾーイはぶつぶつと言った。「ちゃんと下に行くって言ったでしょう」ふと不安で胸が締めつけられ、下唇を噛んだ。「待っててくれるわよね？　ひとりでなにくわぬ顔であの集団に入っていきたくない。心臓発作を起こしちゃうわ」

ラスティは理解と思いやりで目を輝かせた。「階段の下で待ってる。だけど、すぐにあたしたちのどっちかが姿を見せないと、マーリーンがほんとうにあがってくるわ。ほかのみんなは下にいるのに、なんであたしたちはここにいるのかって」

「いいわ、下に行って、彼女をなだめておいて。必ず三分でおりていく。あなたの話では、それだけあればちゃんとした格好に着がえられるんでしょう。でも、鏡は見ないわ。もし見たら、鏡に映るのが自分だと思えなくて、大パニックを起こしちゃう」

「鏡に映るのは美人よ、ゾーイ」ラスティはやさしく言った。「あんたには生まれながらの美しさがあって、大勢の人間がいる部屋でもひときわ輝いて見える。以前のあんたはにせものだったのよ。役を演じていて、ほんとうの自分を見せようとしなかった。だけど、あたしにはそれが見えてた。すてきな女が。それに、ここにいる人たちは上品なブランドもので完全武装したあんたを見たことがないんだから。大丈夫よ。家族の前であんたを笑いものにしたりしない。気まずい思いをさせたり、恥をかかせたりしない。とにかく信じてちょうだい。あんたはお父さんのせいで、完璧に作りあげられた感情のない人形っていう型にはめられてきたけど、ほんとうのあんたはちがう」

ゾーイは最後にもう一度ラスティにハグをし、きつくしがみついた。まぶたの端に涙があふれる。「あなたはわたしの最高の友人よ」ゾーイはささやいた。

「あんたもよ」そう言って体を引いたラスティの目はきらめいているようだったが、すぐに視線をそらした。気持ちを悟られるのが気まずいかのように。

だが、ゾーイはラスティの過去をよく知っていた。はるかに厳しい子ども時代を送ってきたのだ。こんなに騒ぎたてて、自分だけが虐待されていたかのようにふるまっているのが、ゾーイは恥ずかしくなった。ラスティがほんとうの感情を目や顔にはっきりと表すことはめったにないが、どれだけ深く心を動かされているか、どれだけ大きな心を持っているか、どれだけ愛情にあふれて情け深いか、ゾーイは知っていた。

「ほら、出てって」ゾーイは叱るように言った。いつの間にか立場が逆転していた。着がえられるように、ラスティを追い出す。「ふたりともマーリーンに耳をつかまれて階段を引きずりおろされるなんていやよ」

ラスティは笑い声をあげたが、マーリーンがそんなことするはずないとは言わなかった。

「下で待ってる。ずっとそばにいるから、ふたりで銃殺隊の前に出ましょう。じゃなくて、家族の前ね」ラスティはにやりと笑っていそいで言い直した。

数秒後、ゾーイはひとりになり、ラスティが買ってきてくれた服を大あわてであさった。ふと、ラスティが着ていた服を思い返してみた。ふたりの年はあまり変わらない。ゾーイのほうがふたつ上だが、それだけ年が近ければ、ゾーイも若い二十代前半の女性が着るような服を身につけるのがふつうだろう。少なくともそう願った。

これまで長いあいだ、服装や見た目をあれこれ指示されてきたというのに、なにを着ればいいかさっぱりわからないのが悲しかった。最終的に、刺繍で装飾が施されたジーンズと、地味なトップスに決めた。ゾーイがだらしないと呼ぶラフすぎな服より一段階ましな服。すなわち、だれも家に来ないときに着るTシャツのことだ。それから、きらきらしたサンダルをはいた。正直に言うと、これは気に入っていた。

足の爪はペディキュアをしたばかりだった。ラスティと真夜中にガールズトークをしながら、互いに塗り合ったのだ。ホットピンクに輝いていて、なんだか少し……大胆な気分になった。

それから、ふだんより長くなった髪をとかした。そのまま背中に垂らしておこう。ラスティから簡単にかわいらしくおだんごにまとめる方法を教わっていたが、そうする時間はない。次に、安物のリング状のイヤリングを選び、心のなかで笑った。とんでもなく高価なアクセサリーをたくさん持っていたのだが、手持ちの金を増やすために質に入れたのだった。ラスティには、なにも考えずに店に記録を残すようなことをするのは愚かだと言われた。

ゾーイが地元の質店にアクセサリーを持っていこうとすると、ラスティはいら立ちをこらえるようにため息をつき、説明してくれた。そんなことをしたら簡単に居場所がわかってしまうし、父親からもらったものなのだから、すぐに彼女のものだとばれてしまうと。そこで、はるばるアトランタまで車を走らせ、アクセサリーを質に入れた。さらに、西行きの飛行機のチケットを買ってあったことを考え、追っ手をいっそう惑わすために、反対方向のニューヨーク行きのバスのチケットをゾーイの本名で購入した。ゾーイが飛行機に乗らなかったことはすぐにわかるはずだが、少しは追っ手を足止めできるだろうと、ラスティは説明した。いっぽう、バスにはラスティに言われたとおりチケットを見せて乗車し、出発の直前におりたので、ゾーイが乗っていないことはすぐには気づかれないだろうし、願わくは、追っ手はニューヨークまで行ってくれるかもしれない。

ラスティのおかげでここまでやってこられたのだと、認めないわけにはいかなかった。ずっと前からラスティのことを天才だと思ってはいたものの、今回の件で確信した。世慣れていて、学業の面でも頭がいいことははっきりとわかっていたけれど、それだけではない。コンピューターのような頭脳を持っていて、あらゆる可能性を計算して、できるかぎり多くの事態を想定してそなえている。

ゾーイは自分のことを――最近ではこの世でいちばんまぬけな女だと証明されているけれど――賢い女だと思っていた。だが、ラスティの鋭い知性と見事なテクノロジーの才能にはかなわない。先に進むときが来るまで、ラスティからできるだけ多くの知識を吸収して、少しずつ学べるかもしれない。

そう考えたとたん、悲しみでいっぱいになった。まだラスティの大家族に会ってもいないのに、とても心が広くて親切にしてくれた親友とマーリーンとフランクと別れることを考えただけで、すでに孤独と不安を覚えた。

すぐに下に行かなければ、ラスティとマーリーンが部屋に押し入ってきて、引きずりおろされてしまうだろう。ゾーイは、しないと誓ったにもかかわらず、最後にいそいで鏡を見た。

そして唖然とした。やはり自分とは思えない――昔の自分とは。ほんとうに……かわいらしく見える。

そう思うと驚きだったが、顔からショックを消し去り、内心の動揺をおもてに出さないように穏やかな笑みを張りつけながら、いそいで階段をおりていくと、ラスティがいらいらと足で床を叩いていた。

「よかった」ラスティはつぶやいた。「あたしにはしばらくマーリーンを遠ざけておくことしかできないんだから。ありがたいことに、ちょうどほかの孫たちが来たおかげで、彼女が最後の抵抗者を取り押さえる前に少し執行猶予ができたわ」

それからラスティは値踏みするような視線を向けた。「準備はいい?」

ゾーイは深く息を吸いこみ、うなずいた。心臓が早鐘を打っているのが見えるにちがいない。

ラスティはゾーイの手を取って握りしめた。「すてきよ、ゾーイ。なんだか……あんたらしい」

「あら、それはよかったわ」ゾーイはからかうように言った。「ほかの人間に見えるなんていやだもの」

ラスティはにやりと笑ってから、ゾーイと腕をからませ、裏のデッキに通じるフレンチドアへと進んでいった。

「リハーサルしたことを忘れないで。シンプルに、明確に。筋書から脱線しないこと」ラスティはささやいた。「ここではだれのことも怖がらなくていい。だけど、あんたの話に矛盾があれば、気づかれるわ。みんな、そういうふうに訓練されてるの。細部まで気を配っていて、どんなことも見逃したりしない」

ゾーイの新しい身元と偽りの過去の詳細について、ラスティから延々と質問攻めをされていた。あまりに何度も聞かれたので、眠っていても答えられるようになっていた。けれどいま、ラスティの兄たちが矛盾や誤りや食いちがいなどに気づくように訓練されていると聞いて、自信が揺らいだ。

「ああ、無理だわ」ゾーイはそう言ってラスティを引きとめた。

心臓がバクバクしていて、胸から飛び出しそうだった。気道が締めつけられ、もししゃべろうとしても、声にならないぜいぜいという音が出るだけだろう。

「もし失敗したら？」ゾーイはパニックでしどろもどろになりながらささやき、だれかに聞かれていないかと左右に目をやった。

「リラックスして」ラスティがなだめるように言った。「とにかくシンプルに。いい？複雑にすればするほど、矛盾しちゃう。大まかなことだけで、詳しくは話さないこと。みんな、プライバシーの大切さはよくわかってるから、他人のプライバシーに首を突っこんだりしないわ。ほら、行くわよ。もうじろじろ見られてる。あんたを紹介しなきゃ」

脈拍がまだ激しく震えているのを感じつつ、ゾーイはラスティと並んで歩いていった。顔には穏やかなほほ笑みが張りついている。鏡の前で数えきれないくらい練習して、きちんと感触をつかんでいたので、もはや鏡を見なくても本物のほほ笑みに見えているかどうかわかるようになっていた。

マーリーンが顔を輝かせながら足早にやってきて、まずラスティを、次にゾーイをしっかりと抱きしめた。ゾーイは目を閉じ、マーリーンの抱擁を堪能しながら、一瞬だけこれが自分の人生だと空想した。彼女の家族。彼女の母親。

はたから見たら、マーリーンが一時間どころか何週間もゾーイたちに会っていなかったかのように思われそうだが、マーリーンは家族全員に対して同じようにふるまっているみたいだった。もっとも、この数年のあいだに家族が経験してきたことをラスティから聞いていたので、マーリーンが一瞬一瞬を大切にしているのは当然だと思えた。家族を抱きしめるたびに、それが最後のハグになるかもしれないのだ。息子、義理の娘、孫、家族に迎えたいわゆる〝迷子〟。マーリーンは自分の〝かわいい子どもたち〟が迷子と呼ばれることに猛烈に異を唱えているけれど。

ケリー家はたしかに人生のあらゆる瞬間をいつくしみ、自分たちの幸福を祝っている。ゾーイは、自分の世界が——偽りの世界が——崩壊する前は、次の日に目が覚めるのは当たり前だと思っていた。とはいえ、当たり前だと思えるようなことは多くなかったけれど。しかし、この家族はどんなことも当たり前だとは思っていない。だれかひとりが、まして数人が、任務から戻れなかったら、みなゾーイには想像もできない絶望を感じるにちがいない。ラスティから聞いたこの組織の仕組みを考えると、チームの全員が殺されることもありえなくはないのだ。ひとつのミス、ひとつの誤った判断によってそうなることもある。奇襲や、過去に彼らに恨みを抱いた人間によって。

ゾーイが思わず身震いすると同時に、マーリーンがやさしくゾーイの腕から体を引きはなした。ゾーイは赤面して視線をそらした。マーリーンからハグをしてくれたのに、その主導権を奪って、あまりに長くこの年配の女性にしがみついてしまったのが恥ずかしかった。

けれど、マーリーンは落ち着いたほほ笑みをうかべてやさしく理解を示し、大丈夫だというようにゾーイの手を握りしめてから、ラスティに注意を向けた。

「ゾーイをみんなに紹介してくれる？　わたしは付け合わせの料理をテーブルに並べはじめないと。もうお肉が焼けるってフランクが言ってるから」

「まあ、お手伝いします、ミセス・ケリー」ゾーイは熱望するような口調で言ってから、またしても裏庭にいる大勢の人たちを避けようとしていることに気がついた。

「ありがとう。わたしのことはマーリーンかママって呼んでちょうだい。ミセス・ケリー以外ならなんでもいいわ。この言葉、もう十回以上は言ってるんだから」

マーリーンはきつい叱責にならないように笑い声でやわらげ、目を輝かせた。

「でも、あなたは手伝わなくていいわ。夫と息子たちがやることよ。今日は女性がリラックスする日だって言ってあるの。奥さんたちは家事を忘れて休んで、男性陣が子どもの面倒を見て、食事の準備をするのよ」

ゾーイは眉をひそめた。「じゃあ、どうしてあなたも休まないの？　朝からずっと準備をしたり、料理を作ったりしてるじゃないですか。休むべき人がいるなら、それはあなたよ」「ずばり的を射てるわ」ラスティが気取って言った。「仕切りたがりのマーリーンにはつらいでしょうけど、自分で自分のルールを破ってるわよ。そういうわけだから、いちばん近くの椅子まで連れてってあげる。孫たちが大喜びで楽しませてくれるわよ。うれしいでしょう。あとのことは男どもにやらせるから」

マーリーンは驚いた顔になり、口を開けて言い返そうとした。「でも――」

「反論はなしよ」ラスティはさえぎりつつ、すでに養母をいちばん近くのローンチェアへと連れていこうとしていた。

マーリーンの顔は見ものだった。そのときまわりから拍手が起こり、ゾーイはたじろいだ。全員がいまのやり取りをこっそり見ていたらしい。それだけでなく、ゾーイとラスティとマーリーンのそばに集まってきて、いまではすぐ近くに立っていた。

「わお、ラスティ」ラスティの兄と思われる、筋肉のついた大きな男が言った。「おれたち全員の心に恐怖を植えつけるのはいつだっておふくろだったのに、いまやおまえが本物の暴君みたいだな。おれたちみんな、ガタガタ震えちまうぜ」

ラスティはあきれて目を上に向けた。「よしてよ」

気がつくとゾーイはいきなり前に押し出され、とてつもなく背が高くて厚い筋肉のついた男と向かい合っていた。

「ギャレット、あたしの大学の友だちのゾーイよ。ゾーイ、これはギャレット。カルト集団の二番目の兄よ」

ギャレットは笑い声をあげ、ゾーイに手を差し出した。全身の筋肉に震えが広がっているようだったが、ゾーイはなんとかそれを抑えながら、ためらいがちにギャレットと握手を交わした。驚いたことに、彼の手はきわめてやさしく、ほほ笑みは本物だった。

「はじめまして、ゾーイ。家族にようこそ。もうおふくろがきみをカルト集団に引きこんだんだろうな。まったく、ラスティはおれたちをそんなふうに考えてるが、失礼な話だ」

「はじめまして」ゾーイはぼそぼそと言った。「ラスティからあなたたちのことはよく聞いてるから、前から知り合いみたい」

そう言ってすぐにゾーイは内心でうめいた。なにやってるのよ、まぬけ。ラスティがするなって言ってたことじゃない。期待されている以上にべらべらしゃべるなんて。けれど、ほっとしたことに、ギャレットはますます輝く歯を見せ、妹のほうに向かって片方の眉をあげた。

「いい話ならいいけどな。おれがいちばんハンサムで賢い兄貴だって」

いまやゾーイとラスティを囲んでいるグループから、喉をつまらせたような声が控えめに、あるいはあからさまにあがった。

「ドノヴァンが組織の頭脳だってラスティは言ってたと思うわ」ゾーイはリラックスして、ギャレットのジョークに言い返した。

「そのとおり」べつの男が前に出てきた。

驚いたことに、彼はゾーイと握手はせず、代わりにやさしいハグで包みこんだ。それから横を向き、妻のイヴとふたりの子どもにゾーイを紹介した。子どもといっても、トラヴィスとキャミーはイヴと半分血のつながったきょうだいだと、ラスティから説明されていた。

その後、たちまち混乱におちいりながら、ゾーイはひとりひとりの名前と顔を覚えようと努めた。名前はすでに耳にしていたけれど、いまではどの顔がだれかを覚えなければならない。全員の自己紹介が終わらないうちに、気力が萎えかけていた。赤の他人からこんなに歓迎されたことはいままでなかった。それを言うなら、だれにも、どこでも。そう思うと、自分が家族のあり方という単純なものをまったく知らないということを思い知らされ、胸に消えそうにない痛みを覚えた。

ふと、ひとりの男が離れたところに立っていることに気がついた。まだ紹介されていない。パンクしそうな頭であれはだれだろうかと考えてみたが、家族全員の名前が――ほんとうに大勢いるのだ――ごっちゃになっていて、紹介されていない数人を思い出すことはおろか、最初に紹介された人たちを思い出すことも難しかった。

そう思ったとき、男が前に進み出た。ほかの人たちよりもまじまじとゾーイを見つめている。ずっと彼女を観察していて、矛盾を見つけたかのように。彼の歓迎はほかの人たちほど自然ではなく、ゾーイはすぐに緊張した。どうしようもないくらい動揺して筋肉が震えそうになり、懸命にこらえた。

「最後の兄貴よ」ラスティが陽気に言った。ゾーイがひどく動揺していることには気づいていないようだ。「ネイサンの双子の兄のジョーよ。数分先に生まれたの」

ゾーイは気づかないうちに手を差し出しており、ジョーがその手を取った。その瞬間、はっとした。全身の筋肉という筋肉に奇妙な感覚がヘビのようにくねくねと広がっていく。ジョーの表情は読み取れなかったが、彼の手はものすごくやさしく、ゾーイの恐怖を感じているかのようだった。彼が口を開いたとき、ゾーイは全身の震えをこらえることしかできなかった。

「おれたちの家にようこそ、ゾーイ」ジョーはぼそぼそと言った。

5

「ラスティの友だちについて、ちゃんと知ってるやつはいるのか？」ドノヴァンとわきに立って、ラスティとゾーイを眺めていたジョーは眉をひそめて聞いた。

ふたりの女はほかの人たちから離れて小声で話をしているが、ゾーイはしょっちゅう集団に視線を走らせていた。その目のなかに見えるものがジョーは気になった。そして、彼女の目のなかに見えないものがもっと気になっていた。

なにかがおかしいが、それがなんなのかわからない。ゾーイは明らかにラスティの家族全員を観察している。いちばんありうる理由は、純粋な好奇心、あるいは純粋な興味だとも考えられるが、彼女からはまぎれもなく不安と恐怖が見て取れた。なんらかの奇襲を仕掛けられるのではないかとでも思って、文字どおり背後を気にしているかのようだ。そんなのはばかげている。ラスティがほぼまちがいなく、最低でも兄たちの基本的な情報を友人に伝えているはずだ。しかし、彼は自分が見たいと思っていたものを見ているのかもしれない。ジョーが、彼だけが、ゾーイのおどおどした態度にそれを重ねているのだろう。内臓のなかで一秒ごとに懸念が激しさを増していくが、兄弟たちや、今日ここに集まっているジョーとネイサンのチームとスティールのチームの数人はなにも感じていないようだった。それに、兄弟やチームメイトのだれかが、家族や妻や子どもや友人たちが危険だと一分でも思ったら、ぼさっと突っ立っていたりせず、タイミングを待たずに行動するだろう。つまり、ジョーだけがラスティの友人を怪しんでじろじろ見ていることになる。

ドノヴァンがくすくすと笑い、弟をひじで突いた。「またおふくろの陰謀じゃないかって心配なのか?」

ジョーは憤怒の声をもらした。そんなことは頭をよぎりもしなかった。けれど、ドノヴァンに言われて考えてみると、そうなのだろうか? これは計略なのか? 首を横に振りそうになる。いや、いま起きているのはそういうものではない。ゾーイからはそんな気配は伝わってこない。

「たまには真面目に考えてくれないか? だれもラスティからあの友だちの話を聞いたことがない。それなのに、突然おふくろに電話してきて、いつまでかわからないが彼女を家に連れてきて泊まってもらうと言いだすなんて。どういうことだ? なにかがおかしい。ゾーイはおどおどしてて、ものすごく緊張してるみたいだ。自己紹介のあいだ、ほとんど目を合わせなかったし、おれの相手として連れてこられたのだとしても、まったく興味がなさそうだった。むしろ、全員と顔を合わせて名前を聞いたとたん、さっさと離れていった」

ドノヴァンは鼻を鳴らした。「おい、あの子を責められるか? この家族には、おれだって調子がいい日でもおじけづく。きっとあの子はシャイで、一度にケリー一族の全員に取り囲まれて圧倒されてるんだって、そうは思わないか? ゆっくりとなじめたわけじゃない。かわいそうな女の子だ。到着してたった二日後にサメの群れに放りこまれたんだぞ」

ジョーはうなるように言った。「わからないが、なにかしっくりこないんだ」

「彼女が美人だってこととは関係ないんだろうな。大男の群れに囲まれる恐怖がなくなったときや、言うまでもなく、子どもたちに大声で呼ばれてすっかり途方に暮れていないようなときに、何度かすごく魅力的な笑顔を見せることも。おれには、ただ勝手がちがって戸惑ってるように見える。めちゃくちゃおびえてるのさ。大目に見てやれ」

兄にやさしく戒(いまし)められ、ジョーは自分が第一級のろくでなしに思えた。おそらくドノヴァンの言うとおりだろう。ゾーイは文字どおり、なんの前触れもなくオオカミの群れに放りこまれたのだ。また、べつの点でもドノヴァンは正しい。この家族にはたしかにおじけづいてしまう。やかましく、騒々しい。失礼な態度をとることもあるし、ときどきものすごく癪(しゃく)にさわる。だが、それがいい。ほかの人間は、家族と同じようには感じないだろうし、平均的なふつうの家族とは思わないだろう。

ジョーはそれまでしていた――いまもしている――ゾーイの観察に意識を向けた。と同時に、集団の中にいる彼女がふたたび目にとまった。磁石のように引きつけられる。すでに、不思議な力で彼女を見つけられるようになっていた。どちらを向けばもう一度彼女の姿をとらえられるかわかっていた。

ゾーイには控えめで穏やかな美しさがある。ほんとうの自分を偽っているのではなく、自然体に見える。きれいな肌にうっすらとあるそばかすでさえ魅力的だ。健康そうだし、あどけなさもある。そして、ドノヴァンが言っていたように、困りきっている。彼女を困難な状況に立たせるなんて、ラスティはなにを考えているんだ？

なぜかわからないが、ジョーはゾーイに惹かれ、好奇心をそそられていた。兄弟にも、まして母親にも認めるつもりはないが。みなでよってたかって、ここに越してこい、身を固めろ、結婚して、孫を作って、すでに大勢いる家族をさらに増やせと攻撃してくるにちがいない。

だが、ジョーの胸が締めつけられたのは、だれにも見られていないと思っているときにゾーイの目に悲しみがにじむせいだった。また、注意を向けられるたびに、うつむいて注目の的から外れようとしているみたいだった。そう、これはジョーに結婚相手を見つけたがっている母親の陰謀ではない。ゾーイは突っ立っているあいだずっと、ほとんどジョーのほうを見ないし、しぐさからは気まずさが伝わってきた。

保護本能がかきたてられる。それに気づいてジョーは身をこわばらせた。

「ちくしょう」小声でつぶやく。

たしかにゾーイに惹かれている。けれど、性的な意味ではない。どちらかというと単なる好奇心だ。ゾーイはパズルであり、ジョーは解けない謎が嫌いだった。とくにそれが家族のなかに存在する場合は。言うまでもなく、ジョーが彼女に惹かれていようと無意味なだけだ。ジョーが自己紹介をする番になったとき、ゾーイは彼をちらりと見て、おずおずとあいさつしただけだった。

どんな心の傷を負っている？　なにがあった？　ゾーイは最悪の人間性を目にしたことがあるかのような顔をしている。ジョーは、軍にいた何年かのあいだにも、ＫＧＩに入ってからも、そういう顔を何度も見ており、いま目の前で見ているものが理解できた。ひとつ学んだことがある。見ただけで壊れているとわかる女が、ほかの人よりもひどい目にあったとはかぎらない。そう、彼の胸が張り裂けるのは、それを隠している女だ。意志の力と、必死さと、けっして負けないという誓いだけで正気を保ち、みなの前で崩れずにいる女。まるでゾーイのような女。外からでは、前途洋々で美しく知的な若い女にしか見えない。しかし、その目に――魂を映す窓に――ちらりとうかぶものから、ジョーにはこの女が人生のある時点で地獄を経験したというのがわかった。

心のなかで鋭く否定する。ちがう、ゾーイにはまったく惹かれていない。家族にとって脅威ではないとたしかめたいだけだ。それと、単なる好奇心。機会があったら、ラスティをわきに引っ張っていって、ゾーイの事情を聞いてみよう。そうすれば、この突然の執着心から解放されて、数日前に、双子の弟から次に恋に落ちるのはおまえだとからかわれたときに、自分で述べたとおりの生活に戻れるだろう。どんな形であれ、まったく知らない女に惹かれるとか、感情を抱くとかいうばかげた考えに、鼻を鳴らさずにはいられなかった。

では、なぜゾーイを腕に抱きしめてなぐさめと安らぎを与えてやりたい衝動にかられているのだろう？　ここなら安全だとわかってもらいたい。この家族の懐にしっかりと身を落ち着けているかぎり、だれにも傷つけられることはないと。

どうやら、兄弟たちが妻に抱いているいまいましい愛慕に影響を受けているようだ。彼らは愛する女の気まぐれを叶えることに専念しており、彼女たちを幸せにするためなら天地でさえ動かすだろう――その過程で笑いものになっても。ジョーはまだそんなふうに身をささげる人生にサインをする気はなかった。女のために自由を手放すつもりはない。とはいえ、女に軽い興味を示したり、キスをしたらどんな感じだろうかと考えたりしたからといって、独身生活が終わるわけではない。

キス？　やれやれ。いまや、たった数分前に出会ったばかりの女にキスをすることを妄想している？　まわりでおこなわれている正真正銘の愛の宴から離れなければ。こういうのは伝染するのかもしれない。イーサンがレイチェルを取り戻し、次いでサムが本気で恋に落ちて以来、兄弟たちに連鎖反応が起きていた。さらに、言うまでもなく、チームメイトの多くがすぐあとに続いた。

ゾーイの滞在が終わるまで、かかわらないでおこう。これで問題解決だ。

それでも、なにかがおかしい――裏でなにかが起きている――という気がしていた。自分たちのなかに脅威があるのだとしたら？　ラスティの友人にはなにかがあると怪しんでいるときに、距離をとって近づかないようにするなんて愚かだ。

あえてもっとまとわりつくべきかもしれない。そうだ、デートに誘うのがいいかもしれない。デートならいまいましいプロポーズにはならない。いや、そのあいだにドノヴァンにゾーイ・キルデアのことをちょっと調べてもらえばいい。ひょっとすると要注意人物かもしれない。そもそも、家族と、KGIのメンバーを守ることが自分の第一の義務なのだ。

ゾーイのほうに視線を戻すと、ひとりっきりで立っていた。あからさまではないものの、動揺しており、目にパニックを燃えあがらせながら、あちこちに顔を向けている。ラスティを捜しているみたいだ。そういえば、ラスティはバーベキューのあいだずっとゾーイのそばを離れなかった。では、いまはどこに行った？　なぜ友人をほうっておく？　他人のなかでひとりぽつんと立っているのが明らかに気まずそうなのに。

ついでに言えば、なぜ自分はゾーイのことを気にしているのだろう？　そう思ったとたん、罪悪感にかられた。これが義理の姉妹やチームメンバーの妻だったら、なんの迷いもなく歩いていって、そばについていてやるのに。大丈夫か、なにかしてほしいかとたずね、必死に望みを叶えてやるのに。

だが、彼女たちは既婚者だ。手は出せない。それでも、ひとりひとりに本物の愛情と好意を抱いている。夫たちと同じように、ジョーもＫＧＩの女性たちのためならなんでもする。けれど、選ばれた女たちだけを気にかけて、ほかの女には冷淡で尊大な態度をとるなんて、とんでもないろくでなしではないか。

気が変わる前に、ジョーは前に進み出て、ゾーイに近づく口実にレモネードのコップをつかんだ。彼女の手にはもう飲み物がない。ゾーイはジョーが近づいてくるのに気づきもしなかった。夢中でまわりを観察している。観察はあまり適切な言葉ではない。観察とは、興味を持ってするものだ。あるいは少なくとも、周囲の出来事をもっと知りたいという欲求で。ゾーイは絶えず集団に目を走らせている。グループからグループにすばやく視線を移して、数秒後にまた戻る。重要なものを見逃すのではと心配しているかのように。

つねに恐怖が額に刻まれ、目ににじんでいることに、ほかの人たちもジョーと同じように簡単に気づいているだろうか。それとも、彼女がつけている仮面の裏をわざわざ見ているのは自分だけなのだろうか。ゾーイの全身はまさに不安の典型だった。それに緊張している。指をきつく丸め、こぶしをデニムに包まれた腿に押しつけていて、〝闘争・逃走反応〟を抑えようとしているかのようだ。逃げたがっているほうに賭けてもいい。もはや闘えないくらい弱々しく見える。図体の大きなケリー兄弟に紹介されたときに目に失望がうかんだことから、逃走だけが実行可能な逃げ道だと思っているのだろう。

まったく。ラスティと真剣に反省会をしなければ。だがまずは、あらゆる手を尽くしてゾーイを安心させてやろう。自分たちは――彼は――不意打ちを食らわせようと待ち伏せしているモンスターではないと。

ゆっくりと慎重な足取りで近づいていく。ゾーイはまだジョーの存在に気づかない。ジョーは眉をひそめた。おびえているみたいなのに、脅威だと思われそうなものに対して驚くほど不注意だ。逃げようと思えば逃げられる距離にいる人たちのことばかり気にして、いまや三十センチほど離れたところに立っているジョーはまったく眼中にない。

あまりゾーイを驚かせたくなかったので、ジョーは咳払いをした。すぐに、もっとはっきりとわかるように近づかなかったことを後悔した。ゾーイの頬から血の気が引き、死人のように青ざめる。もう少し離れたところから声をかけていればよかった。ゾーイは驚いた。そして、びくっとしてあわててあとずさったため、デッキからなにもない空間に落ちそうになった。

ジョーは立て続けに悪態をつくと同時に前に飛び出し、ゾーイが下の地面に落ちる前に腕をつかもうとした。それほど高さはないが、ゾーイはものすごく小柄だし、きゃしゃに見える。簡単に骨を一本、あるいは数本折ってしまうかもしれない。なんとか彼女の手首をつかむことができ、心からほっとしたものの、強く握ったせいでゾーイが小さく叫び声をあげた。それでも、ぜったいに離したりしない。

ゾーイを安全なところまで引き戻し、もう一度両足がデッキにのってから、ジョーは彼女のうしろにまわって、また落ちないように盾になり、そのあとでようやく手を離した。

ゾーイは当惑しながらジョーを見つめ、彼につかまれた手首を手で包み、痛みをやわらげようとするかのようにさすった。ジョーは顔をしかめた。乱暴にしすぎてしまった。だが、ちくしょう、彼がつかんでいなかったら、もっとひどい怪我をしていたにちがいない。

ゆっくりと、ゾーイを怖がらせないように、ジョーは彼女の手首をつかんだ。最初ゾーイは目を見開いて抵抗したが、ジョーは手を離さず、彼女の手首を自分のほうに引きよせた。上に向けると、白い肌に指の痕がついて赤くなっていた。すでにあざになりかけており、ジョーは小声で荒々しく悪態をついた。

「すまない」低い声で言いながら、痛みをやわらげるように親指で指の痕をさする。「きみにあざをつけるつもりはなかったんだ、ゾーイ。だけど、きみが落ちそうになったから」

ゾーイは驚いて目をぱちくりさせてから、ゆっくりと力を抜いた。わずかに肩がさがり、ジョーがとても慎重につかんでいる手首から緊張がほぐれた。

「なんともないわ」ゾーイはハスキーな声で言った。「ただびっくりしただけ。自分がなにをしたかもわかってなかった。落ちないようにしてくれて、ありがとう」

ジョーは笑みをうかべた。ほんとうの笑顔を。こんなふうに笑みをうかべたのはいつ以来だろうか。ジョーの反応をまじまじと見つめているゾーイの目がわずかに見開かれ、体に小さな震えが走り、まだやわらかな肌をなでているジョーの指の下で鳥肌が立った。

「どういたしまして。ここなら危険な目にはあわない、ゾーイ。だれも、とくにおれは、きみが落ちそうになるのをほうっておいたりしない。信じてくれ。そうでなきゃ、証明するしかないな」

ゾーイは眉をひそめた。「どうしてわたしが危険な目にあうと思うの？」

「とてもいい質問だ」ジョーはつぶやいた。「その質問に答えられるのはきみだけかもな」

ゾーイは顔をしかめ、ジョーの手から手首を引き抜いた。急に触れ合いが終わったことにジョーは異を唱えたくなったが、かろうじてこらえた。

「ラスティを見た？」ゾーイは不安そうに聞いた。「ずっと姿が見えない」

ジョーはあたりをさっと見まわし、遠くにいるラスティとショーンの姿が目にとまると顔をしかめた。ラスティのしかめ面を見るかぎり、楽しい会話をしているわけではなさそうだ。

「ええと、いまはちょっと手が離せないみたいだ。だけど、おれがそばにいてやる、ゾーイ。話はしなくていい。ラスティが戻ってくるまで、ここにいる。きみが安心できるなら、なんでもしてやる」

ゾーイはすぐには断らなかったものの、大喜びしている様子でもなかった。これで百回目くらいだろうが、あたりにさっと視線を走らせ、だれも自分とジョーにまるで注意を払っていないとわかると、ほっとしたみたいだった。

「それで、どのくらい滞在する予定なんだ?」ジョーはわざとあたりさわりのない話題をはじめた。

少なくとも、彼はそう思っていた。

ところが、ゾーイはほとんどパニックになってふたたび用心深い目つきになり、凍りついて完全に静止した。あまりにじっとしているので、呼吸をしているのかもわからなかった。どうしたんだ? どれだけささいな質問でも、パニックを起こしそうになるのはなぜだ? やはりラスティとすぐに話をしよう。ほかの人に聞こえないところに連れていったらすぐに。吐かせてみせる。すべてを。この状況はおかしい。大学の友人を連れてきただけ? 大きな音を立てて鼻を鳴らしそうになる。ゾーイはなにかを、あるいはだれかを怖がっている——いや、おびえている。ただ大学時代の友人のところに数日泊まっているだけではない。いつ見つかるかとおびえながら身を隠している。それが腹立たしかった。

ゾーイに腹を立てているのではない。なんのせいであれ、だれのせいであれ、ゾーイがこれほど美しい目に恐怖をうかべ、自分の影にも飛びあがりそうになっているのが腹立たしかった。事情を突き止めてみせる。事実を。なんとしても。

「はっきりとはわからないの」ゾーイは穏やかな口調で言った。「ラスティに会うのは久しぶりなのよ。わたしのほうが先に卒業したけど、大学ではとても仲がよかったの。彼女に会いたかった」

最後の言葉はつらそうだった。ラスティが唯一の友人で、ほんとうに自分を気にかけてくれる唯一の人間であるかのようだった。

「だから、また会えることになってすごくうれしかった。家に来て、一緒に過ごして、積もる話をしようって言われたの。もちろんいいわって答えたけど、日程についてはちゃんと話してなかった。前もって話し合うべきだったわよね」苦悩で額にしわがより、悲しげな目になる。「無理に歓迎してほしいとか、長居したいわけじゃないのよ」

「明日、おれとふたりで過ごさないか？」ジョーは衝動的に言った。

その言葉を口にすると同時に、自制心のなさを呪った。いったいなにをしている？ 本気でデートに誘ったのか？ なんてこった。最優先事項は、事実を突き止めて、ゾーイのせいで家族が危険にさらされているのかどうかをたしかめることだ。デートなんかしなくても、ちゃんとやり遂げられるはずだ。

しかし同時に、心の奥でなにかが腑に落ち、衝動的な行動に対する最初の拒絶反応が消えて、平穏が広がっていった。

ゾーイはぱっと顔をあげてジョーと目を合わせた。彼女の目はショックで丸くなり、口も驚いてO（オー）の形になっていた。

「なんですって？」ゾーイはハスキーな声で聞いた。

「すてきな場所を案内してやる。州のなかでもこのあたりはきれいなんだ。いろいろと見て楽しめる。LBLって聞いたことあるか？」

ゾーイは鼻にしわをよせ、かぶりを振った。

「ランド・ビトゥイーン・ザ・レイクス国立保養地のことだ」ジョーは説明した。「バークレー湖とケンタッキー湖のあいだに位置する。きれいな場所だ。バイソンやヘラジカといった野生動物の保護区域になってる。あるいは、おれの家の桟橋から泳いでもいいし、ただ座って水に足を浸してのんびりしてもいい。めちゃくちゃうまい料理が食べられる、狭苦しいけど最高のレストランもある。景色だってすばらしく美しいんだ」

ゾーイの目に明らかにショックが見て取れた。それと、懸命に隠そうとしている恐怖も。ポーカーフェイスをまったく保てていないと彼女に伝える勇気はなかった。賭け金の大きなゲームではいいカモにされるにちがいない。

「デートに誘ってるの？」ゾーイは喉をつまらせて聞いた。

彼女がすぐに断らなかったことと、さっきかろうじて非難されずにすんだことから、ジョーは思いきって手を伸ばしてゾーイの手を取り、彼女がおびえないように軽く握った。

「というより、おれたちが故郷と呼んでる場所を案内するから時間を作ってほしいって感じかな。きみはここに来てからずっとラスティと一緒におふくろの家にこもってて、外に出たのは今日がはじめてだろう。目玉があるやつなら、きみがこのやかましくて騒々しい家族にすっかり圧倒されてるってはっきりとわかる。少し離れるのがいいんじゃないかって思ったんだ。きみとおれだけで。完璧な紳士でいるって約束する」

ジョーはにっこりと笑った。彼にとっていちばん魅力的な笑顔だ。効果があることは過去に何度も証明されている。しかし、どうやらゾーイには通じないらしい。疑わしげにジョーを見つめ続けている。

「ゾーイ、きみを傷つけたりしない」ジョーはやさしく言った。「ここにいるだれも、きみを傷つけはしない。ここにいる全員が命をかけてきみを守る」

ゾーイは緊張ぎみに下唇を噛んでから、つかの間目を閉じた。「あのね、ジョー・ケリー、ほんとうにばかげてるけど、あなたを信じてるみたい。だから、いいわ、一緒に出かけましょう。このへんを案内してちょうだい。ここに来てからずっとこの家に閉じこもって、気が変になりそうだったの。一日外出できたらうれしいわ」

ジョーは笑みを浮かべた。「十一時に迎えにくる。レストランもいいが、おふくろのことだから、ピクニック用のランチを作ってくれるはずだ。早めに出かけて、完璧な場所を見つけて、おふくろの料理を食べよう。そのあとは？　きみがしたいことをたくさんやろう」

するとゾーイははじめて笑顔を返してくれた。目が輝き、永久に染みこんでいるように思えた影が薄れていく。ジョーはしばらく言葉を失って見つめていた。笑顔のゾーイは、ただかわいくて健康的で自然なだけではない。ほんとうに美しい。

くそ。いやな予感がする。とてもいやな予感。兄弟たちとまったく同じ状況におちいってしまったのではないだろうか。最悪だ。もはやすまし顔で彼らをバカにできない。いままでは、自分のものだと考えている女たちに対する彼らの反応が理解できた。

6

マーリーンがゾーイの様子を見に慌ただしくジョーたちのもとにやってくると、ゾーイはほっとしたようだった。マーリーンは眉間にしわをよせながら群衆に目を走らせた。明らかにラスティを捜している。こんなに長いあいだ客をほったらかしにしている娘を厳しく叱りつけるつもりなのだろう。だがそのとき、遠くにいるラスティとショーンに気がついた。ラスティは顔全体をしかめ、ショーンは憤怒の表情をうかべている。マーリーンは天を仰ぎ、小声でなにか聞き取れないことをぶつぶつと言った。

「ゾーイの相手をしてくれてありがとう、ベイビー」マーリーンはジョーに輝く笑みを向けて言った。「ここからはわたしが引き継ぐわ」そしてラスティとショーンのほうに頭を傾け、無言でジョーに懇願した。

ジョーはなんとかほほ笑みをこらえてうなずき、ゾーイの前でいっそうばかなまねをする前に背中を向けた。とくに母親が現れたいま、すべてを目撃されてしまう。それに、ラスティとショーンの衝突はいまにはじまったことではないし、世界を揺るがすことでもない。あのふたりの意見が一致した日には、家族全員がショック死するかもしれない。まあ、いまふたりの小競り合いをやめさせたいのには、ジョーなりに理由があってのことだ。

おそらくラスティだけが知っている情報を入手したかった。聞き出してみせる。さもなければ、ことあるごとにショーンをけしかけると脅してやろう。ラスティが引きさがることはあまりないが、相手がショーンだと、迷わずできるかぎり早く引きさがろうとする。実際にラスティをおびえさせられるのはこの世でショーンだけかもしれない。あるいは少なくとも、平静を失うくらい激怒させられるのは。ラスティは幼いときに、自分の考えや気持ちをけっしておもてに出さないことを学んでいた。まさに冷静さの見本だ。ジョーはラスティの前向きなエネルギーと断固とした態度を評価していたが、生き延びるためにそういう態度が必要になった理由は気に入らなかった。

マーリーンとフランクが彼女のクズ継父を訪ねて、ラスティはもう自分たちのものだ、半径一キロ以内に近づいたら大変なことになるとはっきり告げた瞬間に、あの男は姿を消したが、そうでなければよかったのにと、一度ならず願ったものだ。ジョーが――兄弟たちも、とくにネイサンが――喜んであのくそ野郎を訪ねて、まだ子どもだったラスティが受けた虐待やネグレクトに対して昔ながらの正義をくだしてやっただろう。

ジョーが近づいていくと、ショーンは彼のほうに背中を向けていた。ラスティはこちらを向いているが、まだジョーが来たことに気づいていない。その顔は赤く、目は怒りできらめいている。口を開け、まちがいなくショーンを灰にする勢いで食ってかかろうとしたとき、にわかに顔をあげてジョーに気がついた。ぴしゃりと口を閉じたが、まだ反抗的なまなざしでショーンをにらみつけている。話は終わっていないと伝えるように。

「よお、ラスティ」ジョーは声をかけ、保安官にも自分の存在を気づかせた。

ショーンはあわてて振り返った。頬が赤く、ラスティと同じくらい不機嫌そうだった。とんでもない口論の最中に邪魔をしてしまったにちがいない。ケリー家の集いに来ている人たちにとっては驚くことではないが。

「邪魔したんじゃなきゃいいんだが。数分だけラスティを借りていいか」ジョーはのんびりした口調で言った。すぐ近くに立っているふたりから明らかに伝わってくる緊張に気づいていないかのように。

驚いたことに、ラスティは顔に安堵をうかべた。それと、一時的な救済への感謝。ラスティは言い返さずにはいられない人間だ。ところがいまは、できるだけショーンから離れたがっているようだった。いっぽうのショーンは邪魔されて腹を立てているみたいだ。

「いいよ、ジョー」ラスティは甲高い声で言った。その声はあまりに陽気すぎた。

ラスティは頭が切れて、きわめて聡明だが、皮肉屋でいたずら好きなトラブルメーカーでもあり、大勢いる過保護な兄たちを苦しめて楽しんでいる。彼女の〝魔力〟と鋭い機知をまぬかれているのは、両親だけだった。ラスティにとって、太陽はふたりのために昇って沈む。たいていの人間のことは愛していないし、好いてもいないけれど、ふたりのことは敬愛している。保護欲が強く、骨の髄まで誠実で、どんな形であれ養父母を傷つけたり軽蔑したりする人間がいたらぶちのめすだろう。

「話は終わってないからな」ショーンが噛みつくように言ってラスティをにらみつけた。ラスティに痛烈なまなざしを向けられてもショーンは一度もひるむことはなかった。もっと弱い男なら縮こまって、無意識にタマを守るために股間を押さえていただろう。

「いいえ、ショーン、話は終わりよ」

「終わりなもんか」ショーンはどなった。「永遠にはおれから隠れられないぞ。おまえを見つけ出してやる、ラスティ。そしてこの会話をきっぱりと終わらせる。おれは辛抱強い男だが、聖人でも我慢の限界だ。いいか、思いがけないときに、おれは現れる。そのときはだれも助けにこないし、真実から逃げも隠れもできないからな。覚えておけ」

ジョーは目を見開いた。ひとつだけたしかなことがある。ここではしょっちゅうごたごたが起きる。ありがたい。兄弟たちも、KGIのほかのメンバーたちも、妻たちでさえ、定期的に面倒な事態が起こらなければ、途方に暮れてしまうだろう。

ショーンはラスティが最後に嫌味を言う暇を与えずに背中を向け、大またで歩き去った。ラスティはずっとその背中を穴が開くほどにらみつけていた。ジョーはくすくす笑いそうになった。そのせいでタマの形を変えられるはめにならなければ、そうしていただろう――タマはこのままの形でいい。

ショーンが視界から消えると、ラスティはジョーのほうを向き、首をかしげてけげんそうにじろじろと見つめた。

「どうしたの、ジョー？　なにも問題はない？」

そう言ってすぐにラスティは青ざめ、腕時計を見た。「しまった！　くそ、くそ、くそ！もう、あの男のせいで頭がおかしくなる。こんなに長くゾーイをひとりにさせてたなんて信じられない。三十分もあの原始人とここにいたなんて気づかなかった。ああ、この世で最低の友だちだって思われてるわ。ずっとそばにいるって誓ったのに」

デッキではみなが動きまわって、食べたり、しゃべったり、昔話に興じたり、ジョークを言ったりしており、ラスティはそちらに駆けだそうとしたが、ジョーは彼女の腕に手を置いた。

「ゾーイは大丈夫だ、ハニー。ほんとうだ。おれが話し相手になってたし、そのあとでおふくろが現れて引き継いでくれた。だれもおまえに腹を立てたりしてない。ゾーイもな」

ラスティは落ち着かない様子でそわそわしていた。「それでも、責任はあたしにある。彼女のところに戻らなきゃ」

ケリー兄弟はみな率直だし、ラスティも長いあいだ彼らのそばにいて同じ特性をそなえるようになっていることを考えると、ゾーイについての話題に触れない理由はないと思えた。情報が欲しい。いま。

「なんで彼女は傷ついてるんだ？」ジョーは胸もとで腕を組んだ。とても真剣だということが伝わるだろう。質問をはぐらかしたり、意味がわからないふりをさせたりはしない。

感心なことに、ラスティはそんなことはしなかった。苦悩の表情をうかべ、長いため息をつく。目には悲しみがあふれていた。それと怒りが。

「ねえ、ジョー、あたしはすべてを知ってるわけじゃないの。まだほとんどわかってない。ゾーイをここに連れてきて、安心してくつろいでもらえば、そのうち信頼してすべてを打ち明けてくれるんじゃないかって期待してた。あたしが知ってるのは、彼女がつらい目にあったってことだけ。ひどいことをされたのよ。ボーイフレンドにふられたから、そのうち怒りを覚えて彼のタマを皿に盛りつけてやりたくなるまで、傷口を舐めて自分を哀れむ時間が必要だとか、そういうんじゃない」

ジョーは無理やりあごの力をゆるめなければならなかった。あまりにきつく歯を食いしばっていて、折れてしまいそうだった。

「じゃあ、どういうことだ？」ジョーは危険なほどやさしい声で聞いた。

ラスティはふうっと息を吐いた。「ねえ、さっきも言ったけど、詳しいことを全部知ってるわけじゃないの。知ってたら、あたしがとっくにそのくそ野郎を追いつめてる。そいつはひどく彼女を傷つけた。彼女をだまして、ほんとうは好きでもないのに好きなふりをして彼女に近づいた。まるで、彼女の子ども時代を知ってて、どうすればいいか、なにを言えばいいか、どうやってふるまえばいいか、どうすれば彼女が昔からすごく望んでたものを与えられるかわかってるみたいだったそうよ。彼女をもてあそんだのよ。ゾーイはそれに引っかかってしまった。比較するための基準がなかったのよ。経験が浅くて、そいつの行動や、自分といるときの奇妙な態度や、そいつが秘密だらけだってことを見抜けなかった。そいつはすべてに口実を用意していて、説得力があったとか。そいつが救いようのないくそ野郎だってことにゾーイが気づけたのは、まったくの偶然だった。ちょうどいいときにちょうどいい場所にいて、そいつが電話で話してるのを立ち聞きしたらしいわ。彼女のことをいいカモで、とんでもなくバカで、だまされやすくて、世間知らずだって言ってたそうよ」

言葉が途切れ、ラスティの目には深い悲しみが宿っていた。ジョーはラスティの肩に手を置き、なぐさめるように力をこめ、彼女がもう一度こちらを見あげるのを待った。まだ最悪の部分を聞いていないという気がしていたが、すでに、そのゲス野郎を追跡して、ぼこぼこにしてやるつもりでいた。

「ほかには?」ジョーは静かに聞いた。「そいつはほかになにをしたんだ、ラスティ?」

「彼女に恥をかかせた」ラスティはつらそうに言った。「もうすでに十分ひどいことをしたくせに、彼女を徹底的に傷つけたのよ。彼女を壊して、自信や自尊心を奪った。彼女は消耗品だと思わせた。ゴミ。価値がない。かわいげがない。愛される価値はないって。あたしも同じ気持ちを味わったことがあるの、ジョー。だれにもあんな思いはさせたくない。どれだけ打ちのめされて絶望するか、あんたには想像できない。だれも自分の――彼女の――中身を見てくれないって感じてしまう。ゾーイは美しくて、無欲で、心が広くて、愛情深い女なのに。あんな思いをするなんてまちがってる。よりによって彼女があんな目にあうなんて。その男のせいで、ゾーイは自分のすべてに自信が持てなくなった。自分は美しくて魅力的な女じゃないって。だからあたしはそいつが憎いの、ジョー。そいつが憎い。この手で殺してやりたいわ。明日そいつと顔を合わせたら、平然と殺してやる。後悔も良心の呵責も覚えたりしない」

「そいつは、なにを、したんだ?」ジョーはうなるように言った。「身体的にはどうなんだ、ラスティ。彼女に手を出したのか? そのくそ野郎は彼女をレイプしたのか? 彼女を傷つけたのか?

したのか？」

ラスティは疲れたため息をついた。「彼女の心をレイプした。彼女に恋をしてるふりをして、女王さまのように扱った。だけど、そんなとき、ゾーイはそいつが電話で話してるのを立ち聞きしてしまった。そいつは笑いながら、彼女はベッドではおそまつだって言った。とんでもなく下手で、不器用だって。自分の……」言葉が途切れ、ラスティの頬が赤くなる。それから、挑戦的に、恥ずかしがったことに腹を立てているかのように、先を続けた。「自分のペニスを彼女の不感症のヴァギナに突っこまなきゃならないなんて、氷山とやってるみたいだ、目的を果たす前にペニスが凍らなかったらラッキーだって」

ジョーは眉をひそめた。ある程度は完全に理解できる。女を二流市民のように扱うろくでなしには大勢会ったことがある。なかには女にあまり〝敬意〟を払わないやつもいる。女は家財、所有物、奴隷であり、唯一の用途は男が求めるやり方で喜ばせてもらうことなのだ。

だが、ゾーイのヴァギナが不感症だとか、彼女が不器用で下手だとか文句を言うのは……どうもおかしい。この話にはパズルのピースがいくつも欠けている。女としてゾーイにそれほど不満を抱いているなんて、そのろくでなしが大バカ野郎だとますます証明されたわけだが、もし満足していなかったのなら、なぜわざわざ彼女と寝る？　なぜ彼女との不器用で下手なセックスを我慢しなければならない？　それに、目的を果たす前にペニスが凍らなければラッキーだというセリフは？　どういう意味だ？　まったくわけがわからない。

しかし、そのことをラスティに聞くと、ラスティは肩をすくめ、途方に暮れた視線を向けた。

「ゾーイは自分のことをほとんど話さない子なの」と低い声で言う。「これだけ聞き出せただけで驚きだわ」

そこで態度ががらりと変わり、獰猛な表情になった。ジョーに近づいて手をつかみ、きつく握りしめる。彼を見つめる目は決意と熱意できらめいていた。

「ゾーイにちょっかいを出さないで、ジョー。すごく傷ついてるし、立ち直るには長い時間がかかるの。取り扱いには注意しなきゃ。だから、自分に惚れさせたりしないで。あんたがデートしては乗り換えてる女たちとはちがう。彼女たちは、あんたとはじめてデートする前にちゃんとわかってる。あんたは楽しんで、彼女たちも楽しむ。それからあんたは次に乗り換える。すぐに身を固めたくはないって宣言してるものね。ゾーイに近づかないで、ジョー。曖昧な態度をとらないで。いまはすごく弱ってるし、あと少しでも傷ついたら完全に壊れちゃうかもしれない」

ぜったいにゾーイを傷つけたりしないと、ラスティに食ってかからずにいるには、ありったけの自制心を働かせなければならなかった。だがまた、ラスティがこんなふうに思う理由も理解できた。くそ、ゾーイと会う前だったら、ラスティの言葉に心から同意していただろう。また、そのときにゾーイの話を聞いていたら、これ以上ないくらいさっさと離れていただろう。結婚はしない。まだ。この先もしばらくは。ふさわしい女と身を落ち着けて、兄弟たち全員に伝染している家庭生活という病にかかることについて考える時間はたっぷりある。

だが、ゾーイから逃げて、その存在を忘れたくはなかった。彼女を傷つけたくないし、まだ若い彼女に自分のせいでさらなる苦しみを与えたくはない。見られていることに気づいていないときのゾーイがものすごく弱々しく、おびえ、不安そうなのが気に入らなかった。また、いままで経験したことのない保護本能が咆哮を轟かせながら頭をもたげていた。義理の姉妹たちに対して、ジョーはとんでもなく過保護だ。ほかのKGIの仲間の妻たちにも。彼女たちのためなら、ためらうことなく命をささげられる。けれど、これほど個人的な感情で、よく知りもしない赤の他人である女を守りたいと思ったのははじめてだった。

どうすればいい？　正気とは思えないくらい惹かれている気持ち、あるいは好奇心、あるいはあのはかない女を守りたいという欲求に従って行動したいとしても、彼が心を打ち明けただけで、ゾーイは一目散に反対方向に逃げ出すだろう。

なんてこった。実際に……関係を築きたいのか？　そう考えている？　それとも、罪のない人々や犠牲者を守ると誓った彼のなかの戦士が、あれほど傷ついているか弱い女に急に興味をかきたてられただけだろうか？

いや、ちがう。その考えが頭をよぎったときに、下手な言いわけだとわかっていた。KGIの任務では、十回に八回は残虐な仕打ちを受けた無力な犠牲者に遭遇する。自分は法を超越していると思っている男たちが、女を冷酷に扱い、駒として、物として、所有物として利用することには怒りを覚える。しかし、私情をはさんだことはなかった。チームメイトたちと同じく、現場に行き、犠牲者のために正義を果たし、彼女たちが元気を取り戻して再出発できるようにする。かつて彼女たちを苦しめていた捕食者たちのことは二度と心配しなくていいように。

けれど、ゾーイをKGIの任務と同じように扱いたくない。ゾーイが人に会うたびに恐怖と不安を目にうかべないようにしてやりたいが、そのためにチームで結束したくはない。彼がそうしてやりたいのだ。ほかのだれでもない。しかし、どうすればいいかわからず、途方に暮れた。ゾーイはラスティを除いて明らかにだれも信用していない。とくに、一度紹介されただけの見知らぬ男のことは。

ジョーは決意を固めた。ゾーイはデートもどきを承諾してくれた。彼はそんなふうには言わなかったが。もちろんデートだ。安全と安心を感じてもらえるのなら、呼び方はなんでもいい。それでゾーイとふたりきりになれて、彼女がまとっている層を慎重にはがせる時間ができるならなおさらだ。一度に一枚ずつ。自分にあると思っている以上の忍耐力が必要になるだろう。彼は気配りや忍耐とは無縁だと思われていた。双子の短気なほう。白か黒かで判断し、言いわけにはあまり耳を貸さない。

非常に恥ずかしいことだが、そういう性格のせいで、この世でもっとも親しい人間を失いかけた。彼の分身。双子の片割れのネイサン。弟が経験したほんとうの地獄をジョーは理解していなかった。心の奥では、知りたくない、理解したくないと思っていたのかもしれない。もし知ったら、ネイサンを失うところだったという事実に直面しなくてはならなかったはずだから。非人間的な生活環境で一カ月にもおよぶおそろしい拷問を受けたあとで救出された瞬間に、弟を取り戻せたと思いたかった。

自分は横柄なろくでなしだった。大切な弟であり親友でもあるネイサンが奪われ、別人となって戻ってきたことに怒りを覚えた。ただ何事もなかったかのように前に進みたかった。ネイサンは生還し、家族のもとに帰ってきた。しかし、自由の身になったあとでも、ネイサンが毎日ひとりで地獄を味わっているなんて考えもしなかった。起きているあいだはつねに苦しみ、もっと悪いことに、寝ているときも悪夢に悩まされて熟睡できずにいたというのに。同じ態度をゾーイに見せるわけにはいかない。そんなことをしたら、彼女を失い、二度と戻ってこないだろう。ゾーイのことはほとんどなにも知らないのだから、もし彼女が明日姿を消したら、どこからどうやって捜しはじめればいいかもわからない。

人生ではじめて、あらゆる本能に逆らい、無理やり辛抱して、理解を示して、みずから進んでたっぷりと時間を与えなければならない。それでゾーイがここにとどまり、知らない場所に逃げずにいてくれるのであれば、彼という男を作っているありとあらゆるものを再考する価値はある。

「ラスティ、おまえがそう考える理由はわかる。おれだけは独身だし、しばらくまだそのままでいるつもりだ。究極の結婚恐怖症。ゾーイを傷つけるつもりはない。だけど、おれが見たゾーイはおびえていて、用心深く、目には恐怖があふれてた。女がそんな様子を見せるのは気に入らない。それを見て平気でいられるほど、おれはろくでなしじゃない」

ラスティがそういう意味で言ったわけじゃないと否定しようとしたが、ジョーは手をあげて黙らせた。

「おまえを責めてるわけじゃない、ハニー。おれが言いたいのは、ゾーイにもっとくつろいでもらうためになにかしてやりたかっただけだってことだ。あそこにひとりで立って、死ぬほどおびえた様子だった。どこからともなくだれかが飛び出してきて、襲いかかってくるとでも思ってるみたいに」

ラスティが罪悪感で目を曇らせ、視線を落とした。

「おまえを非難してるんじゃない、ラスティ。おれの話を聞いてくれ、いいな？　おれはゾーイに飲み物を持っていこうとしていた。彼女はあたりに目を配るのに夢中で、おれが近づいてることにも気づいてなかった。おれがいることに気づくと、デッキから落ちそうになった。それが腹立たしかった。だから、おまえのところに来て、おまえが知ってることを聞きたかったんだ。ここでは安全だってゾーイに安心してもらうために、おれは思いつくかぎりのことをした。だれも彼女を傷つけないし、ここの家族全員が君の命を守るって約束した。それから、明日一緒に過ごそうって誘った。このあたりを案内しようと思ったんだ。ＬＢＬとか、おれのお気に入りの場所に連れていこう」

ラスティは驚いて目を見開いた。

「プロポーズしたわけじゃないぞ」ジョーはそっけなく言った。

「したも同然だったかも」ラスティはつぶやいた。

ジョーはあきれて目を上に向けた。「おい。彼女をもてあそんだり、ちょっと遊んで次に乗り換えたりするつもりはない。おまえと話をする前からそんなつもりはなかったし、もしそうだったとしても、話を聞いたいまでは、ぜったいにそんなことはしない。すてきな女の子と結婚して身を落ち着けて、おふくろにもっと孫を増やしてやるってことに対するおれの考えは変わってない。だが、彼女と友だちになれないってわけじゃない。彼女の言葉を聞いて思ったが、彼女にとってはおまえだけがほんとうの友人らしい。おまえの話からもそれは裏づけられた。だけど、友だちはたくさんいても多すぎることはない。おれはゾーイにそれを与えようとしてるんだ。友情を。それに、男がみんな彼女のまぬけな元恋人みたいに自分勝手なアホじゃないってことをわかってもらえるかもしれない。だから、おれが明日ゾーイを連れまわすからといって、大げさにしないでくれよ。とくにおふくろや奥さん連中に、おれとゾーイをくっつけようと企てられたりしたくない。おれがそれを望んでないからってだけじゃないぞ。おそらく、家族全員でおれたちをくっつけようとしたら、ゾーイは一目散に逃げ出すだろう。だから、おふくろを止めてくれ。なにを言ってもいい。そして、奥さん連中がいま以上に騒がないようにしてくれ。頼めるか？　おれのためにやりたくないっていうなら、ゾーイのために頼む」

ラスティは表情をやわらげた。「あんたって最高だね、ジョー。あんたが近いうちに身を落ち着ける気はないって固く決めてるのは知ってるけど、そのときが来たら、相手の女はすごくラッキーね」

「おい、勘弁しろよ」ジョーはうなった。「もうこの話はやめていいか？」

ラスティは声をあげて笑い、いたずらっぽく目を輝かせた。「嘘はつかないよ、大好きなお兄ちゃん。あんたが女に心を奪われて、ほかの兄貴たちと同じくらい哀れな姿を見せてくれる日が待ちきれない」

「そんなことはぜったい起こらない」ジョーは殺意をこめてラスティをにらみつけた。

「よく言うでしょう」ラスティは楽しそうに言った。「ぜったいなんてないって。そうやって断言するのって、運命を直接思いっきり困難にするようなものだわ。そんなことをするのはバカだけよ」

7

ラスティはタオルで髪を拭いてから、色あせたパジャマを身につけ、ゾーイがベッドで待っている寝室へ戻ったが、中に入る前に立ち止まった。罪悪感があふれ、目を閉じる。ゾーイの信頼を裏切ったことには――ほとんど――なっていない。ジョーにはそれほど多く話したわけではない。それに、なにも話さなかったり、ゾーイの事情をまったく知らないと言い張ったりしたら、怪しまれただろう。けれど、家族に嘘をつきたくはない。それはぜったいにしないと誓ったのだ。

ジョーに嘘をついているだけではない。フランクにもマーリーンにも、みんなに嘘をついている。すべてを話していないことで。ラスティはため息をついた。彼女を養子にしてくれた家族への忠誠心とゾーイとのあいだで板ばさみになるのは、楽しいことではない。だが、ラスティを信じられないと思ったら、ゾーイが出ていってしまうこともわかっていた。逆境におちいり、最終的に死んでしまうだろう。死ぬにちがいない。そう思うと、弱りかけていた決意が強まり、嘘を続けていく気になった。

家族は理解してくれるだろう。だれよりもよく理解してくれるだろう。けれど、どういうわけか、あまりなぐさめにはならなかった。また重いため息をつき、背筋を伸ばして寝室のドアを開け、ベッドへと向かった。

ゾーイはベッドの片側でいくつも積まれた枕にうずまっていたが、目は開いていた。ぼんやりと考えこんでいる。あまりに深くもの思いにふけっていて、ラスティが隣にぴょんと飛び乗るまで彼女に気づいていなかった。ゾーイはラスティにさっと驚いた視線を向けた。

「あたしが寝室を出たのにも気づかなかったでしょう。かなり深く考えこんでたのね」ラスティはからかって言った。

わざと軽い口調にして、明らかにゾーイを包んでいる緊張をやわらげようとした。ゾーイがなにを考えていたのか、わかりすぎるほどわかっている。ところが、ゾーイが口を開けて衝動的に言い放った答えは、ラスティが想像してもいないことだった。

「わたしってほんとうにバカだわ」ゾーイの目にはパニックがうかんでいた。「ああ、ラスティ。わたしってなんてまぬけなの！　あなたのお兄さんに誘われて、わたし……いいわって答えちゃった！　なにを考えてたのかしら？」

ラスティはほほ笑み、ベッドカバーの下にすべりこみ、ゾーイの隣に横たわって枕にもたれた。

「女であることは犯罪じゃないわ。ホルモンっていう厄介なものがあるけどね」

「ジョークじゃないのよ、ラスティ！　あの人、すごく怖かった。ずっと……わたしを見てた」

ラスティは片方の眉をあげた。「そうじゃないほうが心配よ。少なくとも、彼の性的指向に疑問を抱くわ。あんたはセクシーよ、シスター。独身男があんたを見ないはずがないでしょう？」

「そうじゃないの」ゾーイは動揺して言った。「そんなふうに見てたんじゃない。ずっと見つめてた。わたしに気があるって感じじゃない。なんだか……怪しんでるみたいだった。わたしの頭のなかを全部知ってるみたいに。わたしたちの話を信じてないんじゃないかしら。家族の集まりにわたしがいることを喜んでるようには見えなかった」

ラスティは顔をしかめたいのをこらえた。ゾーイはある意味正しい。ジョーは彼女たちの話を信じているわけではなかった。けれど、それはゾーイが考えているような意味ではない。家族をだましているわけではないと思うと、心に刺さったナイフがまた少しねじれた。みんなも同じことをするはずだと自分に言い聞かせる。兄たち、KGIのメンバー、フランクとマーリーンでさえ、生まれながらの保護者だ。しかし、だからといって、重くのしかかっている罪悪感が軽くなるわけではなかった。

「じゃあ、どうして承諾したの？」ラスティは純粋な好奇心から聞いた。

「動転してたの。なんて言えばいいか、どう考えればいいか、どうすればいいか、わからなかった。断ったら、もっと怪しまれるでしょう？　彼は親切だったし、ただこのあたりを案内するって言ってくれただけなんだからなおさらよ。だって、ほら、いわゆるデートっていうわけじゃないでしょう？　彼はフレンドリーだったし、ほかになんて言えばいいかわからなかったの。断ったら、性悪女だって思われてたわ。でも、承諾したことで彼に誤ったメッセージを送っちゃうんじゃないかって、死ぬほど不安なの」

ラスティはきつく唇を結び、にやにや笑いをこらえた。ナイス。ジョーはケリー一族でいちばんの結婚恐怖症だ。だが、命をかけて罪のない人を守っているいっぽうで、たとえ歓迎するためだろうと、興味がなければぜったいに女を誘ったりしない。

とはいえ、ジョーはまちがなく疑いを抱いている。ラスティを問いただしたことからも明らかだ。ただし、ゾーイの性格は聞かなかった。それよりも、だれが彼女を傷つけたのかということを気にしていた。ほほ笑みたくてたまらなくなり、ラスティの唇がぴくぴくした。

ジョーはラスティに思わせている以上に、ゾーイに興味があるのかもしれない。もしくは、現実から目をそむけているのかもしれない。ジョーにゾーイのそばをうろついてもらうのは悪くなさそうだ。ジョーなら彼女にだれも近づけさせないだろう。

「彼は親切だったって、自分で言ってたじゃない」ラスティは落ち着いて言った。「あんたを歓迎して、もっとくつろいでもらいたいだけかも。この家族には圧倒されちゃうでしょうけど、率直に言うわね、シスター。今日のあんたはずっと銃殺隊の前にいるみたいだった。あんたを責めてるわけじゃない。だけど、必要以上に深読みしてると思う。人生を送ることは犯罪でもなんでもないのよ、ゾーイ。友だちや、自分を気にかけてくれる人たち。いままでそういう人たちがいなかったからビビるのはわかるけど、い、ま、はいるでしょう」

ゾーイは枕にどさりと身をあずけ、長く息を吐き出した。「そうね。わたし、過剰反応してる。それに、彼みたいにセクシーな人は、わたしみたいな人間を二度見したりしないでしょう？」

「今度こそ怒るわよ」ラスティはうなるように言った。「あんたはすてきなんだから。鏡で自分を見たことがある、ゾーイ？　ほんとうに見たことがある？」

ゾーイは赤面し、目をそらした。友人の自尊心がこんなにも傷つけられていることにラスティの胸が張り裂けそうだった。いいえ、傷ついているわけではない。そもそも自尊心などなかったのだから。外見も内面も美しいということをだれにも教えてもらえなかったのだ。

血管で煮えたっている怒りを抑えようと、ラスティはこの機会にゾーイをからかった。いたずらな視線を向け、ひじでゾーイの腕を突く。

「じゃあ、彼がセクシーだと思ってるのね。へえ」

ゾーイは恥ずかしそうに顔全体をピンク色に染めた。「ええ。いいえ。もう、当たり前じゃないの！　だって、自分のお兄さんたちを見たことがある、ラスティ？　みんなを？　生きた男であれほど遺伝的に恵まれてる男はいないわ。みんな、よだれが出そうなほどすてきじゃないの」

ラスティは身震いしてから耳をふさいだ。「やめて。とにかくやめて。うーっ。あんたのおかげで、今夜は眠れないわ」

ゾーイは身のすくむような視線を向けた。「自分のお兄さんとして見てなかったときは、セクシーだって思ってたはずよ」

「あたしが思ってたのは、みんなあたしを嫌ってて、とんでもなく怖いってこと」ラスティは正直に言った。「ネイサンだけは最初からやさしかった。ほかのみんなは、あたしを追い出したがった」

ゾーイは顔をしかめた。「つらかったでしょうね」

ラスティは肩をすくめた。「彼らの気持ちは理解できたから。責めることはできなかった。あたしはすてきなティーンエイジャーのイメージキャラクターってわけじゃなかった。はじめてマーリーンとフランクに会ったのは、ふたりの家に侵入したときなのよ。それでも、何年も前のことだし、あたしはとっくに一族に洗脳されてる」

「ずっとそう言ってるわね」ゾーイは身震いした。「あなたたちみんな、とんでもないことをしてるカルト教団なのかしら。わたしは二度と外の世界に戻れないんじゃないかって心配するべき?」

ラスティは声をあげて笑った。「それも悪くないんじゃない?」

「たしかに。それじゃ、ええと、眠る前にもっと大切な問題について話し合っていい?」

「つまり?」ラスティは聞いた。

「明日どんな服を着ればいい? ラフっぽく見えないけど、デートだと思ってるようにも見えないような服ってどんなのがある?」

「簡単よ」ラスティはやさしく言った。「あんたらしくすればいいのよ、ゾーイ」

「頼みがあるんだ」ジョーは電話に向かって静かに言った。

ドノヴァンが声に不安をにじませて答えた。「言ってみろ」

「ゾーイのことをこっそり調べてもらえるか? なにか気になる点や、矛盾してる点、おかしな点はないかどうか」

電話ごしにドノヴァンが顔をしかめている気がした。

「なにか理由があるのか？」

「ああ。ゾーイの目に千もの苦しみや秘密がうかんでるからだ。実際、ひどい目にあってる。傷つけられたんだ。ひどく」

予想どおり、ドノヴァンは食いついてきた。「どんなふうに傷つけられたんだ、ジョー？」

「ラスティの話では、元カレに心を踏みにじられたらしい。少ししか聞き出せなかったから、もっと知りたいんだ。ラスティはゾーイからあまり聞いてないそうだが、ゾーイの傷つき方は、めちゃくちゃ怒り狂って男のタマを切り落とそうとするような傷つき方じゃない。死ぬほどおびえてる。それが気になるんだ。しばらく親父とおふくろのところに滞在するんだからなおさらだ。事情を知りたい。あるいは、どんなことでもいい。突き止めてくれ」

「彼女に直接聞こうとは思わないのか？」ドノヴァンは冷ややかに言った。

「ラスティに話してないなら、おれに話すはずがない。まったく、今日はふたこと以上しゃべってもらえてラッキーだった。おれが近づいて話しかけたら、ヘッドライトに照らされたシカみたいな顔になったんだぞ」

長い沈黙が流れる。「具体的になにが気になってるんだ、ジョー？」

「家族の安全さ」ジョーはぴしゃりと言った。「兄貴だって同じはずだ。それとも、兄貴には妻と子どもたちがいるってことを忘れたのか？　みんな、兄貴がいれば傷つくことはないって信じきってるんだろう」

卑劣な攻撃だとわかっていた。ドノヴァンが答える前に、ジョーはいそいで謝った。

「言いすぎたな。すまない。なあ、なにかがおかしい気がするんだ。直感が騒いでる。ゾーイがどんな人間かわかれば、もっと気が楽になるはずだ。用心するに越したことはないだろう」

「それは同感だ」ドノヴァンは折れた。「調べてみる。なにか情報をつかんだら大声で知らせてやる」

「ありがとう」ジョーは静かに言って、電話を切った。

8

翌朝、ジョーは両親の家の前にピックアップトラックを止めたが、おりる前に躊躇した。くそ、緊張しているのか？　頭を左右に振りながらドアを開け、正面玄関へと大またで歩いていく。ドアノブに手をかける前に、ドアが開いた。母親が笑顔で戸口に立っていた。

ジョーは内心でうめいてから、一歩あとずさった。「母さん、ちょっと話があるんだけど」

母親は顔をしかめると、外に出てうしろ手にドアを閉めた。

「なあ、母さんが思ってるようなことじゃないんだ。だから、家族全員に電話をして、おれが運命の相手に出会ったとか言わないでくれよ。ゾーイは傷ついてる。ラスティの話では、ものすごく傷ついてるらしい。それに、死ぬほどおびえてる。彼女に必要なのは、家族全員に急襲されてプレッシャーをかけられることじゃない。今日ゾーイを連れ出すのは、このあたりを案内するためだ。できれば、もっとくつろいで、打ち解けてもらいたい。それ以上の理由はない」

マーリーンは目を細めてジョーを見た。「目がふたつある人間なら、あの子が人生でたくさん傷ついてきたことはわかるわ。おまえがうちのフロントポーチに立って、どんな形であれわたしがさらにあの子を傷つけるんじゃないかとほのめかすなんて、信じられない」

ジョーはすぐに深く後悔し、肩を落とした。「なあ、母さん。べつに母さんがだれかを傷つけるなんて言いたかったわけじゃない。母さんにはそんなことできっこない。ただ、母さんにも、ほかのだれにも、勘ちがいしてほしくなかっただけさ。そのせいでゾーイがプレッシャーを感じて、気まずい思いをするかもしれないだろう。彼女にはまちがいなく友だちが、支えが必要だ。おれがその両方を与えてやる」

するとマーリーンはほほ笑み、表情をやわらげた。片方の手をジョーの頬にそえ、背伸びをして反対側の頬にキスをする。「おまえが助けを必要としている人を無視するんじゃないかと疑ったことは一分だってないわ。ゾーイの準備はできてるし、ピクニックバスケットにふたり分のランチをつめておいたわ。さあ、楽しんでいらっしゃい。あの女の子を笑わせてあげて。お願いだから、リラックスさせてあげてちょうだい。そうすれば、わたしたちが威圧的な鬼じゃないってわかってもらえるわ」

ジョーは母親に腕をまわして抱きしめた。「愛してるよ、母さん」

「わたしも愛してるわ、ベイビー。さあ、中に入って。それからゾーイと出かけなさい」

母親に続いてキッチンに入ると、ゾーイとラスティがバースツールに座っていて、グラスに入ったジュースを飲み終えるところだった。ジョーが姿を見せると、ラスティはにっこりと大きな笑みをうかべた。しかし、ゾーイは凍りつき、目にはパニックと恐怖が燃えていた。シンプルなTシャツとローライズのジーンズを身につけている。ジーンズには、ラスティが流行りだと言い張っているダメージ加工が施されている。ぼろぼろのジーンズに大金を払うなんてジョーには理解できなかった。まったく、〈ウォルマート〉のジーンズとポケットナイフがあれば、自分で同じようにできる。だが、義姉妹たちを観察してきたことで、女のファッショントレンドは謎であるばかりか、どうも神聖であるらしいと学んでいた。好みが同じ女はふたりといない。兄弟たちの毎月のクレジットカードの請求書がどうなっているか、知りたくもなかった。

ゾーイの髪は、簡単におだんごにまとめてあった。ラスティがよくやっている髪形だが、ゾーイがやるとめちゃくちゃキュートだと認めないわけにはいかなかった。あちこちで巻き毛がほつれていて、ベッドから出たばかりで乱れているみたいだった。ジョーはうめきそうになりながら、無理やり目の前の問題に注意を戻した。ゾーイを一日連れ出すこと。ああ、それと、あいさつをして、かわいいとほめれば、いいスタートが切れるだろう。けれど、ジョーはわざと距離を保った。すでにびくびくしているように見えるゾーイをこれ以上怖がらせたくない。

「お嬢さんがた」ジョーはあいさつ代わりに軽く頭をさげた。「ふたりとも今日は美人だな」

ゾーイの頰が女らしいきれいなピンク色に染まり、顔がいっそう輝いて見えた。いっぽうのラスティは鼻を鳴らして、自分のスエットとTシャツを見おろし、うんざりしたように目を上に向けた。

「なんだ？」ジョーはなにくわぬ顔で聞いた。「兄貴が妹に美人だって言うのは犯罪か？」

ラスティは目つきをやわらげ、意味ありげにジョーを見つめながら、ゾーイに見えないように「ありがとう」と声に出さずに口だけ動かした。ほめてもらったことではなく、気を使ってゾーイに接してくれていることに対する礼だとジョーにはわかっていた。ゾーイがこれほどひどく傷ついているほんとうの理由を突き止めてみせるという決意が固くなる。彼女みたいに美しい女は、自尊心を損なわれるべきではない。どんな女もそうだ。けっきょくのところ、魂が美しくなければ、どれだけうわべが美しくてもそれを補うことはできない。ゾーイの苦しみに満ちた目の奥には、悲しみと恐怖に包まれているけれど絶対的に美しい女がいる。

赤の他人である女のことをこんなに考えているなんて、不安になるべきだろう。自分らしくない。しかし、心を引かれていた。説明はできないし、正直なところ、それがかなり怖かった。また、同時に……正しいと思えた。兄弟たちもこんな気持ちだったのだろうか？　首を横に振りそうになる。深みにはまる前にこんな考えはやめて、ここに来た目的を思い出さなければ。魂の伴侶を見つけて、兄弟たちみたいに身を落ち着けるのが目的ではない。

「ゾーイ？」ジョーはやさしく聞いた。「準備はいいか？」

ゾーイはラスティのほうに不安そうな視線を向けたが、すぐに気を取り直したようにジョーにほほ笑んだ。「ええ」

ジョーの肺からいっきに勢いよく空気がなくなる。なんてこった。いままでのゾーイがただ美人だったとするなら、笑みをうかべたときはやはり息をのむほど美しい。二枚目の皮膚のごとくまとっていたよそよそしさがなくなったみたいだった。腹を殴られたような気がして、ジョーはしばらくバカみたいに突っ立ってぽかんと彼女を見つめていた。いつまでも笑顔でいてもらいたかった。

母親から大きなピクニックバスケットを渡され、放心状態だったジョーは我に返った。空いているほうの手をゾーイに差し出し、拒まれないように願った。

ゾーイは一瞬だけためらってから、ジョーの手のひらに手をすべらせた。ジョーは指をからませ、ゾーイを自分のほうに引きよせた。

「夕食までには帰ってくるよ、母さん。心配しないで。今日はゾーイに合わせて、なりゆき任せにする」

マーリーンはほほ笑み、賛同して目を輝かせた。「ふたりとも楽しんでいらっしゃい。とくにあなたよ、お嬢さん」ゾーイに向かって言う。「リラックスして、楽しんできて」

ジョーはゾーイを連れてピックアップトラックまで行き、助手席のドアを開けてやってから、後部座席にピクニックバスケットを置いた。車をまわって運転席に乗りこみ、ゾーイをちらりと見やる。ものすごく緊張して落ち着かない様子だ。ジョーは心をやわらげた。

「ゾーイ」

彼女がまつ毛の下からこちらを見あげるのを待ってから、ジョーは言葉を続けた。

「噛みついたりしない。約束する。ほんとうにきみの友だちになりたいんだ。友だちはいくらいても多すぎることはないだろう？」

キッチンで笑みを向けられたときに息が止まったとするなら、今回は内臓を殴られたみたいで、まったく呼吸ができなくなりそうだった。ゾーイは顔全体を輝かせて、恥ずかしそうにジョーを見つめている。やさしいピンク色の頬が、触れて愛撫してほしいと懇願していた。

ああ、きれいだ。こんなに美しい女に会ったことがあっただろうか。義理の姉妹たちはみな美しい女だ。けれど、いまゾーイを見ているように彼女たちを見たことはなかった。

ジョーは心のなかで自分を責めた。これは友情の意思表示にすぎないと、すでに自分に言い聞かせて戒め、母親にも納得してもらおうとしたというのに、こんなことを考えているなんて。唯一の問題は、自分があまり納得していないということだ。大問題だ。

「最初にLBLに行って、そのあとは風任せにしようと思ったんだ」ジョーはゾーイに笑みを返しながら言った。

「すごくいいわね」ゾーイはうっとりとした口調で言った。「風任せに出かけたことってないの。なんだか詩的ね」

知られたくない情報を明かしていると気づいたのか、ゾーイはぴしゃりと口を閉じ、視線をそらした。ジョーは車を走らせ、居住地から出た。

血管で怒りが煮えたぎっている。ただ男とうまくいかなかったという以上に、ゾーイにはなにかがあるような気がしていた。そのまぬけとつきあう前はどんな人生だったのだろう？　ゾーイの過去についてはラスティからなにも聞いていない。男と最悪の関係を築いたことだけ。家族はどこにいる？　なぜ彼女の家族は、ジョーの家族みたいにゾーイを囲んで、愛と支えで息苦しいくらい包んでやらない？

そうたずねそうになった――ゾーイのすべてを知りたくてしかたがない――が、そんなことをしたらゾーイは心を閉ざすだろう。今朝あいさつしてくれたときのくつろいでかわいらしいシャイなゾーイを失ってしまう。それに、彼の予想どおり――あまりよくない過去――だとしたら、つらい記憶をよみがえらせて、ふたりで過ごす一日がはじまりもしないうちに台なしになってしまう。

そこで、気づかなかったふりをして、ゆっくりとあたたかい笑みを向けた。「じゃあ、ダーリン、そろそろそういうことをしてもいいんじゃないか」

ゾーイがリラックスして、ふたたびベイビーブルーの目を彼に向け、さっきより熱のこもった笑みをうかべると、ジョーは心のなかでガッツポーズをした。

「楽しそうね」そこでゾーイはしばらく言葉を切った。頬がふたたびきれいなピンク色に染まると、ジョーは我を忘れそうになった。「ありがとう、ジョー」

ジョーは驚き、一瞬だけ道路から目を離して完全にゾーイのほうに顔を向けた。「なんで礼を言うんだ?」

「今日、わたしの風になってくれたから」ゾーイはやさしく言った。

ハイウェイを走っていてよかった。ゾーイとの関係について、厳しく自分を戒めておいてよかった。そうでなければ、これから一時間、彼女にキスをして過ごすことになるだろう。女にこれほど弱々しく、それでいて彼が自分の世界のヒーローであるかのように見つめられて、抵抗できる男がいるか?

マジでヤバい。

ヤバい。

ヤバい。

ヤバい、ヤバい！

速度を落とし、広いハイウェイに入ったときに、ジョーは携帯電話を取り出し、すばやくサムにテキストメールを送った。

『今日は対応できないから連絡するな』

それから、思いもよらないことをした。携帯の電源を切り、コンソールの中に放り投げた。これまでKGIとの連絡手段を絶ったことは一度もなかった。いま彼を縛りつけるものはなにもない。どんなものにも、だれにも、なんの義務もない。自分——それともちろん、家族——以外には。だが、今日KGIが召集されたら、ジョーなしで活動することになる。サムはあらゆる疑問を抱くだろう。その疑問に答える気はない。一日くらい休みをとってもいいはずだ。いままで一度もしたことがないのだから。それだけで、おせっかいで詮索好きで過干渉な兄弟たちにとって十分な説明になるはずだ。

ただ、彼らが妻たちに黙っていてくれることを祈った。もし知られたら、イヴのときと同じように、押しかけてきて、家族のバーベキューでしたよりも厳重に取り調べをして、ゾーイが彼にふさわしいかたしかめたがるだろう。ジョーは鼻を鳴らしそうになった。彼がゾーイにふさわしいか心配するべきだ。女に関するかぎり、彼は気がきくとか、分別があるとか、繊細だとか、そんなふうには思われていない。けれど、この難問を解決するためにはあらゆる手を尽くさなければならないだろう。

なんてこった。正気を失いかけている。まだこの女と実際にデートをしたわけでもないのに、すでに家族への言いわけを考えて、戦略を立てている。深みにはまる前に、ペースを落とそう。ゾーイを誘うべきではなかった。距離を保って、ほうっておくべきだった。だが、そうしなかった。そしていま、その結果と向き合わなければならない。

9

ジョーのおかげで、ゾーイは少しずつリラックスした。考えてみると、ジョーは血のつながらない妹のラスティに対するのとほぼ同じように接してくれているのに、ゾーイは彼に口説かれているのではと心配していた。パニックになって状況を誤解していたことが恥ずかしかったが、その気持ちを無理やりこらえた。ありがたいことに、自分の考えをはっきりとは口にしなかった。つまり、昨日ジョーに彼女をデートに誘っているのかと思わず聞いた以外は。願わくは、そのことを忘れていてほしかった。あるいは、単なる彼女の誤解だと考えていてもらいたかった。この生涯で拒絶という屈辱はすでにいやというほど受けていた。

それでも、頭の奥で小さな声がしていた。だれにも求められていないなんて、自分のどこがそんなに悪いのだろうか。だれも気にかけてくれない。父。セバスチャン。母でさえ。だれも彼女を求めていない。ステラ・ハンティントン。それが本名だ。どうして母は彼女を父のところに置いていけたのだろう？　そして二度と振り返らずにいられたのだろう？　父は明らかに娘に愛情も興味も抱いていない。息子が欲しかったから？

それはありうる。当時知らなかったことをいまでは知っていた。娘ではガース・ハンティントンの犯罪帝国を継げないのだ。母は前から知っていたのだろうか？　だから去った？　だけど、もしそうなら、なぜステラを一緒に連れていかなかったのだろう？　母親はそういう危険な環境からひとり娘を守りたいものではないのか？

熱い涙でまぶたがちくちくし、ゾーイは鋭く息を吸いながら、すばやくまばたきをして、過去急にこみあげてきた感情を抑えようとした。まったくもう。いまは自分を哀れんだり、過去をくよくよ考えたりするときではない。過去は――過去だ。なにをしたところで変えることはできない。生きたいのなら、自分が無意識に送ってきた人生から自由になりたいのなら、前に進んで、自分自身を作り直さなければ。いまはゾーイ・キルデア。ステラ・ハンティントンは死んだ。セバスチャンが、そしておそらく父親が、望んでいたとおり。けれど、なぜセバスチャンは自分に恋をさせるという茶番を長々と続けたのだろう？　彼女に恥をかかせて楽しんでいた？　殺す前に、とてつもなく愚かで世間知らずな彼女をあざけるつもりだった？　いろいろな疑問のせいで頭が猛烈に痛んだ。ベッドに――ラスティのベッドに――もぐりこんで、とにかく一年間泣いていたかった。

「おい、大丈夫か？」ジョーがやさしく聞いてきた。

恥ずかしさで頭のなかが燃えあがる。ゾーイは表情を作り直してから、横を向き、精一杯説得力のあるほほ笑みをうかべた。

「大丈夫よ。バイソンやヘラジカを見ると興奮しちゃって。姿を見せてくれるかしら？」

ジョーはしばしゾーイを見つめた。わずかに眉をひそめていることから、ゾーイの説明をまったく信じていないとうかがえたが、ありがたいことに、ジョーはそれ以上問いたださなかった。

「バイソンはまず見られるだろうな。ヘラジカはもうちょっとレアなんだ。ベストタイムは、日が落ちる直前の夕暮れだ。今日ヘラジカが見られなかったら、今度は夕方にまたきみを連れてきて、なんとか一頭呼びよせてみよう」

ジョーはそう言いながらにやりと笑った。ゾーイも笑い返さずにはいられなかった。彼のフレンドリーさのおかげで、さっきの頭痛が消えていく。

「せっかくこっちに来たんだから、オールド・ホームステッドにもよろうかと思ったんだ。一八〇〇年代の土地を再現していて、当時存在してた小屋や建物がある。〝農場の日(ホームステッド)〟には、当時の服装をした人たちが集まる。フォークシンガーの歌が聴けるし、軽食も出る。敷地を流れる小川で冷やしたスイカとか」

「すごいわね」ゾーイは興奮して言った。「いまやってないのが残念だわ。きっと楽しいでしょうね」

どうしてもうらやましそうな口調になってしまい、数日前からとりついている暗い悲しみにふたたび浸る前にいそいで口を閉じた。

「楽しめるさ。いまやきみは家族なんだ」ジョーはからかうように言った。「次のイベントのときに、ラスティと泊まりにくればいい。おれが連れてきてやる」

ゾーイは顔を赤らめたが、受けられるかわからない誘いに応じる前に、賢明にも口を閉じていた。

「ここはきれいね」車がＬＢＬに入ると、ゾーイは言った。「というか、このあたりはどこもきれい。あなたたちは湖のほとりで暮らしてるのよね。わたしは人生でこんなに多くの木を見たのははじめてだわ」

「都会っ子か」ジョーはからかった。

ゾーイはまた赤面した。

「おい、バカにしたんじゃないぞ」ジョーはやさしく言った。

「都会っ子にはなりたくなかった」ゾーイは正直に言った。

ジョーは首をかしげ、ゾーイをちらりと見た。車はゆっくりと道路を走り、保養地の奥へと進んでいく。「じゃあ、なにになりたかったんだ？」

ゾーイは顔をしかめた。「バカげてるわよ」

「話してみろ」

ゾーイはため息をつき、それから肩をすくめ、笑われるのを覚悟した。「昔から、田舎暮らしは楽しいだろうなって思ってたの。農場でもいいかもしれない。それに、釣り！　じつはわたし、一度も釣りをしたことがないのよ。すごく楽しそう」

「嘘だろう！」ジョーはおびえたふりをした。

彼の目が楽しそうに輝いているのを見て、ゾーイはリラックスした。

「まさにこういう場所で暮らすのはすばらしいだろうなって、ずっと思ってたの。フレンドリーな住人。静けさ。近所同士の助け合い。スローペースな生活。とても……平和だわ」

「なんだか、きみの人生はあまり平和じゃなかったみたいだな」ジョーは真剣な口調で静かに言った。

もう、黙らなきゃ。なぜ彼の前ではぺらぺらとしゃべってしまうのだろう？　口から出るすべての言葉に注意しなければならないのに。つねに用心するようにとラスティに百回は言われてきた。それなのに、二日続けて失敗している。

信用してもらえるように祈りつつ、ゾーイはなにげなく片方の肩をすくめた。「あら、大都市のことはわかるでしょう。シカゴってほんとにせわしないの。早送りの映画を観てるみたい。だれもが慌ただしく走りまわって、つねに動いてる。立ち止まって……陳腐な言葉で申しわけないけど……バラの香りを嗅いだりしない」

「じゃあ、引っ越せよ」ジョーはまるでそれが世界一簡単な解決方法だとばかりに言った。「きみは大学を卒業して、学位を持ってる。どこでも好きなところに引っ越せる。なんで幸せじゃない場所にとどまるんだ？」

ほんと、なんでかしら。

「とどまるつもりはないわ」ゾーイは真正直に言った。「ただ、どこに引っ越すか、まだ決めてないの。MBAは取得したけど、田舎では、人口の多い街や都市ほど需要がないのよ」

「自分でビジネスをはじめればいい。おれの親父は退役してから自分の店をかまえた。ドーヴァーは大都市ってわけじゃないが、親父は金物店を開いて、三十年以上営業を続けられているだけじゃなく、繁盛させた」

「あなたや兄弟たちも同じなのよね？」ゾーイは聞いた。KGIについてもっと知りたかった。「みんなそれぞれ軍にいたけど、退役してからKGIを作ったって、ラスティから聞いたわ」

ジョーは眉をひそめ、速度を落として車を止めたが、すぐにはしゃべらなかった。代わりに指をさした。「見ろ。バイソンの母親と子どもだ」

ゾーイは座席の上で向きを変え、興奮して声をあげた。百メートルほど先に大きな獣が立ち、その横で子どもが乳を飲んでいる。

「まあ！　すごい！」

ゾーイは両手をガラスに押しつけた。そうすればもっと近づけるとでもいうように。そしてうっとりと見つめていると、母バイソンは子どもから離れ、生い茂る木々のほうへと我が子を連れていった。二頭がのんびりと歩き去って視界から消えてしまうと、ゾーイは口をへの字にして失望の声をもらした。

「心配するな」ジョーが安心させるように言う。「一度に一、二頭しか見かけないのは珍しいことなんだ。たいてい群れで移動するし、LBLはかなり広い。帰る前に、群れに会えるさ」

ゾーイはうれしくなってジョーのほうに視線を戻した。気がつくと、ジョーはまだ車を走らせておらず、代わりにゾーイを真剣に見つめていた。その目は活気がなく、表情は以前ほどあたたかくなかった。

「KGIについてラスティから聞いたのはそれだけか？」

ゾーイは口をあんぐりと開けた。しまった。ラスティをトラブルに巻きこんでしまったかもしれない。本来ならラスティは兄たちの仕事を話してはいけないことになっている。だけど、そんなに話していない！　それでも、ジョーは妹がケリー兄弟のことをゾーイと話したのをあまりよく思っていないようだ。

「そんなにたくさんは聞いてないわ」ゾーイは言いわけがましく言った。「ラスティを怒らないで。多くは話せないし、あなたたちがしたことについてはなにも話せないって言ってたのよ。ラスティから聞いたのは、兄弟がみんな軍に入っていて、サムとギャレットとドノヴァンが退役してからKGIを作って、そのあとであなたとネイサンとイーサンが加わったってことだけよ。あなたたちは人々を守って、悪人を追ってるって。それだけ」

ジョーはすばやくゾーイの手を取り、安心させるように握りしめた。「ハニー、大丈夫だ。ラスティに腹を立てちゃいない。あいつがなにを話したかってことよりも、なにを話さなかったかってことのほうが気になったんだ」

ゾーイは困惑してジョーを見つめた。「よくわからないんだけど」

ジョーはため息をついた。「部外者にとって、おれたちがしてることは……そうだな、おれたちが――おれが――したことを知ったら、きみはおれをあまり尊敬しないかもしれないとだけ言っておこう」

ゾーイは眉間にしわをよせた。ジョーはなにを言いたいのだろうか。「でも、あなたは人々を助けてるってラスティは言ってたわ」

「そうだ。それがおれたちの最優先事項だ。この世には危険が多い。きみも知ってるよな。だけど、おれたちは過激だと思われそうな手段をとってる。おれは人を殺したことがある、ゾーイ。だが、人を助けてもいる。おれたちは罪のない人たちを守って、悪を倒してる。犯罪帝国をつぶしてる。テロリスト、ドラッグディーラー、武器ディーラー、誘拐犯、ギャング、人身売買や児童売買をしてるやつら、そういった連中を消してる。卑劣で邪悪なやつらほぼ全員を。おれの手は血だらけだ――おれも、兄弟たちも、KGIのメンバーも。おれたちはグレーゾーンで存在してる。つねに規則や……法に従ってるわけじゃない。できるかぎり悪の根源を消す。おれたちの魂は汚れてるし、良心と向き合わなきゃならないが、それを受け入れて生きてる。けっきょくのところ、そうすることでしか前を向いて生きていけない。おれたちが遭遇する多くの犠牲者たちに背中を向けるようになったら、おれたちはおしまいだ」

ジョーは深く息を吸い、ゾーイから視線をそらした。

「自分たちですべてを決断して正義をくだすには、大きな責任がともなうし、厚かましいと思われることもある。多くの人はおれたちの行動や任務を許さないだろう。くそ、おれたちだって、やるべきことだとわかってても、つねに納得してるわけじゃない」

顔から血の気が引くのを感じ、ゾーイは両手を座席に押しつけて、震えをこらえた。喉に苦いものがこみあげる。どうしよう。彼女の正体を知ったら、ジョーはどうする――どう思う――だろうか？　彼女の出自を知ったら？　父の正体を知り、彼が――ゾーイも――ジョーが勇敢にこの世から排除するために戦っている悪と同じだと知ったら？

軽蔑されるだろう。嫌悪のまなざしで彼女を見るにちがいない。ゾーイは泣きたくなった。生まれたときから呪われた存在である自分を――自分の正体を――変えることはできない。彼女の血管には父の血が流れている。邪悪。汚れている。父の罪を許すことはできない。

「きみがそんなふうに感じるってわかってた」ジョーが厳しい口調で言った。ハンドルを強く握っている指の関節が真っ白になっている。「きみはおれを嫌悪してる。おれの仕事を嫌悪してる。おれの家族を嫌悪してる。べつにきみを責めてるわけじゃ――」

「ちがうわ！」ゾーイはジョーの言葉をさえぎった。「そうじゃない！　あなたがしてること、あなたという人間を称賛してるわ。わたしはただ……驚いただけよ。どうしてそんなに無欲になれるの？　赤の他人のために自分を危険にさらすことを一生の仕事にできるの？　犠牲者や、ほかのだれも立ちあがってくれない人たちのために。どうしてそんなことができるの？　あなたたちには家族がいる。子どもも。ああ、任務に出るたび、だれかひとりが、あるいは全員が戻ってこられないかもしれないなんて、愛する人たちにはおそろしいことでしょうね。戻れなかったとしたら、それは知りもしない人を守ったからだなんて」

ジョーは視線を向けた。その目にはあたたかさがにじんでいる。ゾーイはいまほど嘘をついているのが不快になったことはなかった。まさに彼女のような存在を相手に、ジョーは人生をかけて戦っているのだ。彼女のような人間。生き方。

以前の生き方。

自分は父親とはちがうと、厳しく言い聞かせる。同じ道は選ばない。もう父の言いなりにはならないし、彼のルールに従って生きたりしない。それでも、自分が汚れているという気持ちを抑えられなかった。汚い。あらゆる善の象徴であるこの戦士にふさわしくない。

そこでふとヒステリックに笑いだしそうになった。先走りすぎてるわよ、ゾーイ。この男はあなたにこれっぽっちも興味はない。やさしくしてくれてるだけ。あなたがふさわしいかどうかなんて関係ない。彼は対象外よ。あなたを求めてないし、たとえ求めていても、事実を知ったらそんな気持ちはなくなるわ。

沈黙をごまかし、ジョーの顔から伝わってきて心地よく包みこんでくれているぬくもりから逃げるため、ゾーイは必死で話題を変えた。

「じゃあ、世界を救ってないときはなにをしてるの?」と明るくたずねる。

ジョーはくすくす笑ったが、あたたかい目つきのままだった。あたたかいどころではない。素肌が燃えそうだ。それに、彼の笑み……こんなふうに骨が溶けてしまいそうな笑みは知らない。そんなまなざしで見つめられ、どう考えればいいかさっぱりわからなかった。

ジョーはまた車を走らせ、公園内の舗装道路を進みはじめたが、つねに目の端でゾーイを見ていた。

「世界を救ってないときは、美人におれのホームグラウンドを案内してるかな」

血管に喜びがあふれたが、禁断の領域に踏みこんでいると気がついた。

「それはフルタイムの仕事なんでしょう」ゾーイは冷ややかに言った。「あなたに女性の同伴者がいないときなんて想像できないわ」

もう、ほんとうに彼の気持ちを知りたい？　ふだんどれだけ多くの女とつきあっているかを？　急に胸が燃えあがったのは嫉妬のせいだろうか？　口を閉じて、恥ずかしいことを口走るのはやめなければ。それと、感情とか、ホルモンとか、そういうものをしっかりと抑えて、嫉妬深い恋人みたいな言動を見せないようにしなければ。

いまジョーの目はきらめき、口の両端があがって笑みがうかんでいた。

「一度だけさ」ジョーは曖昧な口調で言った。それからゾーイにウインクをして、道路に注意を戻した。

どう考えればいいのだろう？　ジョーは独身生活を満喫していて、交際ステータスを独身から既婚に変えるつもりは――もしあるとしても――すぐにはないと、ラスティがはっきりと言っていた。それは家族でくり返されているジョークらしい。また、マーリーンとほかの女性陣が何年も前からジョーに結婚させて家族を作らせて身を固めさせようとしてきた――そして失敗してきた――とも聞いていた。

ジョーが思わせぶりな態度をとっているとか、誘惑しているとか、ちょっと遊んでから歩き去りたいと思っているとか、そんなふうには考えられない。オーケー、自分は信じられないくらい世間知らずなのかもしれない。男を見る目は最悪だ。けれど、ジョー・ケリーがセバスチャンと同じだとは思えなかった。

それがいちばん怖いのかもしれない。善良な男とつきあったことはない。ジョーは最高に善良な男に見える。まさに彼女が求める男、そして、けっして手に入るはずがない男。

10

「楽しい！」叫び声をあげながら、ゾーイが裸足で浅い小川に入っていく。この土地は、かつて製紙会社が所有していた。ＫＧＩが居住地を造るときに土地を購入したのと同じ会社だ。現在では個人の土地になっているが、ジョーは所有者と知り合いで、いつでも好きなときに来ることができた。平穏と静寂が欲しいときに来る、お気に入りの場所のひとつだ。

ジョーは顔に笑みをうかべながら、ゾーイを眺めていた。ゾーイはジーンズを濡らさないようにすそを少しまくり、ふざけて水面を蹴って水を飛ばしていた。それから体をかがめて手を下に突き出し、川床からなめらかな石をひとつ拾いあげた。

「水切りにぴったりだわ」興奮して顔を紅潮させながら言う。「湖をどこまでもすべっていきそう」

「じゃあ、あとでたしかめてみるか？」

ゾーイは問いかけるように首をかしげた。

「オールド・ホームステッドに行くのはやめて、代わりにおれの家に行くのはどうだ？　湖のほとりだから、桟橋からその石で水切りができる。今日の水面は穏やかだ。風もぜんぜん吹いてないし、水面はガラスみたいだ。水切りには完璧なコンディションだぞ」

ゾーイは急に考えこむように下唇を噛みながら、コポコポと流れる水を見つめた。

「それなら、もっと石を見つけなきゃ。はじめてなんだから、失敗したくないわ。もっと石を見つけて、失敗しないように練習しないと」

「水切りをしたことがないのか？」ジョーはにっこりとほほ笑んで聞いた。

するとゾーイの笑顔が薄れ、美しい目に悲しみがにじみ、ジョーは質問したことを後悔した。

「ええ、でも、すごく楽しそうだなってずっと思ってたの」ゾーイはぼそぼそと言った。

「よし、じゃあ、たくさん拾っておかないと」

ジョーが靴を脱ぎ、ジーンズのすそをふくらはぎまでまくって水の中に入っていくと、ゾーイは驚いて彼を見つめた。

「おれに全部やらせるつもりか？」ジョーはからかって言った。「いそいで石を集めて、湖に戻らないと。暗くなったら、きみの水切りの腕前が見えなくなっちまう」

ゾーイは笑みをうかべ、それを見たジョーの胃が飛び出しそうになった。ゾーイが顔を輝かせるたびに、こうなるみたいだ。

それから三十分、ふたりはつるつるの石を何十個も真剣に集め、ジョーがそれを車に運んだ。すべて運び終えてから、母親が用意してくれたピクニックバスケットをつかみ、川岸に持っていった。

「食べられるか？」ゾーイに声をかける。

小川の奥まで進んでいたゾーイは振り返り、待ちきれないという表情をうかべた。「おなかぺこぺこ！　楽しいことばかりで、食事のことはすっかり忘れてたわ」

ジョーは胸を押さえ、おびえたふりをしてうしろによろめいた。「このあたりじゃ、それは罪だぞ。とくに、おれのおふくろが料理を用意してくれたときは。おれたち家族にとって食事は宗教みたいなもんなんだ」

ゾーイは笑い声をあげ、ジョーはその屈託のない声を楽しんだ。

「そうみたいね。最初は、昨日の集まりのときにあなたのお母さんは料理を作りすぎたんだって思ってたけど、そのあとでみんなの食べっぷりを見て納得したわ」

「だれもおふくろの料理を断ったりしない。断るのは、まちがいなく十戒のひとつだな」

ゾーイはまた笑い声をあげた。ジョーは彼女を笑わせ続けたかった。声が美しいだけでなく、笑うたびに顔と目が輝く。まるで光を放っているようで、目を奪われた。

ジョーはすばやくブランケットを広げ、地面のいちばんやわらかい場所に敷いてから、ゾーイにこっちに来て座るようにと合図し、そのあいだにバスケットの中身を出しはじめた。

「チキンサラダサンドが好きならいいんだけど」ジョーはそう言いながらサンドイッチを取り出した。「おふくろのチキンサラダは伝説的なんだ。フライドチキンの次にうまい。おふくろが料理するとき、ヴァンはいつもフライドチキンをリクエストする」

「食べたことないの」ゾーイは打ち明けた。

ジョーはまたおびえたふりをして、胸を押さえた。「じゃあ、本物のごちそうにありつけるぞ。だけど、おふくろのことだから、やっぱりほかの料理も作ってくれた。おふくろが目を光らせてるうちは、何人たりとも腹をすかせちゃいけないんだ。ほかにローストビーフサンドもある。ひと晩じっくり焼いたビーフにグレービーソースをかけて、自家製ロールパンにはさんである。それぞれ半分ずつ食べるのがいいぞ。両方食べないなんて、人生損してる。だけど、デザートもあるからな。ピーカンパイに、トリプルファッジブラウニー、手作りのピーナツバタークッキー。なあ、なんでわざわざピーナツバタークッキーは手作りだって言ったと思う？　すぐに食べられる市販のものは重大な罪だって、おふくろは考えてるんだ」

「どうしよう」ゾーイの目は顔に対して大きくなっていた。「全部食べられそうにないわ、ジョー！　彼女の気分を害したくない」だが、目の前に広げられた料理をできるだけ食べたくてしかたがないというように見つめている。

ジョーは声をあげて笑い、ゾーイの手を取った。そうせずにはいられなかった。手を離すまで長く握りすぎていたとしても、べつにかまわなかった。親指でのんびりとゾーイの指の関節をなでながら、ふと思った。一日休みをとって、なりゆき任せに過ごして、こんなふうに楽しむのはいつ以来だろうか。

「基本は、どれも少しずつ食べることだ。それから、残った分はおれが持って帰る。そうすれば、おれたちが全部たいらげなかったってことはおふくろにはばれないし、おれは明日も王さまみたいな食事にありつける」

「ああ、いまわかったわ」ゾーイは厳しいふりをして言った。「残り物をひとり占めできるってわけね。それってフェア？」

「フェア？」ジョーは吐き出すように言った。「きみはおふくろの家に泊まって、毎日おふくろの料理を食べてるじゃないか。おれが料理を食べられるのは、家に立ちよったときか、料理ができなくて妻のいない息子を不憫に思って命を救ってくれって懇願するときだけなんだぞ」

ゾーイはあきれて目を上に向けたが、いまではリラックスして、それまでの遠慮や不安はなくなっており、ジョーはひそかに喜んだ。

「それはなに？」ジョーが大きな保冷ボトルを取り出すと、ゾーイは聞いた。

「ああ、これか？　神々の美酒、南部の公式ドリンクさ。スイートアイスティー。「スイートティーだよ」

ゾーイが口をすぼめると、ジョーはわざと驚いた顔で彼女を見つめた。「スイートティーを飲んだことがないなんて言わないでくれよ。今日一日でおれの心はショックを受けまくってる」

ゾーイは噴き出し、ジョーは臆面もなく彼女を見つめた。目が輝き、大きな笑みをうかべている口の形が魅力的だった。

「インスタント紅茶なら飲んだことあるけど」

ジョーは片方の眉をあげた。「インスタントだって？」

ゾーイは笑いながら片方の手をあげた。「言わないで。答えはもうわかってる。インスタント紅茶は罪。でしょう？」

「やっとわかったか」ジョーはからかって言った。

「南部の生活について、もっと学ばなきゃいけないみたいね」ゾーイは楽しそうに言った。

ジョーは悲しげな顔を作った。「これからきみを南部ガールにしてやろう、ゾーイ・キルデア。あっという間に、ハンティングや釣りをするようになって、そんなジーンズじゃなく、ショートパンツとサンダルをはくようになる。それが標準的な格好だ」

ただからかっているだけなのに、ゾーイはうっとりした表情をうかべている。そのことに気づいているのだろうか。だが、釣りをしたいと言っていた。それなら……。

ジョーはすぐに思考回路を閉じた。いや、ゾーイを釣りに連れていったりしない。ふたりで出かけるのは今回だけだ。フレンドリーにふるまう。男がみな、女を利用したり、セックスしたりしたがっているろくでなしではないということを示す。

だけど……友だちにはなれるだろう？　それを禁じる法律はない。ゾーイにはまちがいなく友人が必要だ。友人や味方はラスティしかいないらしい。ああ、友情を示すことはできる。その考えに脈が跳ねあがり、気がつくとジョーは満面の笑みになっていた。完璧な解決策だ。

「なんでそんなに大きな笑みをうかべてるの？」ゾーイがけげんそうに聞いてきた。

しまった。ジョーはあわてて返事を考えたが、どうでもいいとあきらめた。つねに事実が最善の答えだ。

「笑顔にならない理由があるか？」ジョーはいっそうあたたかい笑みをゾーイに向けた。「楽しいことが好きな美しい女と一日を過ごしてる。彼女はすばらしいユーモアのセンスを持っていて、おれと同じことが好きだ。それがうれしくないと思うか？」

その答えにゾーイは動揺したようだったが、ジョーは気づいていないふりをした。代わりに話題を変えた。けれどその前に、最初は戸惑っていたにもかかわらず、彼の返事にゾーイが……うれしそうな顔をしたのに気がついた。

「もう腹いっぱいになったか？　これからまだ水切りをしなきゃならない。そのあとで、おふくろがだれかにおれたちを捜させる前にきみを家まで送らないと。おふくろは自分が世話をしてる人たちには過保護なんだ。それに、夕飯を逃すのは、おふくろにとっては死刑に値する大罪だ」

自分を気にかけてくれている人たちがいるという考えにゾーイがうれしそうに顔を赤らめたのをジョーは見逃さなかった。そして腹が立った。いままで気にかけてくれる人がだれもいなかったのか？　そうにちがいない。ゾーイは自分に対する気遣いを、これまでもらったなかでいちばん大切な贈り物だとばかりに堪能している。いや、実際そうなのだろう。自分が、どれだけ貴重な存在か、まったく気づいていないのか？

ゾーイはうめき声をもらした。「満腹どころじゃないわ。水切りはできないかも。いまは歩けるかどうかもわからない」

ジョーの血管にぬくもりが広がる。ああ、彼女といるのは楽しい。「きみはラッキーだぞ。その心配はない。きみが行きたいところにはおれが運んでいってやる」

ゾーイはうれしそうに顔をピンク色に染め、はにかみながらかわいらしく首をすくめた。どうやってこの友情だけのプラトニックな関係を続けていけばいい？　だが、ほかに選択肢はない。ふたりとも恋愛は望んでいない――あるいは、するつもりはない。

ジョーは立ちあがってうめいた。「やっぱり取り消す。きみにおれを運んでもらうかも」

ゾーイはくすくす笑いながら、目を宝石のようにきらめかせた。「お互いに支え合って車まで行くのがよさそうね。わたしがあなたを運んでいこうとしたら、ぺしゃんこになっちゃう」

「いい考えだ」ジョーはにやりと笑い返した。

そして腕を伸ばすと、ゾーイはしばしためらったあとで近づいてきて、彼の肩の下にぴったりとよりそった。ジョーは大げさによろめき、ふたりで精神錯乱者よろしく笑いながら、ふらふらと車まで戻った。助手席のドアを開け、ゾーイを座席に乗せながら、ジョーは自分がほんとうに楽しんでいると気がついた。ただこうしているだけで……楽しい。リラックスして、世界のことも、そこに存在するろくでなしのことも忘れていた。

悲しげに頭を左右に振り、車をまわって運転席に向かう。ゾーイとはただの友だちになるという基本ルールを決めておいてよかった。さもなければ、とんでもないことになっていただろう。

「水切りに挑戦する準備はできてるか？」ジョーはエンジンをかけながら聞いた。

ゾーイは待ちきれない様子でうなずいた。

ジョーは自分を抑えられなかった。彼女に触れたい。そこで手を伸ばし、愛情をこめて彼女の髪をくしゃくしゃにした。妹や義理の姉妹たちにするように。

「手加減してくれよ。きみに負けたらおれは素人だと思われる。男としての自尊心が傷ついちまう」

ゾーイはあきれて目を上に向けた。「ありえないわ。わたしはまったくの初心者だってことを忘れたの？」

「ビギナーズラックって言うだろう」ジョーは言い返した。

そう言いながら、ジョーは心に決めた。ゾーイがどれだけ下手でも、自分のほうが下手であるように見せよう。彼女から楽しみを奪ったりしない。それに、正直なところ、水切りで彼に勝ったときに興奮する姿をどうしても見たかった。水切りは兄弟のなかでジョーがいちばん得意なのだが。

「準備はいいか？」ジョーがゾーイにたずねる。ふたりはケンタッキー湖を見渡せる桟橋に立っていた。

ゾーイはなめらかな平たい石を握り、親指でこすりながら、恥をかきませんようにと祈った。

「ええ」思っている以上に自信のこもった声で言う。

とはいえ、水切りが下手だとしても、だれが気にする？　彼女はほかのこともすべて苦手だ。だが少なくとも、今回は楽しめるだろう。興奮を抑えきれず、どうするのがいちばんいいだろうかとじっくり考えた。頭を横に傾け、一投目にそなえて手首を曲げる。どの角度なら成功のチャンスが大きくなるだろうか。

彼女の考えを読んだのか、ジョーが声をかけた。「大事なのは手首だ。手を横に向けて、投げるんじゃなくて放つんだ。石の平らな面が水上に当たる角度で」

ジョーはゾーイのうしろにまわり、彼女の腕にそって手をすべらせた。そのまま彼女の手をつかんで向きを変え、手首を前に曲げる。

「こうだ。あまりやさしすぎず、だけど強すぎず」

ゾーイは身震いした。ジョーに触れられていることを急に意識してしまい、驚いたものの、怖くはなかった。彼といると……安心できる。そんなふうに感じるなんて、やはり自分はとんでもなく世間知らずなまぬけでしかない。セバスチャンにも同じように感じていたのだから。

昔の記憶のせいでこのすばらしく楽しい一日を台なしにする前に、その考えを締め出した。ジョーはセバスチャンではない。それに、自分が無知なまぬけだということにはならない。セバスチャンは赤の他人のためにけっして命をかけたりしないだろう。助けを必要としている人を救うことを一生の仕事にしたりしない。自分のことしか考えていないエゴイストのまぬけ。だけど、もっと早くそれに気づかなかったのは自分の責任だ。バージンをささげる前に気づくべきだった。

顔をしかめ、ふたたびその考えを遮断して、いまこの瞬間に意識を集中させた。もう以前の自分ではない。ステラ・ハンティントンはもはや存在していない。というより、これまでも存在していなかったのかもしれない。生まれたときから他人が望む人間に作りあげられ、なりたい自分になることを許されなかった。ゾーイ・キルデアなら、なりたい人間になれる。いまはなによりも、今日経験しているような生活を送る女になりたい。

彼女が石を投げるのをジョーが待っていることに気づき、ゾーイは慎重に狙いをつけ、うまく手首の位置を定めて、石を放った。水面に石が当たると息をひそめた。驚いたことに、石は沈んだりせず、大きな水しぶきをあげたりもしなかった。水面をすべっている！　どんどん進んでいく！
一、二、三。すごい！　四、五、六、七！
ゾーイは両手を口にやってから、興奮した二歳児よろしくぴょんぴょん跳びはねた。

「やった！　やったわ！」

それからジョーの腕に飛びこみ、ふたりで桟橋の上に倒れそうになった。ジョーに支えてもらいながら、ゾーイはありったけの力で彼にしがみついた。

「ありがとう」とささやく。「人生最高の一日だわ」

体を引くと、ジョーは目の端にしわをよせて、あたたかいまなざしを向けていた。そのぬくもりがまちがいなくつま先まで伝わっていく。なんて美しい茶色の瞳だろう。暗く陰気になることもあるけれど、やさしくて陽気な目。表面上は単純な男に見えるし、実際にそうなのだろうと思いそうだが、とんでもない。

「今度はあなたの番よ」ゾーイは息を弾ませながら、集めた石のなかからいちばんいい石をジョーに渡した。

「どうかな。きみはすごかった。恥をかきたくない」ジョーはからかうように言った。

ゾーイはあきれて目を上に向けた。「いいじゃない。あなたならきっとこの湖の向こうまで石を飛ばせるわ」

ジョーは準備運動をするふりをしてから、ゾーイに教えたのと同じ姿勢をとった。ジョーの投げた石が、彼女の石と同じ進路をたどっていく。ゾーイは喉をつまらせながら、小声で数を数えた。

そしてガッツポーズをとり、バカみたいにくるくるまわった。「あなたは生まれてからずっと水切りをやってきたみたいだけど、わたしのほうが一回多かったわ！」

肌があたたかいのは、太陽のせいか、ジョーのまなざしのせいか、どちらだろうか。するとジョーは大きな笑みをうかべて歯をきらめかせた。体があたたかい理由は明らかだ。太陽は必要だろうか？　この男に見つめられて笑いかけられるだけで十分なのに。

ジョーは片方の手でゾーイとハイタッチをしてから、もういっぽうの手をこぶしにして彼女の手と突き合わせた。喜びがゾーイの顔に表れ、血流にまで染みわたっていく。ふたりきりで過ごすこの貴重な午後だけは、自分がかかえている問題を手放すことを許されていた。今回だけは、いままで想像したことがないほど大きなものの一部になるという喜びを経験できた。

たしかに、ラスティは自分や兄たちや、このケンタッキー湖のほとりにあるテネシーの小さな町での暮らしについて、言葉巧みに話してくれたけれど、正直、ゾーイは理解していなかった。ほんとうにそういう生活を送っている人がいる？　あまりになじみがなくて、ラスティが話に尾ひれをつけていたのだと思っていた。そもそも、ラスティは作り話がうまい。ゾーイなら話を信じてくれると思ったのだとしてもおかしくない。ふたりとも似たような子ども時代を過ごし、あまり愛情や気遣いを与えられてこなかった。けれど、ラスティとちがって、ゾーイはそういう生活を大人になるまで続けてきた。これほどすてきなものが存在するとは知らなかった。

心のどこかでは、ラスティがケリー家の絆を誇張していたのであればいいと思っていた。そうでなければ、自分が育ってきた環境が不毛でつまらないものだったと痛感してしまう。母親は去って一度も振り返ることなく、父親は子育てよりも自分の思いどおりになるロボットをプログラムすることに関心を向けていた。

ゾーイはため息をつき、もう一度湖に顔を向け、切望のまなざしを無理やりジョーから引きはなした。彼の目のなかに見えるものはすべて、自分には欠けている。もの悲しげなため息をつき、自分の体に腕をまわして抱きしめ、テネシーの湖の初夏の輝きをただ堪能した。

じっとしていると、たくましい手がやさしく首に触れ、そっとうなじを包みこんだ。

「おれに勝てて楽しかったか？」ジョーが明るくたずねる。

ゾーイはジョーのほうを振り返れなかった。いま自分がどれだけ無防備に見えるかよくわかっていた。口角をあげてかすかに笑みをうかべ、霧のようにゆっくりと彼女のまわりに垂れこめていた哀愁のベールを払おうとした。ジョーにたずねられてしまう。自分でも答えがわからない、あるいは知りたくない質問を。

やがてゾーイは悲しげな笑みをジョーに向けた。しゃべりたくなかったが、胸から言葉がこぼれ出た。

「こんなこと言ったら、みじめかしら。ジーンズをまくって足首まで小川につかりながら、つるつるの石を集めて、いままで見たことがないくらいすばらしい景色を見渡せる桟橋から水切りをしたことが、わたしの人生のハイライトよ。人生最高の一日だったわ」

ジョーの手が止まり、親指が彼女の耳の下の感じやすい肌にそっと触れる。ジョーの顔が近づいてきて、こめかみに口づけをされると、ゾーイは目を閉じた。

「おれのほうがみじめじゃないか？　ジーンズをまくった素足のきれいな女に水切りを教えて、その石が七回も湖の水面を跳ねていったのが、おれの人生のハイライトだ。しかもそのあいだずっと、いままで見たことがないくらい美しい光景を楽しんでた」

ゾーイは目を見開いてくるりと振り返り、驚いてジョーを見あげた。一日じゅうとても快活で、からかったりしていたのに、急にものすごく真剣になっていた。表情からは誠意が伝わってきて、目はゾーイの顔から一度も離れず、いま言った光景というのがなにを意味するかをはっきりと示していた。

ジョーが手を引っこめたあとも、彼の指のぬくもりがしばらく首に残っていた。

「きみを家まで送らないと」ジョーは低い声で言った。太陽がさっきよりも沈んでいた。「おふくろが夕飯を用意してるはずだし、それまでに戻らないと怒られちまう」

ジョーは今日の朝と同じように、ゾーイに手を伸ばした。ふたりで無言で車に戻っていく。ジョーは午後じゅうずっと気さくで、よく笑っていたが、いまでは黙りこみ、憂鬱そうでもあった。それでも、ゾーイが彼のほうをちらりと見るたびにほほ笑もうとしてくれるのがわかった。

数分後、ジョーの実家に着いたとき、ゾーイは永遠に残りそうな痛みを胸に感じた。こんな生活を送っているなんて、彼らはとても幸運だ。自分を愛して気にかけてくれる人がこんなに大勢いるなんて。そういう単純なものは当たり前ではないのだ。

ここでは人生はスローペースで進んでいるように見える。とはいえ、ラスティから——それといまではジョーから——聞いた彼らの仕事を考えると、その言葉は正反対だ。弾丸や爆弾をかわし、危険にさらされている人々を守り、まさにケリー家が尊重している生活を崩壊させる者たちに正義をくだすのは、スローペースな人生ではないと反論されるにちがいない。けれど、この場所は、ジョーたちは、それをものともせず、外の世界にメッセージを送っているように思える。

なにより、外の世界で急速に腐敗が増え続け、かつては多くの人々が尊重していた基本的な信念が絶滅しかけていることを人類があきらめて受け入れていても、彼らは天職をまっとうし、自分たちが神聖視している生活を守っている。

ケリー家のような人たちは、映画や大衆小説でしか存在しない。ゾーイがここでラスティと過ごした短い時間に出会った人たちや、こういう場所は、流行でも現実的でもなく、時代遅れだと思われる。ゾーイ自身、いま目の前にあるものを話に聞いていたら、現代テクノロジーが急速に発展する何十年も前に生きていた人たちが生み出した郷愁にすぎないと、一笑に付していただろう。

つまり、このような場所——人々——は神話なのだ。

それを経験し、感じ、味わい、捕らえたいま、どうしても手放したくなかった。現実世界が押し入ってきたときに——残念ながら、そのときは必ず訪れるが——避けられない対決を生き延びることができれば、すべてが二度と同じではなくなる。いままで自分が送ってきた人生はなにもかもが現実ではなかったのだ。

ジョーがフロントポーチのステップのいちばん上で立ち止まったとき、ゾーイは思わず声に出して笑いそうになった。自分の人生はただの作りあげられた偽りの現実でしかなく、そのせいで自分がどんな人間か、自分の目的はなんなのか、まださっぱりわからないというのに、賢人ぶって、ケリー家はフィクションでしか存在しないと考えているなんて。

「今日はありがとう」ジョーがこちらを向くと、ゾーイは礼儀正しく言った。

超然とした態度を保つようにした。こんな日は二度と経験できないだろう。だから、心にしまって、大切に守ろうと決めた。ベッドカバーの下にもぐりこみたいと思っていることを顔に出したりしない。頭からカバーをかぶって、自分の人生ではないもの、けっして手に入らない人生を思って泣きたいということを。

11

ジョーが自分の家に着いて数分しか経たないうちに、ドアがノックされた。うめき声をもらし、髪をかきあげる。シャワーを浴びているふりをするか、気分が悪いふりをするか、ベッドに入っていて聞こえなかったふりをしたいと強く思った。だが、訪ねてきたのがおせっかいな兄弟のだれかだったら、あきらめて帰ったりしないだろう。手に負えなくなる前に、いま対処しておいたほうがよさそうだ。

大またでドアまで歩いていく。せめてシャワーを浴びる時間があればよかったのだが。まだズボンのすそをまくったまま、靴下なしでブーツをはいている姿は滑稽だ。ゾーイと小川に入って水切り用の石を拾ったあとで、ズボンのすそはまだ濡れている。ドアの外にいるのがだれであれ、なにひとつ見逃さないだろう。

ドアを開けると、驚いたことに、シェイが立っていた。そのうしろには双子の弟のネイサンがぴったりとくっついている。

シェイに笑顔を向けられ、ジョーは笑い返さずにはいられなかった。敬愛する義理の妹。

「どうも、ジョー。いきなり来ちゃって迷惑じゃなかったかしら」

ジョーはシェイにハグをすると、そのまま抱きあげてくるりと向きを変え、玄関の中におろした。シェイの頬にキスをして、体を引きながら髪をくしゃくしゃにする。

「もちろんさ、スイートハート。大好きな義理の妹と、その目ざわりな夫に会うのはいつでも歓迎だ」

ネイサンが鼻を鳴らし、ジョーが双子の弟のほうを向いてあいさつをしようとすると、こぶしでジョーの肩を殴った。

「いちゃつくな。もしくは、べつの女を見つけていちゃつけ。シェイにはもう相手がいる」

ジョーはあきれて視線を上に向けた。「世界じゅうの全員が知ってるさ。気づいてないなら教えてやるが、この女は気の毒なことにまんまと勘ちがいさせられて、おまえしか眼中にない。彼女の男を見る目は疑わしいな。明らかにおれを選んだほうがよかったのに」

シェイが笑い声をあげ、片方の細い腕をジョーの腰にまわして愛情をこめて抱きしめた。

ネイサンは顔をしかめ、妻の腕をジョーからやさしく引きはなし、両腕をまわして逃げられないように抱きしめた。

「ふたりとも入れよ」ジョーはそう言ってぶらぶらとリビングへ向かった。「なにか飲むか?」

「シェイがここに来たがったんだ」

ネイサンがそう言ってシェイの頭ごしにジョーと視線を合わせ、無言で気をつけてくれとメッセージを送ってきた。ジョーはまた視線を上に向けた。細心の注意を払ってシェイに接するのは当然ではないか。双子の弟の妻とはつねに説明できない特別な絆で結ばれており、ジョーはそのことに感謝していた。

シェイには並外れた能力がある。そのおかげで、ネイサンがアフガニスタンの山の中でおそろしい拷問を受けていたときに、シェイは彼とテレパシーで交信できた。ネイサンが正気を失って希望を捨てたりしないように励ましてくれただけでなく、彼の苦しみや痛みを自分のものとして引き受けた。ネイサンから苦痛を吸収し、代わりに苦しんだのだ。そのことを思い出すと、いまだにネイサンは我を忘れて取り乱しそうになる。

シェイはジョーがこれまで出会ったなかでとびきり強い女のひとりだ。それは大きな意味を持つ。兄弟の妻たちはみな強い。チームメイトたちの妻も。KGIの男たちは、自分と同じくらい勇猛な女と一緒になれて、ものすごく恵まれている。みな、鋼の意志を持ち、けっして簡単に引きさがったりあきらめたりしない。彼女たちは夫に救われたと主張しているが、同じように彼の兄弟やチームメイトたちを救ってくれたことも事実だ。

シェイがいなかったら、ジョーたちはネイサンを失っていただろう。ネイサンと一緒に監禁され、同じように苦しんだスワニーも。弟という贈り物を取り戻してくれたシェイには恩を返しきれない。彼がいるべき家に連れ戻してくれた。シェイがいてくれたことを、ジョーは毎日神に感謝している。自分がいつか結婚して身を落ち着ける女も、彼女の気骨と勇猛さと寛大さを少しでもそなえていてほしかった。

「ネイサンはシェイと離れていられないんだよな」ジョーはからかった。「最近、おれの弟は横柄で不機嫌じゃないか？　代わりに痛めつけてやろうか？」

シェイはあきれたように笑い声をあげた。それから視線を落とし、体の前で両手をそわそわともみ合わせた。すぐに彼女の不安を感じ取ったジョーは、さっと心配そうな目をネイサンに向け、無言で何事かとたずねた。

ネイサンはきつく唇を結んで厳しい表情をうかべた。首を横に振り、シェイのほうに頭を傾けてから、ただ肩をすくめ、妻がなにを気にしているのか、まだなにも聞いていないと伝えた。それがとてつもなく不安だった。ネイサンとシェイは固い絆で結ばれている。ふたりでひとつ。真の魂の伴侶。シェイと出会うまでは、そういう考えを信じていなかった。すでにイーサンとサムとギャレットが妻と激しい恋に落ちるのを目にしていたのに。

ジョーはシェイに近づいて手を取り、曲げていた指を広げさせてから、握りしめた。そのままソファへと連れていき、並んで腰をおろす。ネイサンがシェイの反対側に座り、すぐに彼女の肩に手を置いた。

「どうしたんだ、スイートハート？」

「今日、ゾーイと出かけたのよね」シェイはためらいがちに言った。

ジョーは眉をひそめ、また問いかけるように弟を見つめた。なぜジョーがゾーイと出かけたことで、シェイがこんなにも悩んでいるのだ？

「あなたたちふたりのことに口を出すつもりはないわ」ジョーが質問をはさむ前に、シェイはいそいで言った。「そのことで来たんじゃないし、おせっかいだとか詮索好きだとか思わないでほしいの。干渉したりしないわ。ふだんは、あなたもいつか恋に落ちるってからかってるかもしれないけど、あなたがどれだけプライバシーを大切にしてるかわかってるし、みんなに運命の相手を見つけろって何度も言われてうんざりしてるのもわかってる。だから、わたしはみんなにつきあって、からかうくらいしかしないわ」

一分ごとに困惑が大きくなっていく。ネイサンも同じくらい事情がよくのみこめないようだ。

「ハニー、きみが詮索したりしないってことはわかってる。奥さんを見つけて身を落ち着けろっておれにうるさく言うのも、からかってるだけだってわかってる」ジョーは精一杯やさしい口調で言った。「それに、ほかのだれよりも、きみとネイサンには親近感を抱いてる。当たり前だろう？　だから、きみやネイサンが口出しするのはかまわないし、おれがいつかだれかと関係を築くかもしれないってことを知られてもかまわない。ほら、どうしたんだ、スイートハート？　こっちが不安になっちまう。それに、きみがそんな調子じゃ、ネイサンが取り乱すぞ。実際、いまにもおれのリビングをめちゃくちゃにしちまいそうだ。きみがなにを悩んでるのかって、死ぬほど心配してる。おれもだ」とやさしくつけ加える。

「ゾーイにわたしのことを話した？」出し抜けにシェイは口走った。「わたしの能力について」

「まさか。きみやグレースのことを部外者にばらすはずがないだろう。家族全員がそうだ。そのことは心配するな」

シェイはかぶりを振った。「そうじゃないの。ゾーイに知られてるか聞いたのは、もし知らないのなら、彼女にはなにも言わないでほしいからなの。じつは……」

言葉が途切れ、シェイは下を向いた。繊細な顔に悲しげな表情がうかぶ。

「なんだ、ベイビー？」ネイサンが前かがみになり、シェイを見つめ返した。そわそわしてソファから落ちそうになっている様子から、ジョーには双子の弟の忍耐力が尽きつつあるのがわかった。シェイが動揺すると、ネイサンは問題を解決するために家を壊すくらいの勢いで答えを見つけようとする。

シェイはため息をついた。表情は暗く、ますます悲しそうな目になる。「バーベキューのときに、ゾーイと意識がつながったの」シェイはささやいた。「というか、あれはゾーイだったと思う。そうでしょう？　だって、いままであなたたち以外の家族とは交信できなかったし、あそこにいた人たちのなかでわたしが会ったことがなかったのはゾーイだけだった」

ジョーはネイサンと鋭い視線を交わし、はっと息を吸った。

「なにが見えたんだ、ハニー？」急にわきあがってきた不安を声ににじませないようにしながら聞いた。

脈が急に速くなり、額には汗がうかんでいた。自分は……おびえている。シェイになにを言われるか。だが同時に、シェイがゾーイの意識をのぞきこんだのなら、彼が知りたがっていることを教えてくれるかもしれない。なによりも、ゾーイがあれほどおびえている理由を。

「なにかを見たわけじゃないの」シェイは肩を落とした。

ネイサンがシェイを腕の中に引きよせる。そのまなざしには妻への心配と不安があふれていた。「どれだけつらかったんだ？　なぜそのときにおれに言わなかった？　ちくしょう、シェイ。すぐにおれに伝えてくれればよかったのに。そうすれば、さっさとその場から連れ出せてやれたんだぞ」

ネイサンの気持ちはわかる。シェイが他人と意識をつなげるのは簡単なことではないのだ。体力を奪われ、とてつもなく疲労し、きわめて無防備な状態になってしまう。また、言うまでもなく、どんな形であれ相手を助けようとした場合は、苦しむことになる。

「でも、わたし……」シェイは言葉を切り、苦悩に満ちた目でジョーを見あげた。「彼女の恐怖を感じたの、ジョー。圧倒されるほど強烈で、すごく息苦しくなって、気絶するかと思ったわ」

ネイサンが妻にまわした腕に力をこめる。その表情には恐怖と怒りと不安が入り混じっていた。

「彼女のプライバシーに立ち入りたいとか、侵入したかったわけじゃないのよ」シェイがあわてて言う。「わかってちょうだい、ジョー。家族や、家族のお客さんにはぜったいにそんなことしないわ」

ジョーは手を伸ばしてシェイの頬に触れた。「落ち着け、ハニー。わかってる。みんなわかってる。前に自分で言ってただろう。だれと意識をつなげられるか自分では決められないって。ランダムに起きるし、自分ではコントロールできないんだろう。だけど、ゾーイの頭のなかをのぞいたわけじゃないのなら、なんでおれが彼女にきみの能力を話したかどうか、そんなに心配してたんだ？」

シェイはジョーの手を取り、強く握りしめた。小さな爪が痛いくらい肌に食いこむ。緊迫した様子が伝わってくるが、シェイはそのことに気づいているのだろうか。ジョーもネイサンも、シェイの動揺を感じ取れる。だが、シェイと意識がつながるようになってからずいぶん経つが、こんなのははじめてだった。シェイはそれにも気づいていないようだ。ゾーイとのことでひどく動揺するあまり、双子にはっきりと意識が伝わっていることすら気づいておらず、それがジョーには心配だった。ネイサンはそれほど気にしていない。ふたりはつねに意識がつながっていて、結果として、シェイが少しでも苦しんだり悩んだり、不安だったり困ったりしたときにはいつでもわかる。しかし、ジョーはちがう。

　ただし……。

「ちょっと待て」ジョーはさっと弟を見やった。自分が思っていることをネイサンはすでに気づいているのだろうか。表情がこわばっていることから、気づいているようだ。あるいは、少なくとも、気づきかけている。

　シェイが問いかけるようにジョーを見あげた。

「そのとき、なんでネイサンは気づかなかったんだ？」ジョーは聞いた。

「いい質問だ」ネイサンがうなるように言う。

　シェイの頬が赤くなり、双子を見ないように視線を落とした。

「シェイ？」ネイサンが問いつめる。「ベイビー、なんでおれに隠したんだ？　きみがそんな思いをしてたなんて。それも、そういうことが起きるとは予想もしていなかった場所で。しかも、息苦しくなって気絶しそうだったたって言ったじゃないか。なんでおれに心を閉ざしたんだ?」

弟の声には苦しみがにじんでいて、ジョーの胸が締めつけられた。ジョーとシェイ以外は、ネイサンがまだ自分の苦しみと闘っていることを知らない。いまでも眠れぬ夜があり、眠れる夜は悪夢にうなされている。いちばんの悪夢は、シェイを失うことだ。だから、つねにそばにいてもらいたがっている。物理的に離れているときでさえも。テレパシーで通じ合えるということは、ネイサンがシェイの頭のなかにいるように、シェイがネイサンの頭のなかにいるということを意味する。そのおかげでネイサンは安心して地に足をつけていられる。命よりも愛する女が安全だということをつねに確認していたいのだ。とくに、任務に出ていて、いつ帰れるかわからずに彼女と離れているときは。

シェイがネイサンに心を閉ざしたことは、ネイサンにとっては拒絶と感じられるにちがいない。そのせいで、まだネイサンのなかで続いている闘いにどんな影響が出るか、ジョーは不安になった。弟と義妹の関係にどんな影響が出るかも心配だった。ネイサンがシェイを失うことにでもなったら大変だ。ネイサンは生きていられないだろう。テロリスト集団にも負けず、壊されず、生きて家に帰ってきたが……シェイなしで生きていかなければならなくなったら、壊れてしまうにちがいない。

気がつくとジョーはシェイの手を強く握っていた。それまでは、しっかり握っているのはシェイのほうだった。シェイがたじろぐと、ジョーはすぐに手を離し、小声で悪態をついた。

「すまない、シェイ。痛い思いをさせるつもりはなかったんだ。ただ、気持ちが伝わってきてるぞ、スイートハート。かなり強烈に」

シェイは顔をしかめ、次の瞬間、もはや彼女の気持ちは感じられなくなった。たとえ無意識だとしても、急に意識のリンクが途切れると、いつも不意を突かれるみたいで、心地よいものではなかった。ネイサンがシェイをつねに心のなかにいる存在として頼りにしているのはよくわかっている。シェイがゾーイの気持ちを感じたときにネイサンとの親密な意識のつながりを絶ったことで、ネイサンが不安になる理由もわかる。ただ、ネイサンだけでなくジョーとも意識がつながっているとやさしく指摘したことで、シェイを非難していると誤解されたくはなかった。実際には、自分の考えをのぞかれたり感じ取られたりする前に、シェイにリンクを絶ってもらいたかったのだ。

「あなたを傷つけるつもりはなかったの」シェイはやさしく言いながらネイサンのほうを向き、彼の首に両腕をまわした。

ネイサンは思いきりシェイを抱きしめ、彼女の髪に顔をうずめた。「わかってる、ベイビー。ただ、きみが苦しんだり、つらい思いをしたりしてたのに、それを知らず、一緒に感じられなかったと思うと、気が変になりそうなんだ」

「騒ぎたてたくなかったの」シェイは依然として小声で言った。「なにより、ゾーイに知られたくなかったし、だれかにわたしの能力を彼女に説明してもらうことになるのもいやだった。いまでも知られたくない。ゾーイはものすごくおびえてるわ、ジョー。わたしが意識をつなげられると知ったら、ますますおびえて、逃げ出しちゃうんじゃないかしら」

「恐怖以外になにか感じたか？」ジョーは慎重に聞いた。

シェイはネイサンから体を引き、ジョーに注意を戻しながら首を横に振った。「ああいう恐怖を感じたのは、前にここから……さらわれたとき以来よ」拉致されたときの記憶がよみがえったせいで、シェイは声をつまらせていた。「それと、あのおそろしい電極につながれて、ネイサンともあなたとも話せなかったとき。ゾーイがなにをそんなにおびえてるのかはわからないけど、身がすくみそうなくらいの恐怖を抱いてる。すごく強烈に伝わってきて、なにもできなくなっちゃって、やっとの思いでなんとか力を振りしぼってリンクを絶ったの。すごく……つらかったわ」

ネイサンが悪態をつき、ジョーも心のなかで悪態を連発した。義妹は自分ではコントロールできずに望まない苦しみを味わった。また、ゾーイに対するジョーの推測が当たっていた。ゾーイはとてつもなく怖がっている。ひどくおびえるあまり、その精神的苦痛がシェイを襲い、シェイは彼女の恐怖しか感じられなかった。

そのとき携帯が鳴り、ジョーは無視しようとしたが、ドノヴァンからだった。「ちょっと待っててくれ、シェイ。リラックスしてくれ。みんなで解決しよう、ハニー。心配するな。ヴァンから電話だ」

ジョーは立ちあがると、わざとネイサンとシェイとのあいだに少し距離をとり、プライバシーを与えてやった。ネイサンはシェイの話に動揺しているにちがいない。気を取り直すのに数分かかるだろう。

「よお、ヴァン」ジョーは電話に出た。

「頼まれたとおり、ゾーイの素性を少し調べてみた」ドノヴァンの声にはなんの感情もこもっていなかった。そのことに安心すべきだろうが、自分がすでに知っていることと、シェイが裏づけてくれたことから、安心などできなかった。

「それで？」

「おかしな点はなにもないが、ゾーイがまぬけな元カレにだまされたってこと以外に、なにを調べてほしいのかがわかってれば、もっと詳しく調査できるぞ」

「なにを突き止めたか教えろ」ジョーはいらいらと言った。

「なにもない。平穏であまり派手じゃない人生のイメージキャラクターってとこだ。二十六歳、家族はなし、ひとり暮らし、一年前にデポール大学でビジネスマネジメントの修士号を取得して卒業。学費の支払いは、家族の支援や奨学金がない多くの学生と同じく、学生ローンだ。二カ月後から返済がはじまる。学生時代はいろいろなアルバイトをして、週末にも短期の仕事をしてた。SNSはやっていた痕跡はあるが、それほど活用してない。入手したわずかな情報から判断するかぎり、あまり活動的じゃなさそうだ」

ジョーは眉をひそめた。「だから、これまで彼女を見かけたり会ったりしたことがなかったんだな。ラスティがゾーイは大学で知り合った友人だって言ってたから、てっきりゾーイもテネシー大学に通ってたと思いこんでた。だけど、シカゴの大学に通ってたのなら、遠距離で友情を育んでたんだな」

「それに、ラスティがゾーイに家に泊まるように誘ったときに、期間は決めなかった理由もわかる。しょっちゅう会ってたとは思えないし、ゾーイが恋愛でひどい目にあったのなら、ラスティみたいな友人が必要なのも納得だ」

ジョーは気もそぞろにうなずき、シェイにちらりと視線を戻した。だがすぐに心を決め、口を閉じた。シェイから聞いた話をドノヴァンに伝えるつもりでいたが、ほかの家族に不必要な心配をかけたくない。問題があると確信するまでは。いまはネイサンが味方についていればいい。

「わかった、ありがとう、ヴァン」ジョーはぼそぼそと言った。

「今日、なにか聞き出せたか？」ドノヴァンがたずねる。

ジョーは顔をしかめた。ゾーイとのデートの話題は避けたいと思っていた。もちろん、そんなわけにはいかない。兄弟の妻たちが母親と一緒に彼に――ゾーイに――うるさく言ってくるのではと不安だったが、どうやら兄弟たちのほうがわずらわしそうだ。

「ゾーイはまったく自信を持ってなくて、自分は女として失格だと思ってて、おびえてるってことだけだ」

「しかたないさ」ドノヴァンは言った。「彼女がおまえを信頼して打ち明けてくれるまで、彼女を安心させるためにできることはあまりない。経験者からの言葉だ。ひとりだけの時間やスペースを作るとか、境界を尊重するとかいうよくあるたわごとは忘れたほうがいい。まずおまえがすべきなのは、信用してもらうことだ。最初から信じてくれと言っても無理だろう。だが同時に、なににおびえているのか打ち明けてもらうために努力すれば、向こうは信用してくれるかもしれない。強く押して、だけどろくでなしにはなるな。そして、できるかぎり個人的にとことん気を配ってやるんだ。そうすれば、おまえが彼女を傷つけたりしないってわかってもらえる」

「自信たっぷりだな」ジョーは冷ややかに言った。「ゾーイにつきまとうべきかわからない。完全にまちがったサインを送ることになるかもしれない。そんなのは望んでない」

「あまり意固地になるな。運命の相手が目と鼻の先にいるのに、それを見逃すことになるぞ」ドノヴァンはたしなめた。「頑固なせいで、あくまで現実から目をそむけて、彼女を拒んで傷つけたりしたら、ぜったいに自分を許せないぞ。言うまでもなく、必死で信用を得ようとしたあとで、彼女に興味がないなんて宣言したら、ゾーイは去って、二度と取り戻せなくなる」

ゾーイが去って二度と会えなくなると思うと、胃が締めつけられ、気がつくと指を丸めてきつくこぶしにしていた。

「肝に銘じておく」ジョーはそう言って電話を切った。

それから、ネイサンとシェイが座っているところに戻っていく。ソファのシェイの隣に腰をおろし、頭のてっぺんをかいた。

「ヴァンにちょっとゾーイのことを調べてもらったんだ。とくになにも見つからなかったそうだ」

シェイが身じろぎ、真剣な目つきでジョーを見つめた。「わたしの勘ちがいじゃないわ、ジョー。ゾーイはだれかを、あるいはなにかを怖がってる」

「わかってる、ハニー」ジョーはシェイのひざに手を置いて力をこめた。

「干渉したくないわ」シェイは続けた。「わたしはゾーイに近づかないほうがいいと思う。彼女と会わなきゃならないときは、心の準備をするために事前に知らせてもらうわ。まだわたしたちに事情を打ち明けるほど信頼していないのなら、わたしがそれを知るのはまちがってるもの」

「そうだな」ジョーは同意した。「おれと気持ちが通じ合えば、話してくれるはずだ」

「ずいぶん自信があるんだな」ネイサンが問いかけるように片方の眉をあげた。

ジョーは肩をすくめた。「ゾーイにはあまり選択肢を与えないつもりだ」

「あなたはまだそういう関係を築くつもりはないと思ってたわ」シェイがつぶやいた。

「それはゾーイのほうさ」ジョーは反論してすぐにそれが事実だと気がついた。「彼女を見た瞬間に、おれはその気だった」

これも事実だ。ただ、そうであってほしくないと思っていた。以前は。では、いまは？

なぜ独身でいるのかと聞かれるたびに、これまではいくつも理由が口からこぼれたが、いまはひとつも思い出せなかった。自分にとっての唯一の悩みは、簡単ではないということだ。まったく。ゾーイはすぐに彼の腕に飛びこんできたりしないし、二度会っただけの男が永遠に彼女を求めているなんてことを受け入れたりしないだろう。

くそ、ふたりのためとはいえ、自分でも受け入れがたい。いや——受け入れるのはかまわない。悩みは、長いあいだその考えを拒んできたのに、こんなに簡単にそのときが来たと信じていることだ。認めたくはないが、わかるはずだと。兄弟たちはみな正しかった。運命の相手が人生に現れたら、わかるはずだと。そう、いまではわかっていた。そして、とてつもなく怖かった。わかることと、それを実現させることは、まったくべつの闘いだ。

だが、負けるつもりはない。

12

翌朝、ジョーはひとつの目的を持って目覚めた。あまり眠れなかった。期待と不安が頭に押し入ってきてせめぎ合い、やがてひとつになってぼやけていった。攻撃計画を十回以上は練り直したが、そのたびにひとつの目的にたどり着いた。なんとしてもゾーイともう一日過ごす。

母親がいつも何時に朝食を作るか知っていたので、ジョーは二、三時間うとうとしてから起きあがり、はやる気持ちでシャワーを浴びて着がえた。外に出ると朝の空気は涼しく、爽快な気分になった。肌がちくちくし、血がかつてないほど熱く激しく流れている。またゾーイに会える。ゾーイ・キルデアという謎をもっと解いてみせる。期待感がいつまでも消えず、やがてすべてを凌駕した。もはや強迫観念だった。

数分で居住地に着き、実家の正面に車を止める。この短い時間では、ひと晩考えた以上にいい考えはうかばなかった。なにを言えばいいか、まだ思いつかなかった。

ジョーは正面ドアから中に入り、うれしそうにくんくんとにおいを嗅いだ。この鼻が正しければ、パンケーキとベーコン。彼の鼻はほぼまちがいなく、母親が作っている料理を当てられる。何年も、この鼻とぐーぐー鳴る腹だけを頼りに、推測力を高めてきたのだ。

「ジョー!」キッチンに入っていくと、母親が叫んだ。

「もうひとり分あるかい?」ジョーは希望をこめて聞いた。

母親はあきれて視線を上に向けた。「いつものことでしょう？　だれが朝食にひょっこり現れるかわからないんだから、いつだってたっぷり作ってるわ。食料の無駄遣いだってお父さんはぶつぶつ言うけど、お代わりを食べられれば文句は言わないのよ。もちろん、お父さんには決まった量の半分しか出してないわ。そうすれば、お代わりを出してあげたときに、特別に食べられたって思ってもらえるでしょう」

ジョーは声をあげて笑い、母親にハグをした。数年前に父親が心臓発作を起こしてから、母は彼のダイエットと運動に気を配っていた。金物店では以前より数時間短く働くようにさせ、その結果、アルバイトを雇うか、家族に代わりを務めてもらうことになった。

「それで、今日はどうしたの？」ジョーがカウンターにつくと、マーリーンはたずねた。

「少なくとも一週間は顔を見せないだろうって思ってたのに」

首がほてり、ジョーは母親の凝視を避けた。「女子たちの今日の予定を知りたいと思って立ちよったんだ。またゾーイと出かけようかと思ってさ。昨日は計画したことを全部やり遂げられなかったから」

マーリーンはしばしジョーを見つめ、明らかに満足そうにほほ笑んでから、またパンケーキの生地を混ぜはじめた。しばらくのあいだ、キッチンにはベーコンがジュージューと焼ける音と、木製のスプーンで生地をトントンと混ぜる音だけが響いた。

「簡単じゃないわよ」母親が穏やかな口調で言った。「慎重に接しないと」

「わかってる」ジョーも同じくらいやさしい声で答えた。母親の声にはかすかな疑問がにじんでいたが、わざわざ否定しなかった。ゾーイに惹かれていること、彼女が自分にとってどんな存在かを否定するのはもうやめていた。

「おまえがあの子を立ち直らせてくれるって、心から信じてるわ」マーリーンはやさしい笑みをうかべた。目と顔全体がやわらかくなる。「わたしはあの子が好きよ、ジョー。おまえにぴったりだわ」

「反論はないよ」ジョーは答えた。「だけど、説得が必要なのはおれでも母さんでもない。ゾーイに打ち解けてもらって、心からおれを信用してもらうのはとても大変だ」

マーリーンは首を横に振った。急にその目から涙があふれ出そうになる。「結婚していない最後の息子が相手を見つける日をどれだけ待ち望んでいたか。母親が望むのはそれだけよ。自分が夫と四十年以上愛し合ってきたように、子どもたちが愛を見つけて、自分の家族に恵まれること」

「次の標的はラスティだな」ジョーは明るく言って、想いめぐらせる母親を我に返らせた。

マーリーンは鼻を鳴らした。「あの子の場合は、おまえたち兄弟を合わせた以上に一筋縄ではいかないわ」

「どの子のこと?」ラスティがキッチンに入ってきて甲高い声で言った。

「おはよう、ベイビー」マーリーンは末っ子に輝く笑みを向けた。「座って。ゾーイも朝食を食べるかしら?」

ラスティはジョーの隣のスツールにどさりと座り、彼のあばらをひじで突いた。

「五分でおりてくるよ。あたしは先に起きてシャワーを浴びたの。だけど、ママが焼くパンケーキは極上だって言ってあるから、もうよだれを垂らしてるわよ」

ジョーはラスティの首に腕をまわして押さえつけ、頭のてっぺんにこぶしをぐりぐりと押しつけた。

「気をつけろ、チビちゃん。おれのほうがデカいんだぞ。おれに攻撃するときはそれを忘れるな。態度を改めて、きちんと敬意を示さなければ、おまえの分のベーコンを食ってやる」

ラスティは鼻を鳴らした。「あたしのベーコンに手を出さないでよ、おっさん。あんたにはもっとやさしくするしかないわね。年長者を敬えって、いつもママからお説教されてるし」

「小娘め。年齢のことを持ち出しやがって。覚えてろよ」ジョーは報復を約束した。

「で、なんでこんな朝早くにここにいるわけ？」ラスティはジョーの突然の訪問にたったいま気づいたかのように聞いた。

ジョーは気まずげに座り直し、ラスティの反応を用心深くうかがった。「ゾーイに、昨日の続きをしないか聞こうと思ってさ。リストにあげたことを全部やれなかったから」

ラスティは目を見開き、無言でジョーを見あげた。

「彼女を傷つけたりしない、ラスティ」ジョーは静かに言った。「おれといればぜったいに安全だ」

「わお。おっどろいた。いつこうなったの？」ラスティは疑わしげに聞いた。

ジョーは肩をすくめた。「いつ、どうしてこうなったかはわからない。ただ、そうなんだ」

「なんてこと」ラスティは小声で言った。「あたしが手をまわしたんじゃないって言っても、ゾーイは信じてくれないわ」

「そんなに悪いことか?」ジョーはまだ妹を用心深く見つめていた。「ぜったいにゾーイを傷つけたりしない。だれにも二度と傷つけさせはしない」

驚いたことに、ラスティは涙目になった。顔をそむけ、手の甲ですばやく涙をぬぐう。

「おい」ジョーはやさしく言った。「なんで泣く?」

ラスティはジョーのほうに向き直り、ほほ笑んだ。「うれしいの。あんたと彼女がくっつくなんて。ゾーイがまだなにも気づいていなくてもね。ほかの状況だったら、彼女が抵抗しても無駄だって悟るのを見て、ものすごく楽しめるんだけど」

ジョーは目を細め、ラスティの目を見つめた。「ほかにどんな状況があるっていうんだ?」

「ゾーイは友だちなのよ。あんたがどこかで目をつけた女とはちがう。あたしは両方に忠実でいなきゃならない。だから今回は、良心的に考えて、完全にあんたの味方はできない。それに、ゾーイには味方が必要よ。この家族のなかでは、自分は手も足も出ないって思うのが当然だもの。だれも味方がいないって思わせたくない」

からかうような口調だったが、ラスティの目がなんとなくジョーを不安にさせた。理由ははっきりとはわからない。深読みしようとしているのかもしれない。いずれにせよ、ゾーイから秘密を打ち明けてもらうとすでに決めていた。ほかのだれからでもない。ドノヴァンにこれ以上調べてもらうのはやめよう。また、シェイがゾーイと意識をつなげられるとわかったいま、またそうなったときには、遮断してもらうのがいい。

「おはよう」マーリーンが大声で言い、ラスティとジョーにすばやく警告の視線を向けた。

「よく眠れた？」

振り返ると、ゾーイがキッチンのドアのところに立っていた。ためらいがちで恥ずかしそうな目をしている。

「ええ。ありがとう、ミセス・ケリー」

「入って、座って。一分もしないうちに第一弾のパンケーキが焼けるわ。それと、何度言えばいいのかしら。マーリーンか、ママって呼んでちょうだい。ミセス・ケリー以外ならなんでもいいわ。あなたは家族なのよ。そんなに堅苦しいのはやめてちょうだい。ミセス・ケリーって呼ばれると、おばあさんになった気分だわ！」

ゾーイはジョーを避けてラスティの隣のスツールに腰かけようとしたが、ジョーは彼女の手をつかんだ。親指で手首をなでると、脈が跳ねあがっているのが感じられた。やさしくゾーイを引っ張り、自分の隣に座らせようとした。そうすれば、ジョーは彼女とラスティのあいだにはさまれる形になる。

ゾーイは髪の生え際まで赤くなり、それがとんでもなくかわいらしく、ジョーはその場でキスをせずにいるだけで精一杯だった。ゾーイは横目でちらりとジョーを見ながら、まだ彼に手をつかまれたままスツールに腰をおろした。ジョーは彼女の手を自分の腿の上に置き、赤ん坊みたいにやわらかい肌を親指でやさしく円を描くようになで続けた。

「今日また一緒に出かけようって誘いにきたんだ。昨日きみに見せてやれなかったものがたくさん残ってる。それに、おれがいい子にしてたら、水切りのリベンジをさせてもらえるんじゃないかと思ってさ。昨日は負けちまったからな」

ゾーイは目を見開き、明らかに驚いて口をあんぐりと開けた。「どうしてまたわたしと過ごしたいの?」とびっくりした様子で聞く。それから視線を落とし、ますます頬を赤らめた。

「わたしに親切にするために一日を無駄にしなくていいのよ」

全身に怒りが染みわたっていき、ジョーは何度か息を吸って呼吸を整えなければならなかった。どういうわけか、ゾーイは自分には彼にデートをしてもらいたいと思ってもらえるほどの価値はないと考えている。同情されているだけだと。そう思うと、はらわたが煮えくり返りそうだった。ゾーイが自尊心を持てなくなった原因であるくそ野郎を見つけ出して、タマをもぎ取ってやりたかった。

「それより、きみがおれに親切にしてくれればいいって思ってたんだけど」腹が立っていたが、ジョーはできるかぎり明るく言った。

ゾーイのしゃべり方やきまり悪さに気づいたのはジョーだけではなかった。ラスティも母親も目に見えて動揺していたものの、すぐに表情を作り直した。母親は第二弾のパンケーキ用にまた生地を混ぜはじめたが、あごはこわばり、少し力の入った動きになっていた。

「きみと過ごしたいんだ、ゾーイ」ジョーはほかの人たちに聞こえないように声をひそめて言った。「おれがなにかをする必要はないってわかってるけど、一緒に過ごしてもらえれば、すごくうれしい」

ゾーイはとうとう視線をあげてジョーと目を合わせた。その目を見て、胸が張り裂けそうになる。そこには希望があふれていると同時に悲しみもあった。自分は取るに足りない存在で、ジョーにもどんな男にも気にかけてもらう価値はないとあきらめているかのようだった。

ジョーはゾーイの手を口に持っていき、一本ずつ指先にキスをした。とたんにゾーイの目が見開かれ、体に震えが走る。ありがたいことに、ゾーイもジョーと同じ気持ちを感じている。ひとりで突っ走っているのでも、片思いでもない。

「一緒に過ごすと言って、おれを楽にしてくれ」ジョーは訴えかけるように言った。

ゾーイの唇が開き、その無意識の誘いにジョーはうめきそうになった。ふたりきりだったら、シルクのように見える唇を奪って、一時間近くその豊かさとやわらかさを探求できるのに。

ゾーイはかわいらしくはにかみながら笑みをうかべた。ゆっくりとあたたかい目つきになり、顔全体が喜びと興奮で輝く。彼を受け入れつつあることに、ジョーは荒々しい満足感を覚えた。

「うれしいわ」ゾーイはささやいた。「でも――」

ジョーはゾーイの唇に一本の指を当てた。どうしても味わいたくてしかたがない唇。「しーっ。『でも』はなしだ。きみとおれ。今日はおれたちのものだ。思いきり楽しもう」

ついにゾーイはうなずいた。胸が燃えはじめ、ジョーは息を止めていたことに気がついた。肺に閉じこめられていた空気をゆっくりと吐き出す。安堵感が襲ってきて、生まれたての子馬のように弱々しく頼りない気分だった。

ハードルをひとつ乗り越えた。だが、事情をすべて把握して、彼のレディのためにドラゴンをすべて退治するには、まだ十以上のハードルが残っている。

13

「助けてちょうだい」ゾーイは金切り声で言い、ラスティを引きずるようにしながら、ふたりで使っている寝室に戻った。

「落ち着きなよ、シスター」ラスティは言った。「あたしにできることはなんでもするって。なにを手伝えばいい？」

「全部かしら？　なにを着ればいい？　つまり、必死だってことがばれなくて、がんばりすぎてもいないような格好よ。カジュアルな服。昨日は川に入って、湖で水切りをしたの。だから、どんなことにでも対応できて、だけどあまりカジュアルすぎない服がいいわ。ひどい格好だとか思われたくない」

ラスティは笑い声をあげた。「任せて。シンプルで、カジュアルで、必死だと思われない服ね。なんとかなるわ」クロゼットに行き、数秒後、顔を出した。「脚とわきの下は剃ってある？」

「え？」ゾーイは息をのんだ。

「ムダ毛の処理よ」ラスティは根気強く言った。「あんたによく似合いそうなショートパンツと、完璧なタンクトップがあるの。だけど、毛むくじゃらの脚は見せたくないでしょう」

ゾーイは恥ずかしさを覚えながら目を閉じた。「ええ、剃ってある。でも、本気なの？　ショートパンツ？」

ラスティは我慢強く愛情のこもった視線を向けた。「ゾーイ、あんたは美脚だし、すてきなお尻もある。あたしは無理だったけど、あんたならこのショートパンツをはきこなせるわ。十代のときは、あたしはまだ子どもだからガリガリなだけで、そのうち成長するだろうって期待してた。でもあいにく、あたしの体はそれに気づいてくれなくて、結果として、ヒップもおっぱいもない。あたしより体形のいい人に比べたら、あたしは小枝よ」

「それはちがうわ！」ゾーイは反論した。「あなたはすてきよ、ラスティ。あなたくらい背が高くなりたい。あなたこそ美脚だし、胸もヒップも完璧なプロポーションよ」

ラスティはあきれたように目を上に向けた。「ありがたい意見だけど、いまはあんたの話でしょう。ほら、あたしを信じる？」

ゾーイはため息をついた。「もちろんよ。なんでこんなに緊張してるのかしら。ジョーはわたしを女として見てるわけじゃないのに」

「鈍感な女ね」ラスティは大げさにため息をついた。「ほら、着がえて。ジョーを待たせちゃ悪いわ」

十分後、ゾーイは服を着がえ、髪を簡単なおだんごにまとめ、自然な明るい表情になるように軽くメイクをした。自分でも認めないわけにはいかなかった……かわいいと。

「さあ、行くわよ」ラスティがほほ笑みをうかべて言った。

ゾーイはきらきらのサンダルに足を入れ、塗ったばかりのペディキュアを確認した。昨夜、ラスティにジョーとの初デートについてあれこれ聞かれながら、ふたりで塗り直したのだ。

ホットピンク色の爪を見ると、少し大胆で、ものすごく女らしい気分になった。

「かわいいわよ」ラスティが安心させるように言う。

「わたし、きっと正気を失ってるんだわ」ゾーイはつぶやき、ラスティに連れられて階段をおりていった。

「ハニー、いい？　何度も言ったでしょう。あのろくでなしに残りの人生を支配されちゃだめ。そいつのせいで自信をなくすなんてぜったいにだめよ。あたしがあんたと同じことを考えたり言ったりしてたらどう？　諌めるでしょう。ほら、あれこれ考えすぎるのはやめて、楽しんできて。犯罪じゃないんだから」

ゾーイははっと気がついて頭をあげた。「そうよね。ずっとセバスチャンに支配されてきた。もうたくさんだわ」

「そうこなくちゃ」ラスティは満足げに言った。「じゃあ、楽しんできて。あとで話を聞かせて」

「いいわ。それじゃ、ショーンの話も聞かせてもらうわよ」ゾーイは冗談っぽい口調で言った。

とたんにラスティの表情が不機嫌になる。「まわりが見えなくなってるめちゃくちゃ傲慢な男だってこと以外、話すことはないわ」

ゾーイは笑い声をあげた。「ねえ、それって半分の男に当てはまるわよ」

「半分だけ？」ラスティはなにくわぬ顔で聞いた。

ゾーイの唇からまた笑い声がこぼれる。廊下の角を曲がってリビングに入ると、ジョーがすぐに顔をあげた。満足げなあたたかい目つきでゾーイを上から下まで眺める。肌がちくちくし、むき出しの腕から指の先まで勢いよく鳥肌が立った。

ああ、この男はとんでもなくセクシーだ。恥ずかしさに襲われ、頬がほてる。頭で考えたことがすぐに顔に出てしまうので、ジョーにその考えを悟られていないように願った。だが、ジョーの表情が険しくなり、目が曇って暗くなった。どうやら、彼女の考えを読み取っているわけでもないようだった。

落ち着きなさい、ゾーイ。なにも起こるはずがない。なにも起こらない。ラスティの言う〝南部のおもてなし〟を深読みしすぎている。ラスティの家族がどれだけあたたかく歓迎してくれるか何度も聞かされてきた。実際、その明らかな事実以外のものは目にしていない。

「行けるか？」ジョーが聞いてきた。その声はハスキーでしゃがれていた。「おふくろがまたランチを用意してくれた」

「パンケーキでおなかいっぱいなのに、期待でおなかが鳴っちゃった。悪いことかしら？」

ジョーはくすくすと笑った。「おふくろの料理に対する当然の反応さ。そうじゃなきゃ、人間じゃない」

そして体をかがめてラスティの頬にキスをしてから、短く抱きしめた。「携帯を持ってくから、おまえもおふくろもなにかあったら電話してくれ。じゃあな、スイートハート」

「ゾーイを頼んだわよ」ラスティは忠告するように言った。

ジョーはゾーイと指をからませて自分の横に引きよせ、ゾーイは彼の肩の下にぴったりとくっついた。「最高に大事にする」ジョーは心をこめて言った。

ラスティの口もとにやさしい笑みがうかぶ。けれど一瞬、ラスティの深い青色の目にむき出しの感情がうかんだような気がした。いまのふたりの短いやり取りに困惑しつつ、ゾーイはジョーをちらりと見あげたが、その目には真剣さが色濃く反映されているだけだった。

ジョーは空いているほうの手でピクニックバスケットを持つと、ゾーイを玄関まで連れていった。外に出て、ピックアップトラックへと歩いていく。ゾーイを助手席に乗せてから、後部座席にピクニックバスケットを入れ、運転席に乗りこんだ。

「まだ外が涼しいうちに、ボートに乗って、ちょっと釣りをしようかと思ったんだ」ジョーは私道から車を出しながら言った。

「ほんとう?」ゾーイの血管に興奮が広がっていく。

ジョーは目を輝かせてゾーイにほほ笑みかけた。彼女を見るときのあたたかいまなざしにゾーイはすでに慣れていた。「ああ。ほんとうさ。うちに小さなボートもあるけど、マリーナにもっと大きなフラットボートを置いてあるんだ。みんなで泳ぎに行ったり、日光浴をしたりするときに使ってる。釣りも泳ぎも、両方できる。きみがそうしたいなら、午後まで湖にいてもいい。涼しいうちに釣りをして、ランチ休憩をして、それから冷たい湖で泳ぐ」

ゾーイは表情を曇らせた。「でも、水着は持ってこなかったわ」

ジョーは勝ち誇ったようににやりと笑った。「おれがラスティに、水着を貸してやってほしいから用意してくれって頼んでおいたんだ。おれはジーンズの下に海パンをはいてる。備えあれば憂いなしさ」

「湖の真ん中で、しかもボートの上でなんて着がえられないわ！」

「着がえ用の仕切りがある。四方にカーテンがついてるから、だれにも見られることはない」ジョーは笑みを絶やさずに言った。「きみに気まずい思いをさせたりしない」

「あら、そうなの」

しばしのあいだ、ゾーイは言葉を失った。

「それで？」ジョーが答えをうながす。「どうする？　釣りをしてから泳ぐか、それとも、釣りをしたら戻りたいか？」

「ええと、そうね、泳ぎたいわ。その、あなたがいやじゃなければ」

「きみの水着姿を見逃すと思うか？」ジョーはおびえたふりをして聞いた。

ゾーイは顔を真っ赤にした。鮮やかな赤色になっているにちがいない。燃えているみたいに熱い。いまいましいことに、彼女は赤毛で、しかも白い肌をしている。つまり、恥ずかしい考えはすぐにばれるということだ。つねに顕著に顔に表れてしまう。

「大したものじゃないわよ」ゾーイは視線をそらしてぼそぼそと言った。

「きみは美人だ、ゾーイ」ジョーの声からユーモアは消えていた。目の端から盗み見ると、ジョーは完全に真顔になっていた。「だれかにそうじゃないと言われたとしても、きみがそいつの言葉を信じてるとしても、関係ない。きみはすてきだ。外見だけじゃない。大切なところが美しい」

少しのあいだ呼吸が苦しくなり、明らかに目にあふれた涙を見られないようにいそいで顔をそむけた。ジョーは彼女が内面も外見も美しくないと知らないのだ。彼女の正体を知ったら、汚れた出生を知ったら、二度と同じようには見てくれないだろう。

心臓が激しく痛み、ゾーイは目を閉じた。苦しみが増していく。怒りと裏切りが酸のように彼女をむしばみ、口の中にいやな味を残す。父が選んだ道に対する怒り。父は娘がその代償を払わされることを気にもかけなかった。それと、あっさりと去り、あとに残した子どもを気にかけなかった母親への怒り。

なぜ自分はこんなにも愛されないのだろう？　愛に値しないのだろう？

とうとう思いきって視線を戻すと、ジョーはまっすぐ前を向き、怒りの表情であごをきつくこわばらせていた。怒らせるなんて、自分はなにをしてしまったのだろう？　たった一日くらい、ラスティが生み出してくれた人間になれないだろうか？　一度でいいから、昔のつらい生活を忘れて、少しのあいだ、ほんとうの自分ではないけれど心の底からなりたいと思っている人間として生きられない？

居住地の外に出たばかりなのにすでに一日を台なしにしてしまったと思い、ゾーイは絶望の味を無理やり追い払って、明るくたずねた。「それで、どんな魚を釣るの？　釣ったら食べるの？　それとも、リリースするの？」

ジョーは返事をする前にゾーイの手を握った。あたたかく、力強く、安心させるように指をからませる。おかげで胸の緊張がやわらいだ。

「釣れるものはなんでも釣るし、まちがいなく食べる。たくさん釣れたら、フライにして夕飯にしようかと思ってたんだ。きみにさばいてもらうつもりはないぞ」ジョーはからかうように言った。

魚をさばくと聞いて、ゾーイは思わず身震いした。レストランでは完全に頭を落としてあるものしか食べないという固いポリシーを持っていた。生気のない目玉で見つめ返されるのはいやなのだ。

「ありがとう」ゾーイはそっけなく言った。

ジョーはくすくすと笑った。「今日はどんな魚を釣るかってことだけど、簡単に釣れるだけじゃなく、ものすごく楽しいやつから釣ってみよう。〈ゼブコ〉の釣りざおとリールと浮きを準備してやる。ブリームを一、二匹釣れるかもしれない。浮きが上下に弾んでから水中に消える瞬間が、なにより楽しいんだ。小さな魚でも、必死でもがく。あの感覚は最高だ」

ゾーイは考えこみながら鼻にしわをよせた。「どのくらい小さいの？　そんなに小さかったら、どうやって食べるの？」

ジョーはにんまりと笑みをうかべた。「サイズの判断はおれに任せておけ。驚くだろうけど、釣ってもいい大きさっていうのがあるんだ。それに、食べるのがいちばんだ。まちがいない。ブリームのフライとハッシュパピー（南部料理でよく付け合わせに出される、コーンミールで作る揚げパン）を食べなきゃ、人生損してる」

「おいしそう」ゾーイは期待をこめて舌なめずりをした。

「おれもそう思う」ジョーは彼女の唇を見つめながらつぶやいた。魚のことを言っているのではなさそうだ。

ゾーイはまた赤面した。今度はぞくぞくするような喜びで頬がほてる。ジョーの唇は美しい。唇を重ねるのはどんな感じだろうか。強引で情熱的なキスをするのか、それとも、喜んで彼女にリードを任せるのか。ああ、前者のほうがいい。彼のキスは心地よいにちがいない。そういうものは彼女が主導すべきではない。

ちょっと落ち着いて、そんな考えはやめなければ。ジョーにキスされることを考えているなんて、先走りすぎている。ジョーはフレンドリーに接してくれている。親切にもてなしてくれている。そして、明らかにゾーイに同情している。ジョーとのキスを妄想しはじめた瞬間に高揚感に包まれて恍惚となったが、その気持ちが薄れていく。

それに、事態がややこしくなるだけだ。いまはややこしいことは望んでいない。とくに、いつまでもここにいられるわけではないのだから。あるいは、長くいられるわけでもない。まったく、のんきなものだ。すでに、セバスチャンが彼女を利用していただけでなく、殺そうとしていたことの記憶がかすれつつあった。とんでもないことだ。目を覚まして、妄想をやめなければ、自分が殺されるだけでなく、罪のない多くの人たちまで危険にさらしてしまう。

「いまなにを考えてるのか、ヒントをくれるか？」

ジョーの言葉にゾーイははっと我に返った。ジョーは目を細め、唇をきつく結んで、こちらをじっと見つめている。もう。あらゆる考えを簡単に顔に出してしまうのはやめなければ。

「今日、あなたより何匹多く魚を釣れるかしらって考えてただけよ」ゾーイは明るく言った。

「へーえ」ジョーは明らかに信じていないようだが、それ以上は聞かなかった。ありがたい。

数分後、居住地とは湖をはさんで反対側に位置するマリーナに到着すると、ゾーイはいくつものボートが停泊しているこぢんまりした入り江を見つめた。まちがいなく完璧な一日のはじまり。水面は穏やかで澄みわたり、その鮮やかな深い青色を見て喜びのため息がもれた。

「そのほうがいい。いま思ってることをそのまま考えて、ほかのくだらないことをくよくよ考えるのはやめろ」ジョーがきっぱりと言った。

ゾーイは驚いて目を見開いた。考えが顔に出ていなくても、ジョーは巧みに彼女のしぐさを読み取ってしまった。とはいえ、ジョーと兄弟たちの仕事や、彼らがどんな状況も読み取れるとラスティから警告されていたことを考えると、ジョーが彼女の無秩序な考えを感じ取れても不思議ではないはずだ。

ジョーは駐車スペースに車を止めると、外に飛び出て、後部座席からバスケットとクーラーボックスを取り出した。クーラーボックスがあることにゾーイはそれまで気づいていなかった。それからジョーは車をまわって、ゾーイが出る前に、曲げた腕を差し出した。ゾーイはそこにつかまってピックアップトラックからすべるようにおりた。

「警戒心のないブリームを釣って、歓声をあげる準備はできてるか？」ジョーは楽しそうに目を輝かせて聞いた。

「また女子に負ける準備はできてる？」ゾーイは精一杯生意気な口調で挑発した。

ジョーは頭をのけぞらせて笑い声をあげた。そして、驚いたことに、上を向いたゾーイの額にキスをした。「ああ。しかも、それを存分に楽しむつもりだ」

14

「浮きが動いてる！」ゾーイが金切り声をあげ、しっかりと握っていた釣りざおとリールを落としそうになった。

ジョーはほほ笑んだ。浮きが水面で暴れたかと思うと、唐突に視界から消えた。「いまだ！」ジョーは叫んだ。「引いて。だけど、力を入れすぎないで。教えたとおりに針を引っかけるんだ」

ゾーイはずっと強く引っ張りすぎていたが、さいわい釣り針はしっかりとかかっているようだ。まだ糸がぴんと張っている。ゾーイは興奮して目をきらきらさせながら、無我夢中でリールを巻きはじめた。眉間にしわをよせ、下唇を噛み、たわんだ釣りざおと真剣に格闘する。

「そうだ。ゆっくり巻いて。速すぎないように。ボートの中に引きこむんだ」

突如として水面から魚が飛び出した。ばたばたと暴れ、釣り糸が円を描くように激しく揺れている。ジョーは手を伸ばして糸をつかみ、釣り針を外すために魚をボートに入れた。

ゾーイはそばに立って顔をしかめており、さっきまでの興奮は薄れていた。「こんなものなの？」とけげんそうにたずねる。「もっと大きい気がしたのに！　これを食べるの？」

ゾーイの困惑にジョーは笑い声をあげ、釣り針を外した魚を彼女に見えるように持ちあげた。「ちょうどいいサイズだ」と指摘する。「平均より大きい。まちがいなく、釣って食べていいサイズだ」

「ほんとう？　だましてるんじゃないの？」ジョーがクーラーボックスのふたを開けて魚を中に入れると、ゾーイは聞いた。

「いいや」ジョーは答えた。「このくらいのやつをあと数匹釣ったら、夕飯は確実だ」

「あら。すごく……小さく見えるわ」

「ときに人生で最高のものは小さなサイズでやってくる」ジョーは意味ありげにゾーイの日に焼けた体に視線をはわせた。

ゾーイは顔を赤らめたが、目には喜びが輝いていた。「また同じ場所で釣れると思う？　それとも、べつの場所で試したほうがいい？」

「まさか。さっきと同じところにエサを投げるんだ。一匹いれば、たいていは十匹以上いる」

「あなたは釣らないの？」ゾーイは折りたたみ式の座席に座って彼女を眺めているジョーを見つめ返した。

「おれだって楽しんでるさ。湖の景色よりいいものはない」ジョーはのんびりと言った。

ゾーイは鼻を鳴らした。「でたらめばっかりね、ジョー・ケリー」

ジョーはにやりと笑った。「おれは事実しか言わないぞ、マダム。ぜったいに嘘はつくなって、おふくろから教えられてきた」

するとゾーイは真顔になり、いそいで向きを変え、最初の魚を釣ったあたりに釣り糸を投げた。ジョーは頭を左右に振った。もどかしさが燃えあがる。はじめて会ったときと変わらず、ゾーイはまだ心を開いてくれず、彼を信用してもいない。それどころか、だれにも気を許さないと固く決めているかのように、彼に対していっそう心を閉ざしてしまったようだ。ラスティになにも打ち明けていないのだろうか。ラスティもジョーたちと同じくなにも知らないのだろうか。ゾーイは元カレにだまされたらしいとラスティは言っていたが、それだけではないのではないかと、ますます疑惑が大きくなっていく。だが、たとえそうだとしても、ラスティにゾーイの信頼を裏切れと頼むことはできない。そんなことをしたら、ゾーイは全速力でできるかぎり遠くへ逃げてしまうだろう。

いら立ちに襲われる。永遠に一緒にいたいと思える女を見つけて関係を築く時間はたっぷりあると考えていいはずなのに、時間に追われているような気がしていた。時間はどんどん過ぎていく。説明はできないが、絶えず激しいパニックに襲われ、そのせいで内臓に穴が開きそうだ。いそいで行動を起こさなければ、ゾーイを失ってしまうかもしれない。しかし、あまりにいそいで行動を起こしたり、あまりに強く言いよったりしたら、どのみち彼女を失ってしまうだろう。

とんでもない状況だ。

ふいに、これまでずっと兄弟たちが妻に見せている態度をバカにしてきたことを思い出し、顔をしかめた。自分が夢中でからかっているときに、兄弟たちがこの不安といら立ちの半分でも感じていたのだとしたら、その場でケツをひっぱたかれなかったのが驚きだ。ひっぱたかれて当然だっただろう。今回の件が終わる前に、全員に謝らなければならなくなりそうだ。だが、毎晩ゾーイのもとに帰れるのであれば、屈辱を味わってもいい。

「ジョー！」ゾーイが釣りざおと格闘しながら叫んだ。「またかかったわ！　すごい、あなたの言ったとおりね！　まだいるわ！」

今回、ジョーが釣り針を外すとき、ゾーイは彼を見つめていた。目は喜びと興奮で輝いている。そのうっとりとした表情を見て、ジョーは身体的な衝動をこらえなければならなかった。無我夢中で彼女にキスをしたい。釣りのことを忘れるまでキスをしていたい。

ゾーイの唇は必死で集中しているときにくり返し舌で舐めたせいで濡れていた。いまでも、何度も舌を出してかわいらしくそわそわと舐めている。どんな味なのかと、ジョーは本気で妄想していた。彼女の唇を探求し、すみからすみまで歯を立て、快感を堪能する。食べられそうなほどいい香りがするにちがいない。口づけをするなら、ではなく、口づけをするときには、乱れた髪からあのホットピンク色の女らしくかわいい足の爪まで、美味な肌を味わいながら、一週間のほとんどを過ごすことになるかもしれない。

「ジョー？」

くそ。空想にふけっているのがばれてしまった。というより、彼女のことだけを考えて、顔をしかめたくなるような妄想で自分を苦しめていたのだが。

「なんだ、ハニー？」ジョーはうわの空で聞いた。ゾーイが下唇に歯を立てるのをまだ眺めていた。考えが顔に出ているような気がしたが、そうでないことを祈りながら、また釣り針にエサをつけることに集中した。

タマがひどくうずいて脈打ち、体勢を変えなければならなかった。ペニスはすでに海パンの前開き部分から突き出て、ジーンズのファスナーにぴったりと押しつけられており、タトゥーのように永遠に跡が残りそうだった。

「これも釣っていい大きさ？」ゾーイが聞いた。

不安そうな質問に対して、ジョーはほほ笑んだ。「ああ、ハニー。まちがいなく手もとに残しておくべきだ」

きみと同じように。

思わず声に出して言いそうになり、考えをもらさないようにぴしゃりと口を閉じた。

ゾーイは満足げに両手を叩いた。「あと何匹釣ったほうがいい？」

「きみが飽きるまで釣ろう。それか、魚がかからなくなるまで」ジョーはおもしろがりながら、餌のついた釣り糸を海に投げこんだ。「たくさん釣ったら、たくさん人を呼んでフィッシュフライを食べてもらわないと」そこで言葉を切り、じっくり考えこむふりをした。「やっぱり、十二匹くらいでやめておこう。そうすれば、だれも招待しなくていいし、きみとふたりきりでディナーができる。紳士らしく、今日は夕方にきみをおふくろの家に送っていく。それからおれは家に帰って、魚をさばいて冷凍しておくから、きみは手伝わなくていい。で、明日の夜のディナーにフライを作ってやる。どうだ？」

ゾーイはまたヘッドライトに照らされたシカみたいな顔になった。パニックで目を見開いているが、それだけではなく、また一緒に過ごそうと誘われたことに明らかにショックを受けて口を開けている。怒りがわきあがり、ジョーはいらいらと落ち着かない気持ちになった。彼に――あるいはどんな男にも――関心を向けられることが、なぜ驚きなのか。自分の美しさと魅力に気づくべきだ。しかし、それが問題なのだ。ゾーイは気づいていない。ジョーやほかの人たちが見ているものが見えていない。鏡に映る自分には欠点があるように見えるのだ。自分勝手で無神経なまぬけにそんなふうに見られていたから。もっと悪いことに、そのせいでことあるごとに少しずつ追いつめられていったのだろう。彼にどう思われているかを思い知らされ、女としての自信をなくしていったのだ。

そいつは……くそ、そいつがなにをしたかったのか、さっぱりわからない。ゾーイをものにしていながら、それ以上なにを望んだというのだ？　ゾーイはそいつのものだった。そう思うと口の中にいやな味が残ったが、ゾーイがかつてろくでなしのものだったことは認めるしかない。そいつは彼女の価値を理解せず、どんな宝物を手にしているか気づいていなかった。自分はなんとしてもゾーイにわかってもらおう。自分はけっして元カレのような過ちを犯さないと。ゾーイがかつてほかの男にささげた美しい贈り物をけっして無駄にしない。彼女自身を大切にしてみせる。運がよく、ゾーイが自分を信じて身をあずけてくれることがあれば、ぜったいに疑いを抱くような理由を与えたりしない。毎日、自分がどれだけ幸運かを彼女に伝えてみせる。

ジョーは陰気な考えから我に返り、ゾーイの重々しい表情を見つめた。「ノーってことか？」ジョーは明るくからかい、ディナーの招待に話題を戻した。「それとも、魚をさばく手伝いをしたくてしかたがないのか？　一緒にやるか？」

ゾーイは肩ごしに驚いた視線を向け、それからくすくす笑いをもらした。

「ゾーイ！　かかってるぞ！」

ゾーイは釣りざおを落としそうになり、あわてて前に向き直った。足をもつれさせながら、獲物を引きあげようと釣りざおを上に引っ張る。先端が弓なりにたわみ、浮きがますます水面の下に沈むと、歓声をあげた。

「やったわ！」ゾーイは叫んだ。「すごいわ、ジョー！　これは大物よ！」

ジョーはすばやくゾーイのうしろに移動し、彼女の背中に胸をつけながら、腕をまわして釣りざおを支えた。「こうだ」耳もとでささやく。「ずっと先端を上に向けておくんだ。糸をたるませるな。引っ張りあげながら、リールを巻くんだ。つねに糸をぴんと張っておけ」

ゾーイの両手の上に手を重ね、動きを指示する。釣りざおが小刻みに動き、ゾーイの手のひらの中で踊っている。ジョーは彼女の髪の甘い香りを吸いこんだ。風が吹いてやわらかい髪が鼻孔をかすかにくすぐり、鼻にしわをよせる。

腕の中のゾーイはあたたかく、とてもやわらかく感じられた。ここが彼女の居場所であるかのようだ。ずっと前から彼女の居場所だったかのようだ。ゾーイはリールを巻くのに熱中しているが、ジョーが近くにいることをはっきりと感じているのだとわかった。舌を出して下唇を舐めてから、神経を落ち着かせるかのように歯を食いこませる。あるいは、反応をごまかしているのかもしれない。ジョーはひそかにほほ笑んだ。ゾーイには反応してほしいし、自分ひとりで突っ走りたくはない。ふたりとも同じ気持ちでなければ最悪だろう。だが、その心配はなさそうだ。ゾーイはふたりのあいだの性的緊張を感じたくないかもしれないが、たしかに存在しているし、ふたりともそれに気づいていた。

ジョーはゾーイの両手を包み、リールを巻くのを手伝った。魚が水面からすべり出てくると、獲物をつかまえるためにしぶしぶ手を離した。糸をつかんでから、慣れた手つきで魚の口から釣り針を外す。

「ああ。きみの言ったとおりだな、ゾーイ。こいつは大物だ。こんなにデカいやつははじめて見た」

「ほんとう？」

ゾーイはうれしそうに目をきらきらさせながら、興奮して体をくねらせた。それを見たジョーはますます愛情をこめて笑みをうかべた。ああ、だれだってすぐに彼女を愛してしまうにちがいない。愛さない人間がいるか？

「さばく前に、ちゃんと写真を撮っておかないとな。長さと重さも測るぞ。新記録かもしれないからな」

すると、それ以上はありえないと思っていたのに、ゾーイの笑みがさらに大きくなり、顔がいっそう輝いた。ジョーはいそがしく手を動かして、釣った魚をほかの魚と一緒にしてから、ゾーイのほうに向き直った。

「それで、ゾーイ、どうする？　家族全員にフライを作るか、明日の夜おれの家でふたりでディナーをするか。きみのペースだと、あっという間に十二匹釣れるぞ」

ゾーイは顔を赤らめ、恥ずかしそうに首をすくめたが、口角があがり、ほほ笑みをうかべた。「ええと、十二匹以上釣って、あなたに夜遅くまで魚をさばかせたくないわ」

ジョーはくすくすと笑った。「やさしいんだな、スイートハート。よし、わかった。これで三匹だから、あと九匹だ。もう一度釣る準備はいいか？」

ジョーが釣り針にコオロギをつけると、ゾーイは鼻にしわをよせた。それからジョーは彼女の体から慎重に浮きを遠ざけ、ゾーイは水面に糸を投げた。

「ふつうはミミズとかを使うんだと思ってたわ。コオロギを使うなんて聞いたことがない。ミミズにもさわりたくないけど」ゾーイはいやそうに言った。「ぬるぬるした虫も、何本もの脚で不気味にはいまわる虫も、どっちもごめんだわ」身震いする。「そもそも、なんであなたはこんなひどい仕打ちを受けてるの？　わたしは魚を釣って楽しんでるけど、あなたは釣り針にエサをつけて、釣り糸から魚を外して、しかもあとでさばくんでしょう」

「ひどい仕打ちなんかじゃないさ」ジョーは唇に笑みをうかべて間延びした口調で言った。「むしろ、不気味にはいまわる虫を釣り針につけて、ぬるぬるした魚を釣り針から外して、あとでさばくことで、とんでもなくかわいくて楽しい女と午後を過ごせるなら、いくらでも歓迎さ。こんなに笑わせてもらったのはいつ以来かな」

今回、ゾーイは視線をそらさず、だれかにそんなふうに思われていることを素直に受け入れているようだった。それでも、彼の考えが理解できないというように、本気で戸惑った様子でジョーを見つめた。

ジョーは最初に何匹か釣れた場所に糸を移動させながら、ゾーイに一歩近づいた。彼女に触れる手前で立ち止まり、目を見つめる。

「おれはわかりやすい人間だ、ゾーイ」ジョーはささやいた。「駆け引きはしない。ふざけて口説いたりするタイプじゃない。思ってないことを口にしたりしない。相手の気を楽にするためだけに、ほんとうは思ってもいないことを言おうとは思わない。いまお互いにそれを理解しておいたほうがいいと思うんだ。わかるか？」

ゾーイは唾をのみ、喉が上下に動いた。それからゆっくりとうなずく。目に驚きをありありとうかべながら、まだジョーを見つめ返している。彼の真剣な言葉を理解して、その真意をはかろうとしているかのように。

「ええ」ゾーイはとうとうささやいた。「そう思うわ」

「じゃあ、きみの糸にちょっかいを出してる魚をつかまえたほうがいいんじゃないか」ジョーはおもしろがって言った。

ゾーイはくるりと振り返り、次の瞬間、四匹目の魚で浮きが沈んだ。ゾーイは両手で釣りざおを引っ張りあげ、伝染しそうな笑い声を響かせた。

「まいったな」ジョーはひとりごとをつぶやいた。「ほんとうに楽しい」

15

ゾーイはのろのろと体を伸ばしてあくびをした。太陽が照りつけ、筋肉から骨まであたたまっていく。昼寝をしたいくらいだ。こんなに楽しいのは生まれてはじめてだという最高の気分を、飽きるほど味わった。それに、陽光を浴びていると、ジョーがラスティから借りてきてくれた水着に着がえた瞬間に襲ってきた倦怠感を追い払うのが余計に難しかった。

ラスティがジョーに渡した水着がビキニで、あまり体を隠せないと知ったとき、ゾーイはぞっとした。最初はタオルをしっかりと体に巻いていたが、日光浴をする場所を決めたとき、タオルを敷かなければならないと気づき、とうとう体から取り、できるだけいそいで横たわった。

ありがたいことに、ジョーはほかのことに没頭していて、彼女をほうっておいてくれたので、恥ずかしいビキニ姿を見られることはなかった。

しかしいま、ジョーは作業を終えており、腹ばいになるのがいいかもしれないと思えた。そうすれば、トップスから乳房がこぼれる心配はなくなる。そんなわけで腹ばいになったとたん、気だるげな熱さを背中に感じ、ため息をついた。

そのとき、むき出しの背中にジョーの手が触れ、ゾーイは驚いて頭を起こし、肩ごしに振り向いた。

「邪魔してすまない」ジョーが言う。「だけど、日焼けしてほしくないから、背中に日焼け止めを塗ってやる。リラックスして、またのんびりしててくれ。おれの存在すら感じられないはずだ」

ゾーイは鼻を鳴らしそうになった。ジョーの存在や、素肌をすべる彼の手を感じないわけがない。

「自分でできるわ」ゾーイは落ち着かなげに言い、体を起こそうとした。

ジョーは彼女の背中にやさしく手を当てて押し戻した。「きみがタコか、ものすごく体がやわらかいのならいいが、どうやって背中に塗る？　それに、きみに塗り終わったら、おれもだれかに塗ってもらわないと」

ジョーの口ぶりはいかにも無邪気で、互いに日焼け止めを塗り合うのは大したことではないと言わんばかりだった。彼にとってはそうなのかもしれない。つまり、自分は大きな恥をさらしているということだ。

ゾーイはため息をつき、もとの姿勢に戻って目を閉じた。数秒後、ジョーが両手を肌に押しつけ、強く円を描くように塗りはじめると、うめきそうになった。男の手がこんなに気持ちがいいなんて罪だ。指で触れられたところに火がついて、もっと触れてほしいと懇願してうずいているかのようだった。

ひどくそわそわしてしまい、喉から快感の声をもらさないように唇を強く噛まなければならなかった。これは拷問だ。まちがいなく、人類が生み出したなかで史上最高にすばらしい拷問。いまジョーになにも聞かれなくてよかった。こうして触れられているかぎり、どんなことでもしたり、言ったりしてしまうにちがいない。

ジョーにいそいでいる様子はなく、それがありがたかった。ゾーイは目を閉じた。彼の両手が、うなじの敏感な肌からかかとまで、あらわになっている部分をくまなく愛撫する。指先で危険なほど尻に近いところをマッサージされたとき、気がつくとゾーイは息を止めており、視界に点が現れはじめた。けれど、ジョーは羽のように軽く愛撫を続けた。ビキニのボトムとの境界をなぞっているだけなのに、容赦なくじらされているみたいで、ひとつの考えしかうかばなかった。ボトムがなかったら?

意識が遠のきかけたとき、とうとうジョーが手を止めた。今回、ゾーイは不満のうめき声を抑えられなかった。上のほうでジョーがくすくすと笑うのが聞こえたが、それは笑い声というよりささやき声となって、濃い霧に包まれているゾーイの耳に届いた。それから、べつのものが肩に押しつけられるのを感じた。これは……唇? ただの幻覚だ。それでも、女が得られるオーガズムのような幸福感だけがあった。

「そのまま横になってていいぞ、スイートハート。おれはシャツを着るから、日焼け止めを塗る心配はしなくていい」

「わかったわ」ゾーイは夢見心地で言った。

意識が半ばぼんやりした状態で、またジョーが愉快そうにくすくすと笑うのが聞こえたが、ゾーイはほほ笑んだだけで、恍惚感の雲に流されていった。簡単にまとめたおだんごからほつれた髪をジョーが指ですいたような気がしたものの、たしかめるためにわざわざ目を開けられなかった。それに、空想であるなら、このとんでもなくすてきな空想をすぐには終わらせたくなかった。

「自分がどれだけ美しいかわかってるか」ジョーがささやいた。その声は何キロも先から聞こえてくるようだった。

いま、彼女はまちがいなく眠っていて夢を見ているにちがいない。一度くらいは、恐怖や恥辱以外の夢を見たり、心臓をバクバクさせて髪を汗で濡らしながら目覚めたりしないですむのもいいものだ。

「こんなにすてきな夢ははじめて」ゾーイは唇を動かさずにつぶやいた。「目が覚めたら、あなたは消えてるのかしら?」

やさしい笑い声が聞こえ、それから明るくからかうような口調とはほど遠い声がした。夢とは思えなかった。その声は断固として、やさしさにあふれているけれど固い決意に満ちていて、ゾーイのつま先まで震えが走った。

「おれはどこにも行かない、ゾーイ。いまも。これからも。残念ながら、きみはおれから離れられない、ベイビー。目が覚めて、これが夢じゃなくてすべて現実だとわかったときに、きみがどれだけ喜ぶかわからない。だけど、おれはすごくうれしい。きみがおれから離れられないってことが」

「だれもそばにいてくれないわ」ゾーイは悲しげに言った。この夢の展開が気に入らなかった。すてきな部分を取り戻したい。「だれも愛を返してくれない。みんな、必ず去っていく」

長い沈黙が訪れ、しばしゾーイは力を抜いた。ほんとうにすばらしかった夢が、あまりすてきではない夢へと、うれしくない変化を遂げてしまったため、そのまま夢を終わらせることにした。すると……。

「今回はちがう、ベイビー」またあの声だ。ものすごくなじみがあるけれど、この数晩、彼女の夢にしっかりととりついていた声。「約束する」

そういう約束はけっして守られないとわかっていたけれど、心が安らいだ。ゾーイはそれにしがみつき、さらなる忘却へと流されていった。

ジョーは眠っているゾーイから少し離れたところに座り、ときどき太陽と彼女の背中に交互に視線を向けていた。ゾーイの背中は彼が二度塗ってやった日焼け止めローションでまだつやめいている。二度目にやさしく肌に塗ったとき、ゾーイはぴくりとも動かなかったが、眠っていてもかすかに顔をしかめていた。額と口もとは明らかにこわばり、それを見たジョーは胸にいつまでも消えそうのない痛みを覚えた。

ゾーイは彼の胸が張り裂けそうになるくらい素直な声で『みんな』と言ったが、だれのことなのだろう？　ゾーイの苦しみは元カレひとりだけによるものではない。子ども時代はどうだったのだ？　ドノヴァンは家族はいないと言っていた。両親、きょうだい。なにも言っていなかった。いまはその理由が気になった。天涯孤独なのか？　ラスティは知っているにちがいない。だからラスティはゾーイと友だちになり、これほど彼女に対して誠実に接し、守ろうとしているのだろう。そんな妹を称賛するが、これからは、ゾーイを傷つけるものから彼女を守るのは自分の役目だ。

ジョーは腕時計を確認し、さらに沈んでいく太陽を眺めた。ひと晩でもゾーイと離れたくないが、暗くなりつつあるし、ゾーイは明らかに疲れきっている。そろそろ母親の家に送り届けてやらなくては。昼はあまり食べず、無口だった。母親が用意してくれた料理をふたりで食べているあいだ、もの思いにふけっているようだった。たまにからかったりジョークを言ったりすると、笑顔を引き出せたが、彼が必要だと言った十二匹の魚を釣ったあと、午後はほとんどずっと顔に悲しみが張りついていた。

そして、一回目の日焼け止めを塗っているあいだに眠ってしまった。夢うつつだったゾーイの反応は正直で本物だった。彼に触れられて大いに喜び、ゴロゴロと喉を鳴らす子ネコみたいにすりよってきた。ところがその後、悲しみがにじんだ声で、だれもそばにいてくれない、だれも愛を返してくれないと静かに言った。

あの瞬間、ゾーイを両腕で包みこんできつく抱きしめ、けっして離さないと誓ってやりたくてしかたがなかった。だが、彼女が信じてくれないのに、ただ約束すればいいというほど単純ではない。信頼を築き、完全に彼を信用できるようになるまでは時間がかかるだろう。それでも、必要なだけ時間を与えるつもりでいた。いつかゾーイは彼のそばに、彼の腕の中にいることになる。毎日、彼女と一緒でなければどこにもいかないということを証明しよう。

「どんな秘密を隠してるんだ、ベイビー？」ゾーイがため息をつき、こぶしにした手の上にあごをのせるのを見ながら、ジョーはささやいた。「おれを信用して、すべてを打ち明けて、きみを傷つける力を持つ秘密を追い払わせてくれるか？」

ボートの甲板で手足を投げ出して座っていたジョーは、ため息をついてからしぶしぶ立ちあがった。ゾーイが横たわっているところまでゆっくりと近づき、笑みをうかべながら、彼女の閉じた目を見おろす。まつ毛が肌にかかっている様子は、無邪気に眠っているみたいだった。天使や、おとぎ話の小さな妖精を連想させる。

「ゾーイ。ゾーイ、ハニー。起きてくれ。家に帰るぞ」

ゾーイは鼻にしわをよせ、口をへの字にした。「あっちに行って」とぶつぶつ言う。

ジョーは声をあげて笑い、顔を近づけて鼻のしわにキスをした。とたんにまつ毛が震え、ゾーイは目を覚ました。

「やあ」ジョーは困惑しているゾーイに笑顔を向けた。

するとゾーイも笑みを返してくれた。ジョーの心の奥までぬくもりが広がっていき、そこを固く閉ざしていたことにそのときはじめて気がついた。

「ハイ」ゾーイは照れくさそうに言った。「もう帰る時間？」

あまりにがっかりした声に、そうだと答えたくなかった。代わりにうなずいた。

「太陽が沈みかけてる。マリーナに戻りながら、日が落ちるのを眺めて楽しめるかと思ったんだ。じきにおふくろが夕飯を用意するはずだし、おれたちはどこにいるのかと心配させちまう」

ゾーイは口を隠しながらあくびをした。「最高にすてきな夢を見たわ」と切なそうに言う。

脈が跳ねあがり、ジョーはただゾーイを眺めた。顔、目、髪にまで、あますところなく視線をはわせる。「へえ？　じゃあ、おれの夢を見たのか？」からかって聞く。

ゾーイは顔を真っ赤にして視線を落としたが、唇にはまだほほ笑みが残っていた。

「どんなすてきな夢だったか、話すつもりはないのか？」

ゾーイは首を横に振った。「しゃべったら、現実にならないかも」

ジョーは興味を引かれた。夢だと思っていることについて言っているのか？　それとも、眠らせておいた二時間にほかの夢を見たのか？

「その夢が現実になってほしいのか？」ジョーはさりげなく聞いた。

ゾーイは目にありありと切望をうかべ、遠くにあるものに焦点を合わせた。もしくは、べつの時間に存在するものかもしれない。

「夢が現実になるなら、ええ、なによりもあの夢を叶えたいわ」

ジョーはすでに自分の運命と未来を心に決めていたが、そうでなかったとしても、いまの言葉で決心していただろう。ゾーイは気づいていない。自分が話していることをジョーが正確に理解していると。また、夢だと思っている出来事に彼がかかわっていたことも。まあ、ある意味ではちょうどいい。ひとつ残らず彼女の望みどおりに叶えてやるつもりなのだから。

「夢はいつだって叶う」ジョーは言った。

ゾーイのほほ笑みがゆっくりと薄れていく。「人によっては、そうでしょうね」

「きみはちがうのか?」

ゾーイは目をそらした。「わたしは夢想家じゃない」と無理やり平静を装って言う。「どちらかというと現実主義者なの。現実に絶えずお尻を嚙まれていたら、夢どころじゃないわ」

ジョーは手を伸ばし、ゾーイのあごの下に親指をすべらせると、やさしくまた自分のほうに顔を向かせた。「そうは思わない」

ゾーイは困惑した顔になった。「なにが?」

「きみは夢想家さ」

ゾーイは目を見開き、何度かまばたきをした。どう反応しようかと考えているかのように。

「夢想家だっていいじゃないか、ゾーイ。大きな夢を抱くほど、大きな成果を得られるし、よりハッピーな結末を迎えられる。そうじゃないか?」

ゾーイの目に涙があふれ、また顔をそむけようとしたが、ジョーは両方の手のひらを彼女の頰にそえ、顔を包みこんだ。片方の頰に流れ落ちた涙を親指でやさしくぬぐう。

「でも、大きな夢を抱くほど、現実がお尻に嚙みついてきたときに激しく落ちこむとも言えるわ」ゾーイは喉をつまらせて言った。

ジョーはやさしく笑い声をあげた。「きみは現実とケツが大好きなんだな」

「ジョークじゃないわ」ゾーイは訴えかけるような声で言った。自分の言葉を軽く考えないでくれと懇願するように。「これがわたしの現実なの。あなたの現実ではないかもしれない、ジョー。でも、わたしの現実よ。夢を抱いたらどうなるか、よく知ってる。わたしの世界では、夢を抱いてもなんにもならないの。どれだけ夢を叶えたいと思ってもね」

「ベイビー、よく聞け」ジョーは彼女の頰骨のあたりのシルクのような肌を愛撫した。「きみは夢想家だと言ったのは、最高のほめ言葉だったんだ。いままですべての夢が叶わなかったからといって、ぜったいに実現しないとはかぎらない。おれたちはみんな、心のなかでは夢想家なんだ。自分はちがうと思ってるかもしれないけど、おれにはわかる。きみが見える。それで、ますますきみの夢を叶えてやると約束してやりたくなる。そうすれば、とうとうきみのなかの美しい夢想家を世界じゅうに見せてやれる」

ゾーイはショックでうつろな目になり、力なくジョーを見つめ返した。「そんな約束はしちゃだめよ。わたしにも、だれにも」と言って拒絶する。「あなたには他人の夢を叶える責任はない。責任があるのは、自分の夢だけよ。わたしの夢を叶えられるのはわたしだけ。それについてひとつ学んだことがあるなら、わたしはとんでもない落第者ってこと」

ジョーはいら立ちと怒りのうなり声をもらしたが、ゾーイに向けたものではなかった。それでもゾーイは跳びあがり、傷ついた目でジョーを見つめ、あとずさって彼から離れようとした。ジョーは小声で乱暴に悪態をついた。貨物列車のごとく彼女に迫ってしまっている。この上なく大切な貴重品であるかのように、細心の注意を払って接しなければならないとよくわかっていたのに。

「おれのことは知ってるだろう、ベイビー。おれは仕事でふたつのことをしてる。人々の夢を叶えること。そして、悪人の悪夢を現実にすること。おれになにができるか、できないか、なにを引き受けられるか、引き受けられないか、きみが決めることじゃない。きみが許してくれるなら、チャンスをくれるなら、全力を尽くしてきみの夢をひとつ残らず叶えてやると約束する」

ゾーイはごくりと唾をのみ、ショックで唇を開けた。彼女を引きよせて、互いの息しか吸えなくなるまでキスをしたくてたまらなかった。それが、いまの彼の夢だった。ほかのことはあとまわしでいい。

「わたしのことを知らないでしょう」ゾーイはささやいた。「どうしてそんなことを言えるの？」

「そうだ。きみのことをすべて知ってるわけじゃない。まだ。だけど、知りたいし、知ってみせる。そのときは、約束をひとつ残らず守るつもりだ。さあ、きみがものすごく取り乱して、湖に飛びこんで、居住地まで泳いで戻ることになる前に、ボートを出そう。おふくろに叱られちまう。ライフジャケットを着て、戻るあいだ楽にしててくれ。いいか？」

ゾーイは呆然としていたが、それも当然だろう。ブルドーザーのように迫ったかと思いきや、すぐに身を引いたのだ。ゾーイが湖に落ちず、ましてや飛びこんだりしなくてよかった。だが、あまりあわててことを進めて、ゾーイに逃げられてしまう前に、落ち着いて気持ちを抑えなければ。

くそ、彼女に逃げられて捜さなければならなくなると思っただけで、恐怖で身がすくみそうだった。いまの自分はめちゃくちゃだ。早く気持ちを整理しなければ、すべてが台なしになってしまう。まだゾーイに自分といれば安心だと証明するチャンスさえ得ていない。けっして彼女を傷つけないと。彼女をまた傷つけようとするやつはぶちのめしてやると。

いま、最善の道は、とにかくゾーイを落ち着かない気持ちにさせておくことかもしれない。少し動転した状態で、彼を理解しようとしていれば、逃げることまで頭がまわらない。彼女に逃げられてしまうかもしれないと思うと、死ぬほどぞっとした。人生でなにかにおびえたことはほとんどない。弟を失いそうになったとき、シェイを失いそうになったとき、両親を失いそうになったとき。そのときの恐怖が、ゾーイを失うと考えたときに感じた恐怖にいちばん近い。

碇をあげ、ゾーイと泳いだり日光浴をしたりして過ごした入り江を出てすぐにスロットルを全開にして、ガラスのようになめらかなケンタッキー湖の水面を滑走した。太陽はオレンジ色の巨大な火の玉となって西に移動しながら沈みかけていて、前方ではマリーナの明かりがきらきらとともりはじめている。

ゾーイは、ボートを操舵するジョーのすぐ近くのサイドベンチで体を丸めて座っていた。遠くを見るともなく見つめている。頭上のおだんごから髪がほつれて後方になびいており、まるで月の光が流れているみたいだった。

細い体にタオルを巻き、その下にライフジャケットをつけている。ボートを出す前に着がえさせてやるべきだったが、それだとマリーナに到着するころには暗くなっているだろう。車に戻ったら、開けたドアを衝立代わりにして着がえてもらえばいい。そのあいだ、彼がドアの反対側で背中を向けて立って、だれにも見られないように見張っていてやろう。

少なくともいまは、ラスティがゾーイのために用意した水着を彼に渡したときに、いたずらっぽく目を輝かせ、無邪気ににやにや笑っていた理由がわかった。ラスティのほうがゾーイより背が高く、あまり丸みがないため、ラスティのビキニをゾーイが着ると、とりあえず大切な部分を隠せるものの、布が足りない箇所もあり、ジョーは午後じゅうずっと勃起していたのだった。

ラスティは自分がなにをしているかちゃんとわかっていたのだ。自分のビキニがどれだけゾーイにフィットするか――というより、フィットしないかを。ジョーがゾーイを連れて帰らないだろうと思っているのだとしたら、あの悪賢い小娘はがっかりすることになる。

マリーナの停泊所に着くと、ジョーはゾーイに手を貸してボートからおろした。それからウエストに腕をまわして自分のあたたかい体に抱きよせ、トラックまで歩いていく。春が暑い夏の日々を迎えるのを拒んでいるのか、初夏の朝と晩はまだ少し肌寒かった。

一年でいちばんいい時期だ。たくさんの幸せな思い出にあふれた日々。今日のような遠出を数えきれないほどした。釣り、泳ぎ、家族とのバカ騒ぎ、バーベキュー、キャンプファイア、ビールでいっぱいのクーラーボックス、昔のことや未来のことについてのおしゃべり。

ジョーはずっと、まだ自分の身に起きていないことに関する会話に加われなかった。兄弟たちは愛情のこもった目で妻や子どもたちを見つめ、自分が育った地で我が子を育てることについて語る。ジョーは、〝古きよき日々〟の話や、そのときにあった大騒ぎについてはたくさん話せるが、未来の話になるといつも黙りこんだ。そのうち、自分以外の兄弟全員がとうとう既婚者となると、それまで経験したことのない居心地の悪さを感じた。部外者となって、見ているうちに目が痛くなりそうなくらい美しいものをのぞきこんでいるみたいだった。いまでは、自分が感じていたのは寂しさだと気づいていた。それと、兄弟たちにあって自分にはないものへの嫉妬。

助手席のドアを開けながら、ゾーイをちらりと見やる。少し前だったら、思いもしなかっただろう。いま自分の未来が隣に立っているなんて。兄弟たちが語り合ったり共有したりしていることを、はじめてすべてほんとうに理解して共感できるなんて。

「ドアの内側に立ってくれ。おれは背中を向けて見張ってる。着がえるところはだれにも見られない」ジョーは言った。「あたりに人がいる気配はないが、念のためだ。ぜったいにだれにもなにも見せたりしない。ただ、おれがのぞきたくなる前にいそいで着がえてくれ」とからかう。

驚いたことに、そしてうれしいことに、ゾーイは笑い声をあげてそれに応えた。「あなたって手に負えない人ね、ジョー。でも、マーリーンも同じようなことを言ってたわ。あなたは双子の邪悪な片割れで、いつもいたずらばかりで、いっぽうのネイサンはもの静かだって。いまはよくわかるわ」

ジョーは激怒するふりをして息をのんだ。「言っておくが、おれは双子の繊細なほうだって思われてる。ネイサンはマナーのない原始人だ。おれの気の毒な義妹のシェイといるところを見たか？」

「ええ」ゾーイはうらやましそうな声で言った。「ネイサンはすごく彼女を愛してるのね。ふたりを見てるのは楽しかったわ」

ジョーは片方の眉をあげた。バーベキューのときにゾーイが特定の人間や夫婦を見ていたことも、簡単な自己紹介で家族の顔と名前を一致させていたことも、彼は気づいていなかった。けれど、少なくともネイサンとシェイには興味を引かれて、長い時間ふたりを観察していたらしい。

「ふたりは驚くほどすばらしい経験をしたんだ」ジョーはやさしく言った。

「そうなの？　どんな？」ゾーイは熱心に聞いてきた。

ジョーはひそかにほほ笑んだ。彼のゾーイはロマンティックだ。よかった。少なくともいまは、将来役に立ちそうなことがわかった。

「長い話だし、必ずしもすてきなことばかりだとはかぎらない。だけど、まちがいなく美しい」

「わお」ゾーイは小声で言った。「美しかったわ、ジョー」

ジョーは困惑して眉をひそめた。「どういう意味だ？」

「あなたの話し方。表現の仕方。とても詩的だったわ」ゾーイの声には静かな切望がにじんでいた。ずっとだれかにそんなふうに話してもらいたかったかのように。

ややあってからジョーはゾーイが言っている意味に気づき、ほほ笑んだ。「おれには哲学的な面があるんだと自慢したいところだけど、べつによく考えて表現したわけじゃないって白状するよ」

「だからこそ、いっそう美しいわ」ゾーイはきっぱりと言った。「でも、必ずしもすてきなことばかりだとはかぎらないって、具体的にどういう意味？　しょっちゅう喧嘩とかしてたの？」

最後の言葉を口にしながら、ゾーイはジョーの肩を叩き、着がえがすんだことを伝えた。ジョーは振り返り、ゾーイにほほ笑んだ。「いや、ベイビー。ふたりが喧嘩してるところなんて見たことがない。といっても、シェイが無理をしすぎてるんじゃないかってネイサンが心配してるときはべつか」

「ふたりのことを話すとき、顔全体が輝いてるわよ。気づいてる？」ゾーイが静かに聞いた。

ジョーはまた笑みを向けた。「ああ、そうだろうな。わかってくれ。ネイサンとおれは双子なんだ。たいていの人たちには理解できない絆があるし、それをシェイは理解してる。彼女も絆の一部なんだ。いつかすべてを話してやる。約束するよ。ただ、さっきも言ったように、長い話だし、気が弱い人間は聞かないほうがいい部分もある。最後はもちろんハッピーエンドだ。ネイサンがぜったいにそうしたはずだ。ほかの人たちより、そこにたどり着くのに少し時間がかかっただけさ。しいて言うなら、だからこそふたりはラブラブなのさ」

「あなたの話ってすてきね」ふたりで車に乗りこんでドアを閉めてから、ゾーイは言った。「この上なく雄弁に表現してる。何時間でもあなたが話すのを聞いていられるわ」

ジョーは驚いて頭をのけぞらせた。しばらくゾーイを見つめてから、彼女が完全に真剣だと気がついた。そして声をあげて笑った。大笑いしすぎるあまり、両腕をハンドルにかけ、その上に額をつけて、ぜいぜいと息を切らし、やがてわき腹が痛くなった。

ゾーイは憤慨した声で「なんなの?」と強く聞いた。「なんなのよ。取り消すわ。あなたのしゃべり方はまぬけみたい」

ふんと鼻を鳴らし、胸もとで腕を組み、目の端からジョーをにらみつける。

「すまない、スイートハート」ジョーはまだ笑いをこらえようとしていた。「わかってくれ。兄弟たちからは、おれはせっかちで、短気で、おまけに意地が悪いって言われてる。もちろん、口が悪いとも。うーん、おれのことを表すときには、悪いって言葉がよく使われるな」ゾーイににやりと笑いかけて言う。「きみがおれについて話すときに、雄弁だとか、とんでもないことに、美しいとか言うのを聞いたら、兄弟たちはバカみたいに笑うだろうな。しかも、大笑いしすぎてちびるにちがいない」

「聞くかぎり、みんなまぬけみたいね」ゾーイはとげとげしい口調で言った。

ジョーの胸にぬくもりが広がり、首まで伝わって、喉を猛烈に締めつけた。いままでだれも兄弟たちにバカにされる彼をかばってくれたことはなかった。みな、たいてい彼らの意見に同意するばかりで、反論もしてくれなかった。それなのに、ゾーイは彼を侮辱する兄弟たちに猛然と立ち向かって、ケツを蹴飛ばしてやりたいと言わんばかりだ。

「だれも傷つけないでくれ、ハニー」ジョーはくすくすと笑った。「彼らの弁護のために言うが、おれはほんとうにそういう人間だ。だけど、ゾーイっていう名前の美女にとっては例外らしい」

ゾーイはうつむき、組んでいた腕をほどいて両手をひざの上におろした。しばらくその手を見つめてから、頭を傾けてまたジョーをしげしげと見つめた。

「あなたがいつもしている仕事を忘れてたわ」

ジョーは緊張し、ほほ笑みと、こぼれそうになっていた笑いが消えた。

「自分の身を大きな危険にさらして、知りもしない人たちを守って保護するなんて、きっとすごく大変でしょうね。あなたが兄弟たちに言われてるような人間だとしても、驚きじゃない。だけど、せっかちで、短気で、意地が悪いあなたは、ほんとうのあなたじゃない。わたしは一度だってそんなあなたを見てないわ。わたし、あなたの小さな秘密を見つけちゃったみたいね、ジョー・ケリー」

ジョーはおびえてゾーイを見つめた。「おれの正体を暴くつもりじゃないよな?」

「あなたはいい人よ。見た目はタフガイだけど、内面はまぎれもなく甘ったるくて、感傷的なセンチメンタリスト」

ジョーは息をつまらせそうになった。咳払いをしてごまかす。センチメンタリスト? いや待て、ただのセンチメンタリストじゃない。もっとひどい。〝甘ったるくて、感傷的な〟センチメンタリスト。なんてこった。ゾーイとのことを兄弟たちにからかわれると思っていたが、彼女に〝甘ったるくて、感傷的なセンチメンタリスト〟と呼ばれたことがばれたら、作戦室の外に聞こえるくらい笑われるだろう。そっちのほうが手に負えない。

愕然とした気持ちが顔に出ていたにちがいない。ゾーイが噴き出し、大笑いしはじめ、頬から涙をぬぐった。

「もう、あなたの顔ったら」喉をつまらせながら口早に言う。

「はいはい、楽しんでくれ。傷ついてる男をさらに蹴飛ばせばいい」ジョーは気さくな口調でぼやいた。「最後に笑うのはだれかな」

「負けず嫌いだとも言われる?」ゾーイはからかって聞いた。

「そのとおりさ」

ゾーイはまた大笑いした。「まあ! どうしてかしら」

「皮肉は似合わないぞ、かわいいお嬢さん」

「わたしにぴったりよ」ゾーイは生意気に言った。

まあ、たしかにそうだが、ゾーイにはなにもかもがぴったりだ。彼女に合わないものなどひとつも思いつかなかった。

「あら、着いたわ」車が居住地に入っていくと、ゾーイが驚いた声で——そして少しがっかりした声で——言った。

その気持ちはよくわかる。今日は記憶にあるかぎり最高の一日だった。双子の弟の生死が不明だったときに、とうとう無事に家に帰ってくるとわかった日と同じくらい、最高だ。あるいは、シェイが心に大きな傷を負い、最悪の事態を生き延びる唯一の方法として何日も自分のなかに完全に引きこもったあとで、ついに彼らのところに戻ってきた日と同じくらい。

ジョーは顔をしかめた。いままで、最高の時間といえば、ネイサンとシェイや、兄たちとその妻との忘れられない出来事にまつわることしか思い出せなかった。そういう時間をだれかと経験したことはなかった。いままでは。

愛情をこめてゾーイを見つめながら、実家の前に車を止める。ジョーがどんなふうに彼女を見ているか、ゾーイは気づいていないだろう。いまにも彼の母親か父親が出てくるのを期待しているように、夢中でポーチをちらちらと見ている。

「ゾーイ」

ゾーイはこちらを向いて彼を見あげた。ジョーは彼女の巻き毛を頬からやさしくつまみ取り、耳にかけた。

「今日はありがとう」そう言いながら、親指でそっとゾーイのあごに触れる。

ゾーイはいぶかしげにジョーを見つめた。「それってこっちのセリフじゃない?」

「いいや。きみがおれで、二日続けて人生最高の時間を過ごせたのならべつだが」ジョーの口調には、からかいや冗談はいっさいなかった。

ゾーイのまなざしがやわらぎ、一瞬、その目にあまりに大きな欲求と要求が、そしてあまりに大きな切望が見え、胃を殴られるようだった。もはや彼女を抱きよせたいという衝動にあらがえなかった。車の中でゆっくりと距離をつめる。手のひらでゾーイのあごを包み、キスをするためにちょうどいい角度に頭を傾ける。

雰囲気を壊したくなかったので、なにも言わなかった。代わりにやさしく唇を重ねる。ゾーイのかすれた吐息をのみこみ、肺の奥まで吸い、味わってから、しぶしぶ吐き出した。ゆっくりと、ゾーイの唇の表面をおおうように、あますところなく触れ、味わう。それから少し大胆になり、やさしく唇をむさぼり続けながら、舌を突き出し、受け入れてくれと要求する。

ゾーイは息をのみ、唇を開いた。また小さなすすり泣きのようなかすれた声がもれ、彼の口の中に消える。ジョーは舌を中にすべらせ、彼女の舌に官能的にこすりつけた。触れては引き、繊細なダンスをする。プレッシャーをかけたり、圧倒させたりしないように気をつけながら、この一度の貴重なキスにありったけの愛情と欲望を注ぎこんだ。

すると唐突にゾーイが体を引いた。目に涙をうかべてジョーを見つめ返している。そのまなざしには悲しみがあふれていた。悲しみ？　どういうことだ？

「ごめんなさい、ジョー。ああ、ほんとうにごめんなさい」ゾーイは苦悶の叫びをあげるように言った。「思わせぶりな態度をとるつもりはなかったの。言ってることとやってることが矛盾してるわよね。でも、だめなの。わたしにはできない」苦しそうな声でささやく。

「もう、わからない？」

「ああ、わからない」ジョーはできるかぎりやさしい口調で言ったが、心のなかではゾーイが自分自身を責めていることに激怒していた。責める相手をまちがえている！

「あなたにはわたしなんかよりもっとふさわしい相手がいるわ」ゾーイの顔にはいまや涙が

流れていた。「お願い、いま起きたことは忘れましょう」

ジョーは鼻を鳴らしそうになった。忘れられっこない。それに、彼にはもっとふさわしい相手がいると口走るなんて、たわごともいいとこだ。怒りのあまり、こぶしでガラスを殴りたかった。どんなつまらない言いわけがあって、ゾーイのようにやさしくて、はかなくて、美しい女を傷つけられるというのだろう。彼女を傷つけたやつを殺してやりたい!

「ごめんなさい」ゾーイはまたささやいた。

ジョーが心を落ち着けて、どなったり、彼女を死ぬほどおびえさせたりすることなく話せるようになる前に、ゾーイは勢いよくドアを開けて外に飛び出していった。ジョーは車の中で座ったまま、家に駆けこむゾーイをいら立ちながら見つめていた。

しばらく座っていたあとで、いつの間にかラスティが外に出てきていた。車の窓の外に立って、ジョーが自分に気づくのを待っている。

いそいで窓をさげると、ラスティは彼が抱いているのと同じような苦しみと同情に満ちた視線を向けた。

「ゾーイにはママがついてる」ジョーが聞く前に、ラスティは静かに言った。

ジョーはこぶしでハンドルを殴り、荒々しく悪態をついた。それから手をおろし、妹に後悔のまなざしを向けた。

「謝ったりしないで。ゾーイと再会してから、あたしだって一度ならず泣かせてきたんだから」ラスティはジョーをにらみつけた。

「元カレになにをされたんだ、ラスティ？　前におれに話したふざけた答えはやめろ。今日、ゾーイとの仲がだいぶ進展したと思ったのに、いまは彼女を失いかけてる。さっき、キスをしたんだ。そしたら、ゾーイは取り乱した。謝りだして、おれにはもっとふさわしい相手がいるとか言ってた。たわごともいいとこだ」

ラスティの唇が震え、目には悲しみがあふれた。「あたしには言えないの、ジョー。たとえすべてを知っていてもね。あたしにゾーイを裏切れなんて頼まないで。人生であらゆる人たちに裏切られてきたのよ。あたしにはできない。ゾーイは壊れちゃうわ」

ジョーはため息をついた。「ああ、それは当然だ、ハニー。すまない。ただ、めちゃくちゃいら立ってるんだ。ゾーイを失いたくない。失ったりしない」よりきっぱりと言う。

ラスティはほほ笑んだ。「なにもせずにただ座ってるなんて、そんな情けない男はケリーじゃない」

「そのとおりだ」ジョーはうなるように言った。「なあ。いまゾーイにはおまえが必要だ。いい友人でいてやってくれ、ラスティ。友情を裏切れなんて頼まない。だが、ちくしょう、なにを言ってもいいから、おれから隠れたりしないようにしてくれ。明日の夜デートするんだ。おれの家で料理を作ってやることになってる。おれが迎えにくるまでに、ゾーイをその気にさせておいてほしい。頼めるか？」

ラスティは手を伸ばし、ジョーの腕をつかんだ。ジョーは愛情をこめてその手を握りしめた。

「その気にさせておくわ。約束の時間に来て。あとのことはあたしに任せて。いい?」ゾーイはおれのすべてだ。わかるか?」

「おれの将来がかかってるんだからな、ラスティ」ジョーは静かに言った。「ゾーイはおれのすべてだ。わかるか?」

奇妙なことにラスティは悲しそうなほほ笑みをうかべた。「ケリー家の男が自分の女を見つけたときにどうなるか、いやというほどよくわかってる。世間の男もあんたたちを見習えばいいのに。心配しないで、ジョー。なにかあったら連絡する。あとは女子同士で過ごさせて。明日までには説得しておく。そのあとはあんたしだいよ」

そこでラスティは真顔になり、ジョーの目をまっすぐ見つめた。「簡単にはいかないわよ、ジョー。それをわかって。覚悟して。つらい人生を送ってきたところに、いきなりだれかに好意を持たれて、きみはバラ園みたいな香りがするって口説かれたとしても、一日じゃ信じられないわ。ゾーイには辛抱強く、とても慎重に接しないと」

「言葉の使い方がうまいな、妹」ジョーは頭を左右に振りながら言った。それから鼻を鳴らした。「バラ園か。覚えておこう」

ラスティは笑い声をあげたが、その目はまだ悲しそうで、それが気になった。ゾーイの件とは関係なく、ほかのことで妹は打ちのめされたような顔をしているみたいだ。ラスティ・ケリーについて語るときに、〝打ちのめされる〟という言葉が使われることはなかった。いままでは。

16

ゾーイはラスティのベッドのヘッドボードによりかかってうずくまり、両腕でしっかりとひざをかかえ、そこにあごをのせていた。ものすごくばつが悪かった。ジョーにキスをされたとき、あんな失態を演じたのは、ほかでもない自分の責任だ。

キスをされたからだけではない。キスの仕方のせいだ。ジョーのキスは愛と永遠を約束していて、そのせいで心が切り裂かれ、大パニックを起こしそうになった。包み隠さずすべてをさらけ出す男。まさに彼女が夢見ていた男だが、いまさら自分の態度を変えるには遅すぎるとわかっていた。ジョーのキス、言葉、行動にも、正直さと誠実さしかなかった。偽りや嘘はない。そう、そういうことをしているのは彼女のほうで、そのせいで胸が張り裂けそうだった。

ジョーは善良な男だ。おとぎ話や都市伝説でしか存在しない希少な人種。あまりに善良な男。彼女のような人間には善良すぎる。彼女が受け継ぐ犯罪や殺人や腐敗といった遺産で汚すには善良すぎる。もっとも、KGIが父親の帝国をつぶせば彼らの経歴書に箔（はく）がつくかもしれないけれど。

そんなヒステリックな考えがうかんだが、現れたときと同じようにすぐに消えた。涙でまぶたがひりひりし、目を閉じた。自分が得られなかったもの、けっして得ることのないものを思って、これ以上泣いたりしない。以前は平気だった。自分になにが欠けているか知らなかった。自分の空想がただのファンタジーではなく、生身の男として存在するなんて。そして、その男は彼女に興味を持っているらしい。ゾーイ・キルデアに。それが問題だ。ステラ・ハンティントンという女はもはや存在していない、存在などしていなかったと断言したいけれど、同時にゾーイ・キルデアは架空の人物なのだ。ステラとはちがう。ラスティがとても巧妙に過去を作りあげてくれたが、それ以外の経歴はない。ゾーイはステラの想像上の友人でしかない。みじめで孤独な子ども時代と現実逃避から生まれた存在。もっと幼い時期に現実をしっかり理解していたら、これほど愚鈍で無知でまぬけな大人にならなかったかもしれない。だまされやすい。そのひとことに尽きる。自分は地球上でもっともだまされやすい女にちがいない。

「シスター、それ以上厳しく自分を責めたら、明日には心にあざができちゃうわよ」ラスティがベッドのゾーイの隣にぴょんと乗ってきた。

「わたしはまぬけよ、ラスティ」

しゃべりながら目にみるみる涙があふれていた。

ラスティがゾーイに両腕をまわして猛烈に抱きしめ、ゾーイはラスティにしがみついた。涙が頬を流れ落ちる。

「わたしはとんでもないバカだわ」ゾーイはささやいた。「手に入らないものがどうしてもほしかった――ほしい――なんて。つらいわ」

ラスティは体を引き、憤慨した顔つきでゾーイをきつくにらみつけた。「なんでそんなふざけたことを言うの？　彼が自分よりましだと思うの、ゾーイ？　この家族があんたよりましだと思う？　あたしがあんたよりましだって？　まったく、なに言ってるのよ。あたしの出自は知ってるでしょう。あたしがしたこと、するしかなかったことも。あんたの状況と比べられる？　あんたはなにもしてない。ただまちがった人間のところに生まれてしまっただけ。それが罪だっていうなら、あたしも、あたしと同じ出自の人たちのことも、すぐに閉じこめて、ドアの鍵を捨てるべきよ」

「わたしの人生――素性――はまったくの嘘なのよ」ゾーイは真剣に言った。「あなたの家族全員に嘘をついてる。ジョーに。彼がわたしについて知っていることや、わたしが彼に言ったこと、そのすべてが真っ赤な嘘だったと知ったときに、彼がただ肩をすくめて、『へえ、そうか』って言うと本気で思う？　わたしが何者なのか、もう自分でもわからないのに、どうしてほかの人が存在もしていない人間を求めてくれる？」

ラスティはやさしくほほ笑んだ。そこには理解と思いやりがあふれていた。「愛ってそういうものよ。愛には証拠なんてない。愛は証拠を求めない。そうじゃなければ、それはとんでもなく異常な愛よ。個人的に、そんなものにはかかわりたくない。それに、あんたは大切なことについては嘘をつかなかった。今日のあんたは偽りじゃなかった。いまのあんたも。この家に足を踏み入れたときのあんたも。前からそういう人間だったのよ。だけど、それを許されなかった。あんたが悪いの？　だれが悪いか教えてあげる。あんたを望みどおりに仕立てて、それ以外の人間になるのを許さなかったやつらよ。そんなの異常だわ、ゾーイ。あんたはそこから解放されたがってる。自由になって、ありのままの自分になりたい、なにより、幸せになりたいって。それは異常じゃない。現実的で、いいことで、貴重で、正しいことよ。そうじゃないってあたしに反論したって無駄だからね。この家族もひとり残らずあたしの意見に同意するはずだし、ジョーがあんたを見る目はぜったいに変わらない。まだわからない？　彼はあんたを愛してるのよ、ゾーイ。あんたを。偽のステラじゃない。あんたが自分で思ってる人間でもない。ほんとうのあんたを。あとどれだけ事実を教えてほしい？」

ゾーイは黙りこみ、やがてラスティの熱のこもった言葉を理解して顔をしかめた。「わたしはあなたの家族全員に、とくにジョーに、自分の素性について嘘をついているのに、大事(おおごと)じゃないって思ってるみたいね」

ラスティはため息をついた。「あんたが大事にしてるだけでしょう、ハニー」

ゾーイはすっかりあっけにとられて友人を見つめた。「じゃあ、どうすればいいの？　ジョーに真実を伝える？」

ずっと聞きたくてしかたがなかった質問を思わず口走ってしまったが、ラスティの慎重で冷静な返事は予想外だった。

「そうすべきだと思うわ」

「え？　正気なの？　それでなにか解決するっていうの？　わたしが自分のめちゃくちゃな人生に他人をかかわらせたいと思ってるとでも？　ジョーにも、あなたの家族のだれにも、わたしのせいで傷ついてほしくない」ゾーイは叫ぶように言った。

「ハニー、あんたの状況を軽んじてるわけじゃない。だけど、兄貴たちがふだんしてる仕事のことは話したでしょう。彼らが気にすると思う？　死ぬまでずっと、友人もなく、家族もなく、愛を手に入れるチャンスもなく、隠れて生きていけば、ほんとうに脅威を解決できるって思ってるの？　兄貴たちならあんたを助けられるわ」ラスティは静かに言った。「ぜったいに助けてくれる。あんただって、この事態を解決したいでしょう？　そうすれば、夜もぐっすり眠れる。明日死ぬんじゃないか、明日を迎えられないんじゃないかって心配しながら生きていきたいの？」

「もちろんいやよ」胸からむせび泣きがこみあげる。

ゾーイは両手に顔をうずめ、頰を流れる涙を力なくぬぐった。

ラスティがふたたびゾーイに両腕をまわし、ふたりは無言で抱き合った。ゾーイはむせび泣きをこらえて体を震わせながら、ラスティの肩に顔をうずめた。ラスティに髪をなでられ、安らぎと支えを与えてもらううちに、ゆっくりと気持ちが落ち着いていく。むせび泣きがおさまると、両手を震わせながら体を引き、誠意と思いやりに満ちたラスティの目を見つめた。

「どうすればいいかわからない」ゾーイは正直に言った。「すごく疲れたわ、ラスティ。あなたやご家族と一緒にここで過ごすのは地獄だった。最高の天国であると同時に、最悪の地獄だった。もうへとへとよ。ずっと望んでいたけどけっして手に入らないあらゆるものを見せつけられて、愚弄されてるみたい」

「正直に答えて」ラスティがゾーイをじっと見つめて言った。「ジョーが好き？　彼を愛する自分が想像できる？　愛するべきじゃない理由や、愛せない理由は口にしないで。ただ、心からの正直な答えが聞きたいの」

　しばらくのあいだ、ゾーイは唖然として、ひとこともしゃべれなかった。唇が凍りついて感覚がなくなっていた。目を閉じ、とうとうささやいた。こういう気持ちを必死に抱かないようにしてきたけれど、ぶざまなほど失敗していた。「もう彼を愛してるわ」

　目を開けると、ラスティが涙目でほほ笑みかけていた。ゾーイの両手を握りしめるラスティの頬に一粒の涙が流れ落ちる。

「じゃあ、答えは出てるじゃない。もしものことを心配して、愛する男と幸せに暮らすチャンスをあきらめる？　それとも、立ちあがって、いちかばちか、すべてを正直に伝える？」

「ほんとうに……彼に打ち明けるべきだと思う？　すべてを？」ゾーイは不安げに聞いた。

「ひとつ残らずね。お父さんのことから、どあほのセバスチャンのことまで。ジョーとほかの兄貴たちは、単にあんたを助けられる力があるってだけじゃない、ハニー、まちがいなく助けてくれる。あんたがジョーにとって大切な存在じゃなくても——今回はそんなはずないけど——それでもあんたを助けてくれるわ。それが兄貴たちよ。そして彼らの仕事なの」

「すごく簡単に言うのね」ゾーイは情けない声で言った。

「簡単だもの」ラスティは言った。「あんたが難しくするから、難しくなるだけよ。だけど、ハニー、よく聞いて。ジョーはあんたを愛してる。目玉のある人間には一目瞭然よ。事実を知ったら、ジョーは悪態をまくしたてたり、人道に反するあらゆる脅しをするでしょうけど、いい、あんたに怒りが向かうことはない。すぐに出発して、セバスチャンをぼこぼこにして、それからあんたのお父さんをぶちのめしてやろうとするはずよ。ほかの兄貴たちはジョーを押さえつけなきゃならなくなる——といっても、あんたを傷つけたやつらを脅してからね。でも、あんたが彼を信用してるってわかれば、ジョーはめちゃくちゃ喜ぶわよ。まだ手に入れてないと思ってるものをとうとう得られたんだから」

「ずいぶんはっきりと言うのね」ゾーイは疑わしげに言った。

「当たり前じゃない！」ラスティは怒って言った。「血で証明書を書いてあげようか？　それとも、血の誓いを交わす？」

ゾーイは声をあげて笑った。「あなたとショーン・キャメロンっていう名前の例のホットな保安官との最新情報もふくまれてるなら」

ラスティは殺意のある表情になったが、怒りの裏でひどく傷ついているようだ。その目には生々しい感情が燃えていて、ゾーイはたじろいだ。

「なにがあったの？」とやさしく聞く。

ラスティはため息をついてから、ベッドにどさりとあおむけになり、両腕を広げた。

「あいつのせいで頭がおかしくなりそう。〝あのキス〟のことは話したでしょう」

「ええ」

「それで、〝あのキス〟以来、ショーンはことあるごとにあたしとできるだけ距離を置いてたの。わざわざあたしを避けるなんてばかげてる。言うまでもなく子どもっぽいし、保安官に選ばれた大人の男がすることじゃない」

ゾーイは顔をしかめた。「バーベキューでは、あなたを避けてるようには見えなかったわ。むしろ、あなたのほうが避けてるみたいだった」

「ええ、だってそれは、向こうが急にあたしを避けるのをやめたんだもの。だから、仕返しにそれまであたしがされたのと同じことをしてやったの。で、そのことにかなり怒ってるみたい。想像してみて」

ゾーイは噴き出した。「なるほどね。でも、それでわたしに説教するつもりなの？ わたしが見当外れの罪悪感で自分の望みや要求を犠牲にしてるって？ あなただってつまらない仕返しで自分の望みや要求を犠牲にしてるじゃない」

「十分な理由でしょう」ラスティは鼻であしらった。

「オーケー、それは認めるわ。〝あのキス〟以来、彼はずっとひどい態度だったんだものね」

「そのとおり」

「それで、いつ苦しみから救ってあげるの？」

ラスティはひじをついて体を起こした。「はあ？ そんなことするって、だれが言った？」

ゾーイはあきれて目を上に向けた。「ちょっと。十代のころからずっとあの〝おまわりさん〟のことを本気で妄想してなかったなんて言わせないわよ」

ラスティは顔を赤らめ、視線をそらした。「昔からバカみたいにショーンに惚れてたってこと、あんたに話さなきゃよかった」とぶつぶつ言う。

「惚れてる？　いまではその段階はとっくに過ぎてるでしょう」ゾーイはやさしく言った。「認めなさい。彼を愛してるって」

ラスティは顔をしかめた。「このことをだれかに言ったら、この手であんたを殺してやる。ジョーにはぜったいに許してもらえないかもしれないけど、しょうがない」

「あなたにも同じことが言えるんじゃないかしら」ゾーイは指摘した。

「どういう意味？」ラスティは不満げに聞いた。

「あなたはわたしに、愛をあきらめるな、すべて打ち明けろってアドバイスしてる。そのアドバイスをそっくり返すわ。ショーンはあなたを避けないって決めたのよ。その理由が気にならない？　彼を避けるのをやめて、彼がどうしてもあなたから逃げられないときに面と向かって告白するのよ。曖昧な返事や態度を受け入れたり、質問をはぐらかせたりしちゃだめ。失うものがある？」

「すべてよ」ラスティはやさしく言った。「ショーンがあたしに人生最高のぞくぞくするような熱烈なキスをしたあとで、ことあるごとにあたしを避けてた理由が、いまなら想像できる。でも、想像するのと、実際に知るのはちがう。向こうがあたしと同じ気持ちじゃなかったら？」

「言わせてもらうけどね、あなたはジョーの気持ちがわかってると思ってるかもしれないけど、確信はないでしょう。それなのに、すべてを打ち明けて、ふられるリスクをおかせってわたしに言ってる。あなただってそれが怖いんでしょう？　ショーンにふられるのが」

「大当たり」ラスティはほとんど聞き取れないくらい低い声で言った。

「わかるわ」ゾーイはラスティの手を取った。「でも、いずれにせよ知りたくない？　もしふられたら、永遠に扉を閉めればいい。自分の人生を歩んで、彼のことは忘れて、とんでもなくすてきで、めちゃくちゃ頭がよくて、美しい女であるあなたのよさをわかってくれる人を見つけるの」

「ショーンに抱いてるような気持ちをほかの男に抱くなんて、想像できない」ラスティの目にふたたび涙があふれる。「ああ、ゾーイ。また拒絶されたら、打ちひしがれちゃう。生まれてからずっと、どんなことにもくじけなかったし、いつも立ち直ってきた。ビッチな母親も、くそったれな継父も、まだ十代の少女を食い物にしようとしたほかのろくでなしどもも、平気だった。だけど、ショーンに拒絶されたら、打ちひしがれちゃう」

「彼に告白しなかったら、どうするつもり？　向こうから話しかけてもらって、気持ちに気づいてもらうように仕向ける？」ゾーイは同情するように言った。

「このまま年をとって、独身のままネコをたくさん飼って、敷地のあちこちに『立ち入り禁止』の張り紙をして、それでも敷地に入ってくる全員をショットガンで追い払うわ」ラスティはぼそぼそと言った。

ゾーイは鼻を鳴らした。「それにはまだすごく若すぎるわよ。それに、とんでもなく頭がよくて、才能があって、すてきなんだから。男のせいでそんな人生を送るなんてまちがってるわ」

ラスティはため息をついた。「そうね。あんたの言うとおりだってわかってる。認めるのは癪だけどね。そういう説教をするのはあたしのほうなのに」

「じゃあ、わたしたちふたりとも告白するのがいいかも。ふたりともふられたら、一緒に独身のまま、ネコ好きおばあさんになるの。でも、『立ち入り禁止』の張り紙とショットガンはあなたに任せるわ」

ラスティは噴き出し、頬から涙をぬぐった。「もう、大好きよ、ゾーイ。ほんとうにあたしの姉貴みたい。姉妹はいなかったけど、ずっと欲しかった。義理の姉は大勢いるし、言うまでもなくママ・ケリーの養子もいるし、みんなのことを心から愛してるけど、なんでも打ち明けられるのはあんただけだわ」

「わたしも同じよ」ゾーイは静かに言った。「大好きよ、ラスティ。ジョーとどうなっても、心のなかではあなたはいつまでもわたしの妹よ。それをわかって」

ラスティが体を起こし、ふたりはまたハグをしてしっかりと抱きしめ合った。

「それで……ショーンのことだけど、どうするの?」ゾーイは思いきって聞いた。

ラスティはため息をついた。「こうしましょう。あんたは明日の夜、予定どおりジョーとディナーをして、すべてを打ち明ける。ショーンは明日の夜は仕事だけど、あたしはたまたま彼の家に入る方法を知ってるの。保安官のくせに、おそまつな防犯システムなんだから。朝、彼が仕事を終えて帰ってきたときに、待ち伏せしてるわ」

ゾーイは目を見開いた。「本気なの?」

ラスティはうなずいた。「あんたにリードを許すわけにはいかないでしょう。姉妹でがんばるの。あたしたちの男をつかまえるわよ。なんだか感傷的なセリフね。でも、のんびりかまえて頑固なショーンを待ってたら、ほんとうに何十匹ものネコしか話し相手がいない年寄りになっちゃう」

「わたしがどこにいても、なにをしていても、だれといても、ショーンと決着がついたらすぐに電話するって誓って」ゾーイは頑なに言った。

「あんたもジョーに打ち明けたら、電話するのよ。いい?」

ゾーイはほほ笑み、最後にもう一度ラスティを抱きしめた。「約束するわ、シスター。愛してる」

ラスティも笑みをうかべた。「あたしもよ、ゾーイ。ジョーとショーンの度肝を抜いてやりましょう」

だが、互いに体を引いたとき、ふたりの目には迷いが——それと不安が——にじんでいた。

17

「来たわ！」シェイ・ケリーが金切り声をあげ、ドアに突進した。

ネイサンは頭を左右に振りながら、妻の姉のグレースを出迎えるためにあとに続いた。グレースの夫のリオと、十代の養女のエリザベスも一緒だ。姉妹はテレパシーでいつでも好きなときに話ができるが、直接会える機会は少なかった。リオがふだんはベリーズにある要塞のような屋敷で暮らしているからだ。世間の詮索好きな目を避けるためでもあるが、もっと重要なのは、政府に気づかれないためだった。グレースは数年前に死んだことになっているのだ。

ネイサンがドアに着いたとき、シェイとグレースは長々と猛烈にハグを交わしており、その横にはリオが愉快そうな顔で立っていた。リオはエリザベスと視線を交わしてから、ふたりであきれたように目を上に向けた。

「よお」ネイサンは声をかけ、ぶらぶらとポーチのステップをおりていった。「やあ、エリザベス。おい、驚いたな！　会うたびに別人みたいになってるじゃないか。リオ、ほんとうにこの子を守るためのチームは必要ないのか？　しょっちゅう男子たちに悩まされてるんじゃないのか」

エリザベスは顔を赤らめたが、ネイサンのからかい混じりのほめ言葉がうれしいようだった。

リオは娘の首に腕をまわし、しっかりと頭を押さえつけながら自分の横に引きよせた。「今週はふたり殺さなきゃならなかった」とうなるように言う。「この先もハエみたいにこいつにたかってくるようだったら、近いうちに新しく死体を捨てる場所を見つけないと」

「パーパ！」エリザベスが単語を延ばしながら不平をもらした。

リオはエリザベスににやりと笑いかけたが、娘の言葉に目つきがあたたかくなったのをネイサンは見逃さなかった。エリザベスは十二歳のときに孤児となっていた。世界的な犯罪帝国の非情なリーダーだった父親が殺されたのだ。彼を殺したハンコックは、グレースをさらった。当時ガンにおかされて死にかけていたエリザベスを治してもらうためだ。

エリザベスが父親の正体を受け入れて、リオとグレースになつくまでには、ふたりの揺るぎない不変の愛情と時間を要した。エリザベスは罪悪感を抱いていたし、父親がリオとグレースを殺しかけたせいで、ぜったいにふたりに愛してもらえないのではという不安もあった。ふたりに引き取られて数年のあいだは、エリザベスは彼らを名前で呼んでいた。だが、一年前のディナーの席で、エリザベスはリオにパパと呼んでもいいかと小声でたずねた。

そのときグレースは涙目で意味ありげな視線をエリザベスに向けた。その日の昼間に、エリザベスは最初にグレースにママと呼んでもいいかと聞いており、それからふたりでリオの反応について話し合ったのだった。リオはのちに、グレースが自分のものになった日に次いで人生最高の日だったと、KGIのチームメイトに打ち明けた。

ようやくシェイとグレースは体を離し、ふたりとも顔から涙をぬぐった。ネイサンは顔をしかめた。喜びの涙だということは明白だが、シェイが泣くところは見たくない。シェイがひと粒でも涙を流すと無力感を覚えてしまう。そのことは周知の事実だった。女の多くはそれを利用するだろうが、シェイはちがう。とはいえ、望みを叶えるために彼の心を操る必要はない。シェイに頼まれたら、月でも与えてやる。

「こんにちは、ネイサン」グレースが近づいてきてネイサンにハグをし、シェイはリオとハグを交わした。「シェイを大切にしてくれて、ほんとうにうれしいわ」

「どちらかというと、おれが彼女に大切にされてる」ネイサンはにやりと笑った。「だけど、喜んでほめ言葉として受け取っておこう」

　グレースは笑い声をあげた。

「もう行けるか？」リオがネイサンにたずねる。

　ネイサンはうなずき、シェイを腕の中に引きよせた。「きみたちは女子同士で楽しんでくれ。すぐに戻る。いつものミーティングと顔見せだ」

　グレースとエリザベスとシェイに手を振られながら、ネイサンはリオと車に乗り、自宅からそれほど離れていない作戦室に向かった。

　シェイは手をおろし、姉と姪のほうを向いた。「ふたりとも入って。積もる話がたくさんあるわ。あまりあなたたちに会えないんだもの」

　グレースは笑みをうかべた。というより、顔を輝かせている。星のごとくきらめいている。まるで日光をのみこんだかのようだ。姉のとても幸せそうな笑顔を見て、シェイのまぶたが涙でちくちくした。少し前まで、姉妹は互いに再会できるかもわからず、死にもの狂いで逃げていた。いまはすべてが完璧だ。

三人でソファにどさりと座り、シェイはまぬけみたいににやにや笑わないように唇を噛んだ。ときに、人生はどんどんよくなっていく。ちらりと見ると、グレースが愉快そうにこちらを見つめていた。シェイが唇を舐めると同時に、グレースが口を開いた。

「じつは——」

「わたし——」

「ニュースがあるの！」

ふたりは言葉を切り、驚いて互いを見つめてから、噴き出した。エリザベスがあきれて目線を上に向けたが、グレースにぴったりくっついて、手をつないでしっかりと握っていることにシェイは気づいていた。

「オーケー、どうやらお互いにニュースがあるみたいね」ようやく落ち着きを取り戻してからシェイは言った。「そっちからどうぞ」

グレースは興奮してそわそわしていた。エリザベスをちらりと見やり、エリザベスは励ますようにグレースにほほ笑んだ。グレースもやさしく愛情にあふれた笑みを返す。それから、光り輝く目をシェイに向けた。

「わたし、妊娠してるの」グレースは涙声で言った。

シェイは口をあんぐりと開けた。「ほんとうに？　嘘じゃなくて？」

「ほんとうよ！」

シェイはソファにもたれ、腹をかかえて笑った。なんとか落ち着こうとしたが、しゃべろうとしてもぜいぜいとあえいでしまった。

手の甲で目もとをぬぐい、バカみたいににやにやとグレースとエリザベスに笑いかけた。頭を左右に振る。「わたしたちってほんとうになんでも一緒ね。わたしも妊娠してるのよ」と照れくさそうに打ち明ける。

グレースは雷に打たれたように驚愕した。エリザベスは金切り声をあげ、シェイに飛びつき、興奮で体を震わせながら抱きしめた。

「すごい！　赤ちゃんがふたりも！」エリザベスはシェイから離れ、手を叩いた。

「シェイ？」グレースが心配そうな声で聞いた。「子どもができてうれしい？　あんたとネイサンはもうちょっと待つつもりだと思ってたけど」

シェイはグレースに笑みを向けた。まちがいなく精神が錯乱した人間の笑顔に見えるにちがいない。「待ってたわよ、おバカさん。ただ、この数カ月、子どもについて話すようになったの。ネイサンがなにより望んでることなんだけど、わたしにプレッシャーがかかるんじゃないか、わたしが望んでないんじゃないかって心配してるみたい。それで、いまはあまり言ってこないの」

「それで、あんたのことだから、自分でなんとかしたのね」グレースがそっけなく言う。

シェイはにやりと笑った。「わたしたちの男が行動に出るのを待ってたら、永遠に待つことになっちゃう」

グレースはため息をついた。「たしかに。それで、あんたはうれしいの、シェイ？　ほんとうに幸せ？　これがあんたの望みなの？」

「ええ、そうよ」シェイは小声で言った。「この数年、ここでは定期的に赤ちゃんが生まれてる。そこで、ひとつ気づいたことがあるの。出産ってまわりに伝染するみたい。奥さんたちが急に妊娠ラッシュになっても、驚かないわ。マレンがすでに妊娠してるから、わたしたちがうっかり妊娠したことをだれかに責められても、マレンのせいにできるわよ」

グレースははっと息を吸った。「マレンが？　まあ、すてき！　スティールにふたり目の赤ちゃんができるのね。もう、想像できない」

「わたしもよ」シェイはくすくすと笑った。「マレンの妊娠を知った日、スティールは陰気だったって、ネイサンが言ってたわ。ＫＧＩのミーティングで取り乱してたって」

グレースは口に手を当てて笑い声を抑えた。「気の毒な人。まあ、今回はリオもはじめての経験をするわけだから、アイスマンだって気が軽くなるわよ。今度はリオがオムツや哺乳瓶や睡眠不足であたふたする姿をからかえるんだもの。しばらくリオには妊娠したことを打ち明けないほうがいいかもしれないわね。そうすれば、あと数週間はみんなにほうっておいてもらえる」冗談っぽい口調でグレースは言った

シェイは手をあげた。「ねえ、ちょっと待って。リオは知らないの？　言ってないの？」

グレースは顔をしかめた。「わかったばかりなの。たしかに、ベリーズの家を出る前にリ

オに伝えることもできたけど、話していたら、きっとわたしをこっちに来させてくれなかったわ。それどころか、妊娠中ずっとわたしを厳重に監禁するんじゃないかしら」

「パパならやりかねない」エリザベスがつぶやいた。

シェイとグレースは笑い声をあげた。

「あのね、わたしもまだネイサンに伝えてないんだけど、今朝わかったばかりだし、あなたたちが到着する二分前に伝えて、それから彼を追い出すなんていやだったの。こういうニュースを聞いたら、あのかわいそうな人は自分の名前も思い出せなくなっちゃう」

グレースはうなずいた。「たしかに。それじゃ、わたしたちふたりとも、今夜夫にニュースを伝えるってことね」

「そうみたいね」シェイはにやりと笑った。

グレースはシェイにほほ笑みかけた。その目は涙できらめいていた。「ふたり一緒に妊娠するなんて信じられない。こんなに完璧なことってないわ」

ジョーは大またで作戦室に入りながら、だれにもじろじろと見られないように願った。ひどい顔をしている——それに気分も最悪だ。ラスティが今夜ゾーイを彼の家に行かせると受けあってくれたものの、昨夜は一睡もできなかった。悪いことばかりがいくつも頭にうかび、ゾーイとうまくいくチャンスは万にひとつもないのではとしか思えなかった。

一日前だったら、情けないやつだと言っていただろう。今日は？〝情けない〟はとっくに通り越して、〝自暴自棄〟に一直線だった。

ジョーは兄たちにうなずいたが、立ち止まってしゃべったりせず、自分のチームのところに向かった。

「おい、ちょっと待て」ドノヴァンが呼び止める。

足を止めて振り返ると、ドノヴァンが小走りでやってきた。心配そうな顔をしている。くそ。

「どうした、ヴァン？」ジョーは軽い口調で聞いた。

ドノヴァンはそういうふざけた態度はよせというふうに目を細めた。「ゾーイのことはなにも問題ないか？」ほかの人たちに聞かれないように声をひそめて聞く。少なくともそれはありがたかった。

「わからない。まだ」ジョーは言った。「だけど、わかりかけてる。知りたいことは今夜わかるはずだ」と曖昧に言い足す。

ドノヴァンは顔をしかめ、しばらく弟をまじまじと眺めた。「おれにできることはあるか？」

ジョーはため息をついた。「ゾーイに家族がいないってほんとうなのか？　両親は？　きょうだいは？　身内は？」

ドノヴァンはゆっくりとかぶりを振った。「ゾーイはひとりっ子だ。おれの調査では、彼女が十七歳のときに両親は自動車事故で亡くなった。里親についてはわからなかったが、十七歳の子が里親に育ててもらわずに自活するのは珍しいことじゃない。助けを求めず、ひとりで生きてきたのかもしれない。まあ、そのくらい賢かったんだろう。きちんとした里親も大勢いるが、毎月もらえる小切手のために子どもを食い物にする連中も山ほどいるからな。ゾーイは賢くて、機知に富んでいて、自力で生きてきたようだ。根性がある。立派なもんだ」

「こんなに長く自力で生き抜いてきたなんて」ジョーはきつく歯を食いしばりながら言った。「立派かもしれないが、頼れる人も、倒れたときに助けてくれる人もいないなんて、最悪だ」

「将来、自分がその相手になるつもりか？」ドノヴァンがさりげなく聞いた。

「ああ、もちろんだ」ジョーは噛みつくように言った。

その瞬間、兄が巧妙に罠を仕掛けていて、自分はあっという間にそれにかかってしまったのだと気がついた。ジョーはドノヴァンをぎろりとにらむと、兄に近づいて指をさした。

「なにかひとことでも言ったり、得意げな笑みを見せたりしたら、その笑顔を作り変えてやる」ジョーはうなるように言った。「それから、だれかに——おれが兄弟って呼んでるピエロどももふくめて——しゃべったり、ゾーイに知られたり、そのせいで彼女に迷惑がかかったりしたら、ひどい目にあわせてやる。いまいちばん望んでないのは、ゾーイに避けられる理由を増やすことだ。拒絶されたり、おれや家族全員からできるだけ速く遠くに逃げられたりするのはごめんだ。わかったか？」

ドノヴァンはどうにか笑い声をこらえたが、緑色の目は笑っていた。だが、それ以上ジョーを冷やかすのではなく、完全に真顔になった。

「前に言ったことは本気だぞ。なにか必要なら、どんなことでもいいから、電話しろ。何時でも、おれがどこにいようと、おまえがどこにいようと、かまわない。言うことを聞かないと、兄ちゃんは怒るからな。わかったか？」

ジョーはうなずいた。喉がつかえてしゃべれるかわからなかった。

「兄貴はどうやってイヴに信用してもらったんだ？　つまり、最初は」落ち着きを取り戻してから、ジョーは聞いた。

妻の名前が出ると、ドノヴァンは目つきをやわらげた。「選択肢を与えなかった」と正直に白状した。「じつを言うと、おれはまぬけだった。だが、必死だった。イヴは逃げるつもり――いや、なにを言ってるんだ――イヴは実際に逃げていた。おれからも、ほかの全員からも。おれにできることは、とにかく押して、あらゆる手段を使うしかなかった。無理強いしたり、懐柔したり」

ドノヴァンは顔をしかめたが、話を続けた。「自慢できるやり方じゃないが、後悔はしていない。目的を達成した方法がどうであれ、いまイヴはここにいる。トラヴィスとキャミーもここにいる。安全で、愛されて、大切にされてる。もう逃げまわってはいない。考えたくもないが、あのろくでなしの義父が殺されてなくて、イヴがまだ逃げていたら、彼女はいまこの瞬間、やつの手で支配されてたかもしれないんだ」ドノヴァンは身震いし、暗い目になった。そこには怒りと……恐怖と苦しみがあった。「だから、そう、後悔はこれっぽっちもしていない。けっきょくのところ、イヴたちはみんな無事でいる。ときには……そうだな、こう言っておこう。ときには、原始人みたいなアプローチがいちばんうまくいくんだ」

ジョーは噴き出した。「ウケるな。おれやほかの兄弟たちにいつも女の正しい扱い方について説教してたくせに。おれたちのやり方は原始人やゴリラと変わらない、女の要求に対して配慮が足りないっていつも非難してただろう。それが急に、自分の女の話になると、『おれの女』だってうなりながら胸を叩いてる。彼女の髪をつかんで引きずりまわしてないのが驚きだ。もしくは、おれや家族のほかの男たちが彼女を見ても、ましてや話しかけても、平然としてるなんて」

ドノヴァンはむっとした視線を向けた。「まぬけな兄弟たちにおれの妻と同じ空気を吸わせたくないって本気で考えたことがあるかもしれないが、イヴに言われたんだ。そういうネアンデルタール人みたいな考えにはすごく愛情を感じるけど、受け入れられないって。その上、おれが自分の過ちに気づかないかぎり、セックスはおあずけだって脅された」

ジョーは喉をつまらせて咳きこみ、目に涙をうかべながら大笑いした。もの静かでやさしいイヴがドノヴァンをにらみつけてセックスを拒むところを想像しながら、体を折り曲げ、腹をかかえてげらげら笑った。

「おれの苦しみをバカにすればいいさ」ドノヴァンは傷ついた声で言った。「待ってろよ、ミスター・繊細（センシティブ）。いずれおまえの番が来る。いまは笑ってろ。せいぜい楽しんでおけ。おまえが落ちるのも時間の問題だ。愉快なんかじゃないぞ。だが、おまえはまったく気にしないんだろうな。おとなしくタマなしになって、いつもの大きな笑みをうかべて、最高だって断言するんだよな」

ジョーはにやりと笑った。「ふさわしい女にタマを取られるなら、ああ、まったく気にしないさ」

ドノヴァンは唇をぴくぴくさせながらジョーの背中を叩き、拷問を終わらせた。「やれやれ、おまえをバカにする楽しみがないじゃないか。くそ。情けないやつだな。もっと張り合いがあると思ってたのに。それが最後に残った男の務めだろう」

ジョーは二本指で敬礼してから、自分のチームと合流した。みな、不思議そうにジョーを見つめている。ネイサンだけは、双子の兄の人生が大きく変わりかけていること――すでに変わったこと――をわかりすぎるくらいわかっていた。ジョーはため息をついた。すぐにチームに公表できればいいのだが。そうすれば、ゾーイも仲間ということになり、彼女との関係が確実になる。

「なにも問題はないか？」ネイサンが小声でたずねる。

ジョーはため息をつき、髪をかきあげた。「ああ。そう思う。そうあってほしい。くそ、さっぱりわからない。夜になるまでは」

「今夜なにかあるのか？　おれにできることはあるか？」

「おれの家でディナーをすることになってる。ただ、昨日の午後、おふくろの家まで送り届けたときにキスをしたんだ。すでに今夜のディナーの約束をしたあとでな」

ネイサンは身をすくませた。「あーあ。そいつはマズいな」

ジョーは息を吐いた。「ああ。まったくだ。ゾーイは取り乱して、自分はおれにふさわしくないとか、ふざけたことを口走りはじめた。おれにはもっとふさわしい相手がいるとか。自分は言ってることとやってることが矛盾してるとか。くそ。さらに悪いことに、何度も謝ってきたんだ。ひとことしゃべるたびに『ほんとうにごめんなさい』ってな。自分が情けなかった。そんなのくだらないっておれが否定する前に、ゾーイは車から飛び出して家に駆けこんじまった。まったく」

「くそ」ネイサンは静かに言った。「それでも今夜一緒に過ごすつもりなのか？」

「ああ」ジョーはぼそぼそと言った。「昨日、ラスティがなんとしてもゾーイをその気にさせるって約束してくれたんだ。あいつの言葉を信じるよ。ラスティといえば、なにがあったか知ってるか？」

ネイサンは困惑した視線を向けた。「なんの話だ？　なんでそんなこと聞く？」

ジョーはため息をついた。「聞いただけさ。説明はできないが、なにかあるみたいだ。いつものあいつじゃない。あいつらしくない。だけど、わかってるのはそれだけだし、警戒させたくなかった。おれの想像力が暴走してるだけかもしれないしな。ゾーイとのことで頭がひどく混乱してて、自分が見てるものが正しいかどうかもわからない」

そのときサムが全員に呼びかけ、ネイサンとの会話がさえぎられた。さいわい、それ以上話すことはなかった。ゾーイの気持ちや、自分たちの関係、あるいは関係の欠如をさらにあれこれ思い悩んだり心配したりしていたら、正気を失って月に吠えはじめてしまう。

「これから一時間は、アリーが指揮を執る」サムが発表した。「国内でのテロ攻撃でもっともよく使われる三つの爆弾の処理手順について説明してもらう。注意して聞けよ、ガキども。宿題を出して、数日後にテストをするからな」あからさまに楽しそうに言う。「それから明日は、この訓練の実地演習をする。手加減してやる、カップケーキども。〇九〇〇時ちょうどに集合だ。長くはかからないし、もちろん、これは命令だ。参加しなければ、給料を減額して、現場には出さない。パスしようと思ってるやつがいるかもしれないから、念のために言っておく」

相次いでぼやき声がもれ、中指が立てられ、非難があがり、作戦室に悪態が響きわたった。ギャレットが汚い言葉を使っても——というより、くり返し使っても——妻に言うぞと脅されたりしない、数少ない場面だった。ついでに言うなら、あちこちから悪態があがったため、だれがいちばん汚い言葉を口にしたか判別するのは難しかった。

「やれやれ、サムはいったいどうしたんだ?」ライカーがぶつぶつ言った。「こんなに堅物のあいつははじめて見た。ここへの就職を考え直すかな」

「あら、わたしには思い当たる節があるわよ」スカイラーがつぶやき、アリーのほうに視線を向けた。男が向けられていたら、タマが縮んでしまいそうな視線を。

ジョーは笑いをこらえ、チームリーダーにふさわしい厳格な表情をうかべようとした。だが、失敗していた。ぶざまに。

「この四週間、あまり活動していなかったから、アリーに近くをまとわりつかれて迷惑なんだろう」エッジが口をはさみ、自分の意見をつぶやいた。「おれたちがどれだけ真面目か、彼女に示そうとしてるのかもしれない。ほら、おれたちは休憩時間にジョークを言わないだろう。そんなことしたら、きわめて不適切だからな」

スワニーが笑いそうになって喉をつまらせたが、咳でごまかし、さらにあまり真剣ではない顔を隠すために口もとを手でおおった。ネイサンは唇を結んだが、まだ口もとがぴくぴく動いているようだ。スカイラーは鼻を鳴らし、あきれて目を上に向けた。ライカーはくすくすと笑い、部屋にいるほかの仲間たちから視線を向けられた。

「勘弁してよ」スカイラーがつぶやいた。「リングで十五分間彼女とふたりにしてくれたら、わたしがどれだけ真面目か教えてやるわ」

ライカーの目が見開かれる。いまにもひざまずいて、スカイラーという祭壇にひれ伏しそうだ。彼女への忠誠を誓うかのように、片方の手を心臓に当ててさえいる。

「すげえ、そいつはホットだな」エッジが大げさに目を見開いて小声で言った。「いや、待てよ、いまのはきわめて不適切で望ましくない言葉だったな。心から謝罪する、ミズ・ワトキンズ。もっと適切な言葉はこうだ。そいつはとても教育的だし、真面目な特殊部隊員がいるこのきわめて真面目な組織がいかに真剣かということを示すいい見本になる。それにもちろん、どつくっていう大切な問題を、いや、その、つまり、新人を真面目に訓練することを、おれたちがいかに真面目にとらえてるかってこともな。それから、おれたちは敬意というものも真面目にとらえてる。とくに、ユーモアっていう真面目な問題にかかわるときはなおさらだ。もちろん、おれたちにはユーモアのセンスなんてないし、存在しないユーモアのセンスが不適切だなんて思われたら真面目に腹を立てる」

スカイラーがこらえきれずに噴き出し、体を激しく震わせて、ぜいぜいとあえぎはじめた。腹をかかえながら、しゃべろうとするたびに喉をつまらせた。スワニーが目を丸くして、この一分でKGIのメンバーになってから口にした以上に多くの言葉を発した大きな男を驚いて見つめた。ネイサンとジョーは愉快そうに視線を交わし、頭を左右に振った。

「わお」ライカーがささやいた。「すごかったな。くそ、おれはとんでもなく無礼な連中の仲間に加わってたんだな。愛してる。もちろん、完全にプラトニックな異性愛だ」

「やれやれ」ネイサンがつぶやいた。「このチームには反乱分子がいるぞ。ひとりはP・Jより怒りっぽい上に、口先だけじゃなく実際に行動に移せる。もうひとりは、皮肉に関しておれのほかの兄貴たちが二歳児に思えるくらいだ。さらに、この新人は全員をけしかけてる。おまえがなんとかしろよ、ジョー」

ジョーは鼻を鳴らした。「おれはスカイが怖いからな。ここに突っ立って、口を閉じてる。さもないと、おれがリングで十五分あいつと対決するはめになっちまう。イケメンのままでいさせてくれ。だが、言わせてもらうが、エッジ、おまえのさっきのセリフはおれの人生で最高に愉快だった。チームの部屋に飾るから、書きとめてくれるか？　おれたちの新しいモットーにしようぜ。それを志すんだ。おれたちはもっと……真面目になるために努力しないと」

仲間たちがうなり声をあげる。スワニーがあきれて目線を上に向けた。「ユーモアはエッジに任せておけ。せっかくの楽しいムードがぶち壊しだ」

「なにがそんなにおかしいのか、だれか教えてくれるか？」サムがそっけなく聞いてきた。

「ヤバい」エッジがチームメイトにだけ聞こえる声でつぶやいた。「授業中にだれかさんが笑ったから、真面目なばあやがお仕置きするつもりだぞ」

スカイラーとスワニーがまた喉をつまらせる音をもらし、ライカーは天を仰いで「神さま、ありがとう」と声に出さずに口だけ動かし、ネイサンはその場で固まってしまったみたいで、ジョーは唇がぴくぴく動かないように必死でこらえた。真面目でいるなんてばかばかしい。くそ。ああ、くそ。エッジの言うとおりだ。スカイの言うとおりだ。真面目でいるなんてばかばかしい。くそ。あの新人がちょっと病的なユーモアを受け入れなければ、そもそもKGIのどのチームにもなじめないだろう。

「ちょっと……あまりに真面目すぎるからさ」ジョーが言うと、チームメイトたちがうなり、また笑いをこらえた。「単調さを破ろうとしたんだ。問題でも？」

挑発的に言いながら、ジョーは部屋を見まわし、アリーにはほかの仲間より少し長く視線をとどめた。そう、彼女に挑戦しているのは明らかだ。だが、チームは正しい。みな、緊張をほぐすべきだ。ふたたび目が合ったとき、アリーはジョーのチームの明白なメッセージに気づき、顔を赤らめてから視線を落とした。ジョーはうしろめたさを感じた。アリーに恥をかかせたいわけではない。もっとも、前回のミーティングのとき、全員で彼女にもっと打ち解けてもらおうとしており、アリーはすでに十分恥をかいているが。

「ソフィ以外の人間の言いなりになるなんて、兄貴らしくないぞ、サム」ジョーは間延びした口調で言った。「特別な理由があるのか?」

サムは殺意に満ちた目でにらみつけてきた。ギャレットは必死で真顔を保とうとしており、いまにも血管が破裂しそうだった。ドノヴァンは隠そうともしなかった。片方の手で顔をおおい、天を仰いだ。導きか救済か力を求めて祈っているかのようだ。どれかはわからない。もしくは、サムが実際になにかを破裂させる前にジョーが消えてくれるように祈っているのかもしれない。けれど、ひとつだけたしかなことがある。アリーの見解や非難をよく思っていないのはジョーのチームだけではない。自分たちにはそのことに意見する根性があったというだけだ。

サムが胸もとで腕を組み、作戦会議用テーブルによりかかってジョーをにらみつけた。「どういう意味だ?」と危険なほど穏やかな声で聞く。

スカイラーが咳払いをした。「意味なんてないわ、サム。ジョーはわたしの意見を代弁してくれてるのよ。あなたは不適切だと思うでしょうけど、わたしの率直な意見よ」

ジョーは手をあげた。「口を出すな、スカイ。これは命令だ」

スカイラーは片方の眉をあげたが、黙りこんだ。そしてエッジにいぶかしげな視線を向けた。無理もない。ジョーとネイサンは命令を出さない。いまのジョーみたいに権力を誇示するかのように命じることはぜったいにない。彼らはチームだ。きちんと組織化され、能率よく働く、非常に有能なグループ。やるべきことをして、質問ははさまない。

「おれのチームが口にした言葉や意見は、おれのチームの本音だ」ジョーはとげのある口調で言った。「兄貴がチームのコミュニケーションに干渉して、ユーモアのセンスをことごとく細かく管理したり押さえつけたりしようとしなければ、こんな会話は起きてないはずだ。わからないのか、サム。おれのチームはだれもユーモアや意見に腹を立ててない。おれたちを責めるのはおかどちがいだ。さて、これで話がすんだのなら、ありがたいんだが。ほかのみんなも同じはずだ」

アリーが唇を結び、罪悪感で目を曇らせた。リオは怒っているのでも喜んでいるのでもなかった。相変わらず表情が読めない。だが、口が動き、アリーになにかを言ったらしく、彼女はうなずくと、うしろにさがって話を進めた。よし。アリーを守るのは彼女のチームに任せておけばいい。そのためにチームがある。それと、彼女の堅苦しさもチームに解決させればいい。こっちはいそがしいのだ。アリーに問題があるからといって、KGI全体に問題があるわけではない。サムには早く理解してもらわなければ。スカイラーよりも遠慮のないP・Jがアリーの尻の皮をはいでしまう前に。

ジョーはスティールのチームの反応をうかがおうとさっと視線を向けたが、わざわざスティールのほうは見なかった。あの男は四六時中同じ表情をしている。いや、妻の妊娠が判明したときはべつだ、と心の中で訂正する。P・Jはおかしそうに目を躍らせ、スカイラーを見つめている。スカイラーがP・Jにちらりと視線を向けると、P・Jは部屋にいる人たちてた。

に見られないように、コールの背後から彼女に向かって大げさにウインクをして、親指を立

コールがつらそうな表情でジョーと目を合わせ、P・Jのほうに頭を傾けてから、小さな動作でスカイラーのほうを示した。ジョーは笑いそうになった。コールは明らかに慈悲を祈っている。はじめてアリーが職場の軽々しい雰囲気に懸念を表したとき、P・Jとスカイラーがなんとかその場をとりつくろったのだが、そのあとでコールは腹を立てたP・Jから何度も痛烈な非難を浴びたにちがいない。いっぽうのアリーも、その次のミーティングでの様子や、ますます怒りが高まっていたことから、どうも納得したわけではなさそうだった。今日のミーティングのあとではどうなることか。しかも、アリーの堅苦しさに匹敵するくらいサムの頭が固くなっているときた。P・Jやスカイラーと同じ家に帰るのが自分ではなくてほんとうによかった。ついでに言うなら、エッジとも。エッジはめったに腹を立てない。他人に干渉せず、不言実行タイプの男だ。しかし、アリーに神経を逆なでされているのは明らかだし、彼がスカイラーとアリーのどちらに忠実かというのもわかりきったことだった。スカイラーは親友で、ルームメイトで、同僚なのだ。

「あとで話そう」サムが冷たく言った。

冗談じゃない。兄からいまいましい説教を聞くよりももっと大切な用事がある。それに、いまは本気でサムを怒らせたいわけではない。ジョーは忍耐力がほとんどなく、カッとなりやすい。サムがひとことでもまちがった言葉を発したら、KGIも仕事もくそくらえと言っ

てしまうだろう。

無職で新しく恋愛をはじめるのはいい考えではない。

ジョーは自分のチームに向き直り、目線を上に向けてみせた。ところが、スカイラーが悲しそうな大きな青い目で謝罪をこめてジョーを見つめていた。エッジは心配そうな顔をしており、スワニーは不思議そうにこちらを見つめている。ネイサンはリラックスして落ち着いた様子だが、弟だけはジョーの怒りっぽさと癇癪の原因を知っているのだ。

「愚痴はこぼさずに、乗り切ろうぜ」ジョーは低い声で言った。「いまは、サムにも、こんなたわごとにもつきあってる暇はない。だが、このゴタゴタは必ず片をつける。ぜったいに」

「ごめんなさい。口を開いたのがまちがいだったわ」スカイラーが暗い口調で言った。彼女もチームのほかのメンバーも、爆弾処理についてだらだらしゃべっているアリーに注意を向けているふりをしていた。「おとなげなかったわよね。わたしの不満のせいで、あなたに責めを負わせるわけにはいかないわ、ジョー。あなたはすばらしいチームリーダーよ。こんなことで叱られるなんてまちがってる」

ジョーはスカイラーにやさしくほほ笑みかけた。「ここにいるほかのみんなも、おまえとまったく同じことを考えてるとは思わないか？　それなのに、おまえだけが声をあげてくれた。なあ、リオがアリーに自分のチームの団結力を壊してもらいたいなら、それはおれたちじゃなくリオの問題だ。そもそも、あいつにも、ほかのチームメンバーにも、ユーモアのセンスがあるとは思えない。だから、高慢で独善的なアリーの態度も気にならないのさ。だけど、おれのチームにちょっかいを出したり、立ち入ったりするのは許さない。このチームのだれひとりとして、自分の意見を言ったからといって幼稚園児みたいにお仕置きを受けさせたりしない。まったく、そんなのバカげてる。この組織の人間が自分の意見を言って非難されたことがあるか？　くそ、いままではつねに意見を言うように推奨されてたじゃないか。それに、〝不適切なとき〟にジョークを口にすることに文句を言ったり、この組織が真面目じゃないとか、とにかく気に入らないって非難したりしたやつがいたか？」

「おれは海軍じゃないが、真面目に『フーヤァ』って言いたい」エッジがつぶやいた。「バカげたシャレだけどな」

「うまいこと言うな」スワニーが口の端からつぶやいた。

スカイラーが唇をゆがめ、愉快そうに目をきらめかせた。「わたしたちで反乱を起こす？」

ジョーは手で口をおおい、喉から笑い声が消えるまで唇をこすった。

ライカーが興奮した様子で言う。「なあ、おまえたちの仲間になる前、おれの人生はめちゃくちゃつまらなかった。平凡な仕事っていう概念は、おまえたちには無縁なんだろうな」

ネイサンが身を乗り出し、アリーが指している図表に興味があるふりをすると、チームからまたくすくす笑いが起きた。「反乱は起こさない」ネイサンも腹話術のようにうまく唇を動かさずに言った。「スカイがアリーにビキニ姿でのゼリーレスリングを挑んで、ジョーがサムに指相撲を挑む。三本勝負だ」

「そいつは最高だ」ライカーが目に期待をうかべて言う。

エッジが鼻を鳴らした。「おれはP・Jとアリーの対決が見たかったな。それも泥レスリングで。衣装はなんでもいい。スカイはおれにとって妹みたいな存在だ。こいつの裸を、あるいは半裸姿を見ちまったら、目玉を漂白しないと」

「なぜかムカつくわ」スカイラーが間延びした口調で言う。「もう、みんなろくでなしね。わかってるでしょう？」

ジョーはにやりと笑った。「もちろんさ。本気だと思ったのか？　まったく。おまえだけじゃなく、おまえとP・Jと、その上アリーの怒りを買うリスクをおかす？　ひとりでも最悪なのに、三人にドヤされる？　さっきも言ったけどな、おれはイケメンのままでいたい。タマと一緒に整形されるのはごめんだ」

「こいつは練習してるのさ。次に全員が集まって、くそつまらない爆弾のプレゼンを見なくてもいいときのために」ネイサンが口をはさんだ。「アリーの前でいまみたいなことを言えば、その後おれたちがなにを言おうが、笑おうが、大したことじゃないって思ってもらえるって考えてるのさ」

「意外とずる賢い作戦ね」スカイラーが感心するように言った。「賛成だわ。でも、白状すると、ネイサン……あなたが性差別っぽいたわごとを言いだしたとき、一瞬怒りを覚えたわ。わたしのそばにいなくてラッキーだったわね。即行で倒して、タマをもぎ取ってやったのに」

「おれが口を閉じてる理由がわかるだろう」ジョーはつぶやいた。「まあ、たいていは」チームメンバーからそれぞれくぐもった笑い声や鼻を鳴らす音や忍び笑いがもれ、集まっているKGIのほかのメンバーたちからいぶかしげな視線を向けられた。

〝ジョー？〟

たちまちジョーは警戒した。さっきまでジョークを言っていたくつろいだ気分がみるみる消えていく。つかの間だけ苦心しながら、シェイとのかすかなリンクに全神経を集中させて意識をつなげようと努めた。

〝どうした、スイートハート？〟そうたずねながら、目の端でネイサンをちらりと見たが、ネイサンは完全にリラックスして胸もとで腕を組み、アリーを眺めていた。講義は終わりにさしかかっていた。〝助けが必要なのか？〟

シェイのやさしい笑い声にジョーはほっとした。さらに、シェイが安心させるように彼を抱きしめるのが感じられた。どうやっているのか、さっぱりわからない。このコミュニケーション自体が風変わりだが、互いの姿が見えないのにどうやって身体的な触れ合いを感じさせることができるのだろう？　シェイがテレパシーで意識のつながった相手から痛みを遮断できるだけでなく、怪我や痛みを自分のものとして引き受けられることも信じがたいが、それと同じくらい度肝を抜かれた。

〝ごめんなさい。最悪の事態だと思わせずにあなたに話しかけるにはどうすればいちばんいいかって考えたんだけど、その、なにも思いつかなかったの。でも、わたしは大丈夫よ。ほ

んとうに。ただ、お願いがあるんだけど、いいかしら？〃

最後の言葉は曖昧で、少しためらいがちで、ジョーは顔をしかめた。

〃もちろんさ、ハニー。わかってるだろう。わかってないなら、そろそろわかってくれ。頼み事があるならなんでも言えばいい。それで、どうした？　おれになにをしてほしい？〃

シェイの小さな安堵のため息が聞こえると同時に感じられた。おかしな女だ。あとで真剣に反省会をしなければ。なにか必要なら頼めばいい。どんなことでもかまわない。

ふたたびシェイのやさしい笑い声が頭のなかに聞こえた。〃こんなふうに意識がつながってるときは、あなたの考えが読めるのよ。しゃべってるのと変わらないんだから。考えるのもしゃべるのも同じことなのよ〃

ジョーは目線を上に向けた。生意気な女にはまいってしまう。今日はそういう女たちに悩まされる日らしい。

シェイがまたくすくすと笑った。ジョーはテレパシーで伝わるように、にらみつける顔をした。

〃ネイサンが、ミーティングが終わってからすぐには帰れなさそうだって言ってたの。あなたを窮地から救い出すとか。そうすればあなたは家に帰って、女のことに集中できるからって。わたしじゃなくて、彼がそう言ってたのよ〃シェイはいそいで言い足した。〃とにかく、ほかのときならべつにかまわないんだけど、ジョー、今日はネイサンにまっすぐ家に帰ってきてほしいの。ちょっと……特別なことを……計画してるのよ。彼に伝えたいことがあって。

今日はミーティングのあとで居残らないようにしてくれないかしら〟

彼女の言葉とともに、ジョーの頭のなかでぱっとひらめいた。というより、彼女の考えが見えた。ほほ笑みが感じられ、喜びが押しよせる。いや、彼女の喜びを感じているのだ。次の瞬間、腹の大きくなったシェイのイメージが見えた。ふくらんだ腹を守るように手を当てて、やがて生まれてくる子どもにやさしくささやきかけている。

なんてこった。ジョーはまた横目で弟をちらりと見やった。どうしても笑顔になってしまう。ネイサンが父親になる！ 双子の弟にはじめての子どもができる。すげえ、大事件だ！

そこでふと冷静になった。〝ハニー、うれしいか？ 予定してたことなのか？ 子作りしてたのか？〟言葉には出さなかったが、ネイサンからはシェイが妊娠するかもしれないという話は聞いていなかった。これほど重大なことを、この世で妻の次にいちばん親しい人間に話さないなんてことがあるだろうか？

〝ネイサンがあなたに話さなかったのは、子どもを作るって決めたわけじゃなかったからよ〟シェイがやさしく言う。〝口で説明するのは難しいんだけど〟思わぬジョークにシェイは笑った。〝口というより、考えね。たしかにふたりで話し合ったわ。でも、ネイサンはわたしがまだその気じゃないんじゃないか、自分の欲求をわたしに押しつけてるんじゃないかって、不安になってた。それで、その話をまったくしなくなっちゃったの。だけど、ネイサンはまちがいなく子どもを望んでる――わたしも子どもが欲しいわ〟きっぱりと言う。

〝きみたちがふたりとも幸せならそれでいいんだ〟ジョーは心をこめて言った。〝なにしろ、きみたちふたりはおれにとって地球上でいちばん大切な存在なんだ。おめでとう、ママさん。ふたりともよかったな。わかった、ミーティングが終わったら、あいつをまっすぐ家に帰らせる。あと二分で終わりそうだ〞

〝ありがとう、ジョー。あなたって最高だわ。この赤ちゃんの名づけ親になってちょうだいね〞

ジョーの心が無数の感情でいっぱいになる。愛。感謝。誇り。そして希望。とてつもなく大きな希望。弟と義妹への希望だけでなく、自分への希望。近い将来、自分もこういう人生を送るのだ。ゾーイと。

〝きっとそうなるわ、ジョー。信じるのよ。彼女を愛してるなら、彼女のことも自分のことも疑っちゃだめ。彼女と人生を送れるって信じるの〞

〝ありがとう、ベイビー〞面と向かって会話をしていなくてよかった。喉がひどくつかえて、言葉が出なかっただろう。〝そろそろ講義が終わりそうだ。十分ほどでネイサンは家に着くぞ〞

〝愛してるわ、ジョー〞

〝おれも愛してる、スイートハート。自分の体をいたわって、おれの甥か姪を大切にしてくれ〞

ちょうどそのとき、アリーが講義を終えてうしろにさがり、サムに合図してあとを引き継いでもらった。ほかの全員はすでに持ってきた荷物を手に取って、すり足で少しずつドアへと向かいはじめている。サムはため息をつき、ただこう言った。「帰っていいぞ。明日の朝、〇九〇〇時にまた集合しろ」

ジョーはぐずぐずと残っているネイサンの肩を叩いた。「気にするな。バレバレだぞ。おれを家に帰すために、代わりにサムを引き受けようとしなくたっていい。ふたりで裏口から出るぞ。サムなんか知るか。明日まで待たせておけ」

ネイサンはにやりと笑った。「悪くない計画だな。家に帰ったらサプライズがあるってシエイが言ってたんだ。彼女のサプライズは、たいてい新品のセクシーな下着だ」

ジョーはうめいた。「おい、本気か？　その話はやめないか？」

「喜んで」ネイサンは満足げに言った。「〈ヴィクトリアズ・シークレット〉の下着をつけたおれの女について、おまえに話すわけにはいかない」

ジョーは悪意のこもった視線を向けた。「先に下着の話を持ち出したのはおまえだぞ。忘れたのか？」

18

胃の中に蝶がたくさんいるのを感じながら、ゾーイは透明感のあるリップグロスを塗り、唇を閉じ合わせてなじませ、鏡に映る姿をまじまじと眺めた。今夜は髪を簡単なおだんごにはしていない。長い髪をとかして、背中に垂らしてある。以前は髪を長くしているのが不安だったが、この髪形が気に入っていると認めないわけにはいかなかった。すごくいい。

今回の件がすべて解決して、エクステを取ったら、いまと同じくらいの長さに髪を伸ばしてみよう。ゾーイは気まずさを覚えて下を向いた。鏡に映る自分と目を合わせることもできなかった。認めるのは恥ずかしいが、これまでは父親に言われたとおりの髪の長さにしていたのだ。父はとても要求が厳しい。服装、着こなし方、髪、メイク、宝石やアクセサリーまでも、口を出す。

「なんて弱虫なの」こちらを見つめ返す自分に向かって非難する。「自分自身の影におびえてる、まったく度胸のない腰抜けのクラゲよ」

「クラゲにずいぶん厳しいのね」ドアのところからラスティがさりげなく意見を言うのが聞こえた。

ゾーイはぱっと振り返った。ひとりごとを聞かれていたなんて。

「リラックスして、ゾーイ。コチコチじゃないの。力を抜いて、まったく、もう少し自分にやさしくしなさいよ」

ゾーイはため息をついた。「わたしの人生はめちゃくちゃよ。ずっとそうだった。なのに、それを正そうとも、父に抵抗しようともしなかった。恥ずかしいなんてもんじゃないわ」

ラスティは片方の眉をあげた。「いまそれをしてるんじゃないの？　いとしのパパは、あんたがどこにいるかも、だれとなにをしてるかも知らないのよ」

ゾーイの唇にかすかに笑みがうかぶ。こらえても口もとがぴくぴくしてしまい、とうとう笑い声をあげた。「そのとおりね」いっそう笑う。「ジョーを家に連れていって父に紹介したらどうなると思う？　父は横柄な態度でえらそうにふるまって、ジョーはきっと『あんたになんて思われようがどうでもいい』って感じでしょうね」

ラスティは噴き出し、楽しそうに目をきらめかせた。「悪いけど、目にうかぶわ。どの兄貴でも想像できる。とくにギャレットね」

「急に今夜のデートに対して百パーセント気が楽になったって言ったら、ひどいかしら？」

ラスティはにやりと笑った。「反逆が好きなのね」

「そうみたい」ゾーイはつぶやいた。「こんなに反抗的な子どもになるなんて、だれが思ったかしら。生まれてからいままずっと、まちがいなく服従と従属の典型みたいな人生だったのに」

「しょうがなかったのよ」ラスティはやさしく言った。「愛や容認を求めるのは犯罪じゃない。とくに、それを無条件で惜しみなく与える立場にある人に求めるのは当然よ。あたしだって、母親やあのどあほの継父を喜ばせるためならなんでもしたわ。恥ずかしいとは思わない。最終的には無意味だって気がついたけどね。けっきょく、自尊心が損なわれただけだった」

「その気持ち、わかるわ」ゾーイは陰気な口調で言った。

ラスティは腕時計を確認した。「そろそろジョーが迎えにくるわ。メイクを仕上げて、下に行かないと。今夜彼を待たせたら、階段をのぼってきて、あんたを肩にかついで連れ出すんじゃないかしら。大目に見てやって、ゾーイ。あんたにキスをしたあと、あんたが大パニックを起こしたから、意気消沈してたのよ。あまりに哀れすぎて、あたしでさえあの気の毒な男をからかえなかった」

ゾーイはあきれて目を上に向けたが、いそいでメイクの仕上げに取りかかった。数分後、鏡から離れてうしろにさがった。

「これが限界だわ」

「完璧よ」ラスティが心をこめて言った。「ジョーが来たみたい。ぎりぎり間に合ったわね。行くわよ」

ゾーイはラスティに連れられるがまま階段をおりていったが、ジョーと目を合わせられなかった。昨夜取り乱してしまったこともあり、あまりに気まずかった。ラスティとフランクとマーリーンに行ってきますとささやいてから、ジョーと外に出て、車まで歩いていく。ジョーがドアを開け、ゾーイを中に乗せてから、運転席側にまわって乗りこんだ。

そしてエンジンをかけたが、すぐには車を出さなかった。ゾーイの手を握ってから、その手を口もとまで持っていき、指に一本ずつキスをする。ゾーイは驚いてジョーを見つめた。ジョーはほほ笑んだ。「やっとこっちを向いてくれた。ひと晩じゅうおれのほうを見ないつもりかと思った」

ゾーイは真っ赤になってうつむいた。だが、ジョーが彼女のあごの下に指を入れ、また上を向かせて視線を合わせた。

「やめるんだ、美人さん。なにを考えてるか、感じてるか知らないが、今夜はよせ。おれのためにそうしてくれるか？」

ゾーイは笑みを返し、ジョーの前でゆっくりと力を抜いた。「ええ、わかったわ」

ジョーの目つきはあたたかく穏やかで、ゾーイの言葉を聞いて、いつものやさしい笑みが大きくなった。

「そうか？　よし。じゃあ、食事だ。魚は全部さばいて、下ごしらえをしてあるから、あとは揚げるだけだ。ハッシュパピーの生地もできてる」

「いいわね。自分で釣った魚を食べたことなんて一度もないわ」ゾーイは悲しげに言った。

「じゃあ、きみのおかげで、今夜はふたりとも食べられる」ジョーはまたあたたかい笑みを向けた。

気がつくと、ゾーイはキッチンカウンターのバースツールに腰かけていた。ジョーがグラスにワインを注ぎ、料理をするあいだゆっくりリラックスして話し相手になってくれと言った。

すぐに魚とハッシュパピーが揚がるおいしそうなにおいが空中に満ち、ゾーイは鼻をくんくんさせた。昨夜の失態のあとで今夜のデートがすごく心配だったけれど、思っていたような不安は少しも感じられなかった。昨夜の出来事などなかったかのようだ。ジョーは相変わらず……ジョーのままだ。この三日間と同じ男。愉快で、やさしくて、これまでのようにゾーイのあらゆる要望に気を配ってくれている。彼に見つめられると、彼女のなかにいた蝶が飛行モードになり、腹と胸の中で飛びまわりはじめた。

ジョーが最後の魚とハッシュパピーを揚げ終わり、トレイをカウンターに置いてから、ゾーイと自分のワイングラスにお代わりを注ぎ、カウンターをまわってゾーイの隣のスツールに腰をおろした。

そして、頭を落とした魚のひとつを――頭がなくてよかった――手に取って、ゾーイの皿にのせたが、そのまま手を止めた。

「食べるのにちょっとしたコツがいるんだ。だけど、難しくはない」と安心させるように言う。魚の体を押さえながら、親指と人さし指でヒレのひとつをつまんだ。そのまま手をあげていって簡単にヒレを取り除くと、水平に切りこみができた。次いで魚をひっくり返し、腹側のヒレも同じように取り除いた。「これで身をはがせる」ジョーは得意げに言った。

そして、親指で慎重に薄い身をはがした。片側にはパン粉がついているが、内側にはついていない。白い身から湯気が立ちのぼった。

「さて、身ははがせたけど、まだ小骨がついてるかもしれない。とくに、あばらがある上側だ。気をつけて食べて、硬いものや鋭いものがあったら、うまく舌の上によけて、手で取り出すといい。それか、ペーパータオルに吐き出してもいい」ジョーはにやりと笑って付け加えた。

ゾーイはジョーに向かってけげんそうに目を細めた。「勝手を知らない都会っ子をだまそうとしてるの？　わたしがなにか完全にバカなことをしたり言ったりしたら、無知なわたしを大笑いするんじゃないの？」

最初、ジョーは眉をひそめ、困惑した表情をうかべた。恥ずかしさと後悔が押しよせ、ゾーイの肌がほてる。頬が赤くなり、燃えているみたいだった。こちらをじっと見つめるジョーの目は、彼女のバリアを貫いて、心まで見透かしているようだ。彼女がジョーの——だれかの——笑いの種にされるのをひどくおそれているということをわかっているかのようだ。

「ゾーイ、スイートハート、本気で怒るぞ」ジョーはうなるような声で言った。「おれの言動に裏があるんじゃないかと疑問を抱くのはかまわない。いつでも好きなときにそうしていい。おれはきみに対してはつねに正直でいる。誓ってもいい。おれが腹立たしいのは、クズ野郎のせいで、他人から最低な目にあわされるんじゃないかときみが思うようになったことだ。もっと腹立たしいのは、きみが自分の経験から話してることだ」

ゾーイは気まずくなって体をもぞもぞさせ、まだ味わってもいない熱い魚の身を指でいじった。ジョーには同情だけはされたくない。もし謝ったら、ますますジョーを怒らせるだけだろうという気がしたので、なにも言わず、おそるおそる魚にかじりついた。舌を火傷しないように口の端からはふはふと息を吐く。

ジョーの警告を心にとめて、骨のようなものがないかと気をつけながら身を噛んだ。おいしい味が味蕾に広がり、すぐに目を見開いた。

「すごくおいしい」と思わず口走る。

ジョーはほほ笑んだ。「おれがきみをだますと思うか？」

ゾーイはもうひと口食べ、すばやく噛んだ。次にハッシュパピーをひとつ取り、そこでジョーが自分の分をケチャップにつけて食べているのに気がついた。ゾーイは眉をひそめたが、いまのところジョーがしていることはすべて正しい。そこで彼にならって、ハッシュパピーを彼の皿のケチャップにつけた。自分の皿にはまだケチャップを出してなかった。それからためらいがちに揚げパンを少しかじった。

またしてもゾーイは驚愕した。

「うまいか？」ジョーがおかしそうに聞く。

だが、ゾーイはすでにハッシュパピーの残りをほおばっており、話しかけないでと言うように空いているほうの手を横柄に振った。

ジョーは噴き出すと、また何匹かの魚の骨を手早く取り、数個のハッシュパピーと一緒にゾーイの皿にのせた。さらにケチャップまで彼女の皿にたっぷりと出してくれた。そのあとで、夢中で食べ続けるゾーイをのんびりと眺めた。

ゾーイはふと、ジョーが食べていないのに気がついた。ただ彼女を見つめている。料理を口に運ぼうとしていたゾーイは手を止め、ジョーのほうを向いた。

「なに？　どうして食べないの？」

ジョーは笑みをうかべた。骨まで溶けるような、胸が締めつけられるような笑顔に、ゾーイは泣きたくなると同時に笑みを返したくなった。彼の笑顔はなによりも彼女を混乱させる。ひざから力が抜け、たちまち乳首が硬くなる。笑みを向けられるだけで、どうしてセックスのことを考えてしまうのだろう？

あらゆる女にとって危険な男だ。ああ、必要なら、毎日ベッドに女を連れこめるにちがいない。少なくとも、望むときはいつでも。彼のような男は、特定のひとりと身を落ち着けて、一夫一婦婚の生活を送らなくてもいい。自分の好きなようにできる。女のほうもそれでかまわないだろう。

ではなぜ、ジョーはこれほどの心遣いと魅力を……彼女に振りまいているのだろう？　理解できない。自分を哀れんでいるのでも、憂いているわけでもない。彼女は顔も外見も平凡で、これといった取り柄はない。可もなく不可もない。不細工ではないけれど、けっして美しいわけでもない。まちがいなく平均的。目を引くわけでもなく、人ごみに埋もれてしまう。走っていた車が止まるほどの美人ではない。その点はありがたかった。おかげでいままで気づかれずに姿を消すことができているのだ。つまり、自分は正しいことをしているにちがいない。

「今度はなにを考えて自分を苦しめてるんだ？」ジョーがささやき、ゾーイの頬の曲線を指先でそっとなでた。

ありきたりな触れ合いなのに、ゾーイは言葉を失い、完全に我を忘れてしまった。自分はなにをしているのだろうか。なにをしていた？ バカみたいにジョーを見つめているだけだ。口を開けて答えようとしたが、ひとことも思いつかなかった。

「わからない」とうとう白状した。「こんなふうにあなたに見つめられたり、触れられたりするたびに、頭のなかがごちゃごちゃになっちゃうの」

ああ、認めてしまった？ 床がぱかっと開いて、彼女をのみこんでくれないだろうか……いますぐに。

しかし、ジョーは笑いもせず、彼女をからかったりもしなかった。そう、これ以上ないくらい真剣だった。

「どうしようもなくなってるのがおれだけじゃなくてよかった」ジョーは静かに言った。「きみに見つめられたり、触れられたりして、おかしくなりそうなのがおれだけだったら、最悪だ」

ゾーイはぽかんと口を開けてジョーを見つめた。やがてぴしゃりと閉じ、いそいで食事に戻った。食べるのだ。食べて、平気なふりをするのだ。ジョーはとんでもないことを言ったりしなかったし、そのせいで心臓がバクバクしてもいないし、息ができなくなってもいないというふりを。

ゾーイは機械みたいに食べた。また地球が傾くほどのショッキングな告白をされるのではと心配で、ジョーのほうを見られなかった。だが、ジョーはゾーイが食べ終わるまで黙っていた。ゾーイはため息をついて皿を押しやると、ジョーを直視せずにほほ笑みかけた。

「最高だったわ、ジョー。ほんとうにおいしかった」

「よかった」ジョーはさらりと言った。

そしてスツールから立ちあがり、皿を集めてシンクまで持っていった。皿はシンクに置いたまま、またゾーイが座っているところまで戻ってくると、彼女と指をからませて立ちあがらせ、リビングのソファへと連れていった。

ゾーイをふかふかのクッションの上に座らせてから、隣に腰をおろし、腕をまわして肩の下に抱きよせた。ゾーイはしばらく緊張していたが、少しずつリラックスして彼の腕に身をあずけた。ジョーはゾーイの肩に腕をまわして、彼女の腕の上に手を置き、指で肌をのんびりと上下になでた。

この上なく軽い手つきで誘惑している。ゾーイはすでに身をくねらせてソファから出たくなっていた。昨夜、キスをされたときにあれほど過剰反応してしまったことが悔やまれた。もう二度とキスしてもらえないだろう。けれど、自分からキスすることはできるのでは？

ゾーイは唇を舐め、自分がしていることにはっと気がついた。ジョーが静かにうなり、目を閉じる。額が明らかにこわばっている。そして深く息を吸ってから、彼女のほうに顔を向けた。あと数センチで鼻が触れそうだ。

ジョーは彼女の顔に触れ、これ以上ないくらいやさしく頬骨をなでた。

「教えてくれ、ゾーイ」と静かに言う。「欲しいものがなんでも手に入って、望みがなんでも叶うなら、なにを願う？」

ゾーイは緊張ぎみに唾をのんだ。彼女を困らせるための誘導尋問ではないとしたら、なんだろうか。ジョーは自分から行動を起こすことにうんざりしているのかもしれない。歩みよってほしいという懇願だろうか？　そもそも、自分はまちがったメッセージを送ってしまったのだろうか？

ゾーイは目を閉じてため息をつき、勇気を奮い起こした。両手が震え、喉がつかえている。それでもどうにかしゃべろうと努め、とうとう言葉を発することができた。

「あなたよ」ゾーイはささやいた。「あなたよ、ジョー。あなたが欲しい」

ジョーの目に満足感とてつもなく大きな安堵が燃えあがり、なんとか人生最悪の過ちを犯さずにすんだのだとわかった。ジョーは彼女の頬を包み、顔を近づけてきた。その目は欲望で半開きになっていた。

「じゃあ、おれたちふたりの夢を叶えよう、ゾーイ」ジョーはしゃがれ声で言った。「おれと愛を交わしてくれ。きみを愛させてくれ。おれたちの関係がどれだけ完璧なものになるか、証明させてくれ。人生でこれほどなにかを望んだことはない。きみを求めるほどだれかを求めたことはない」

ゾーイは唇を噛んだ。心臓が飛び出しそうなほど猛烈に早鐘を打っている。口がすっかり乾いて、しゃべるために口蓋から舌をはがさなければならなかった。

「本気で言ってるの？」とかすれた声で聞く。

「チャンスをもらえれば、証明してみせる」ジョーは断言した。

「じゃあ、わたしを愛して」ゾーイはこの上なくやさしくささやいた。「お願い」

「頼まなくてもいい」ジョーは唇を重ねながら小声で言い、舌を激しく触れ合わせた。

深く舌を入れてゾーイの舌とからませながら、口のもっとも奥をむさぼる。彼の吐息が感じられた。彼の香りも。彼の味と感触にゾーイはすっかり夢中になっていた。ジョーの指が躍るように軽く肩に触れると、身震いした。それからジョーは彼女の腕をなでおろし、指でブレスレットのように彼女の手首をつかんだ。

そのまま手をつなぎ、ゾーイを立ちあがらせ、彼女を押すようにしてもうひとつの部屋へと向かう。ゾーイが後退しながら開いたドアを通ると、ジョーは片方の手でライトのスイッチを入れ、もういっぽうの手で彼女のズボンからシャツのすそを引き出した。

つかの間だけ離れていたもう片方の手が戻ってきて、シャツとブラジャー越しに乳房を包んでもみながら、硬くなった先端を指で軽く引っ張る。ゾーイがあえぐと、ジョーは彼女の唇にむさぼるように吸いつき、両手をシャツの下にすべらせた。そのまま押しあげていき、ゾーイの両腕をあげさせて、シャツを頭から脱がせた。

ジョーが彼女に触れたがっているのと同じくらい、どうしても彼に触れたかったので、ゾーイも同じことをした。胸の中央にうっすらと生えている毛に手のひらをはわせながら、シャツを押しあげていくと、ジョーが自主的に両腕をあげてくれ、完全に脱がせることができた。

次にふたりは同時に互いのズボンに取りかかった。手探りで、デニムに邪魔されながらも無我夢中で相手のズボンを脱がそうとするうちに、ファスナーをおろすジーッという音が聞こえた。そこでジョーは動きを止め、ゾーイの手首をつかんでペースを落とした。

「この瞬間を堪能させてくれ——きみを」とささやく。その目は欲求と欲望であたたかく輝いていた。「おれの人生でもっとも完璧な夜になるはずだ。まちがいない。きみにとっても完璧にしたいんだ」

その口調は厳粛で、顔には完全に真剣な表情が刻まれていて、ゾーイの心がいっそうとろけた。ジョーは目だけで彼女を抱いている。ゾーイの首から頬までほてっていく。ジョーはうしろにさがり、まっすぐ彼女を見つめたまま、やさしくブラジャーのホックを外し、ストラップをそっと引っ張った。ブラジャーが揺らめきながら床の上に落ちる。

それからジョーは、またゾーイのジーンズを脱がせはじめた。片方のひざをつき、まずはいっぽうの脚、次いで反対側の脚から脱がせた。ゾーイはレースのパンティーだけで彼の前に立っており、すっかり無防備で弱々しい気がした。ジョーはふたたびゾーイの目を見つめながら、両手を彼女の腰に当て、細いウエストバンドに親指をかけておろしていき、ついに完全に彼女を見ることも触れることもできるようになった。

ジョーの目は肉食獣のようにきらめき、熱く官能的に彼女の肌に視線をはわせており、ゾーイは身震いした。ジョーは彼女の肩に両手を置くと、またうしろへと押していき、ゾーイの脚の裏側がベッドのマットレスに当たった。

ジョーはゾーイを座らせてから、彼女の前にひざまずき、乳首を口にふくんだ。鳥肌が立ち、口で攻められながらゾーイは震えた。ジョーは片方ずつ順番に乳首を舐めて吸い、それを何度かくり返してから、唇に戻った。ゾーイの髪に指を差し入れ、顔を下に向かせ、ひざまずいたまま唇を重ねる。

「とんでもなくきれいだ」ジョーはしゃがれ声で言った。

両手で彼女の裸体を惜しみなくまさぐり続け、ありとあらゆるところに触れて愛撫しながら、キスをし、唇をむさぼり、舌の先を口の中に吸う。ジョーが立ちあがりながら、おおいかぶさるように彼女をうしろに倒すと、ゾーイは彼の肩に両手を置いた。

ジョーがズボンと下着を脱ぐあいだだけ離れたので、ゾーイはその長身の体を恥ずかしげもなく食い入るように見つめた。厚い筋肉がついた体格、広い肩、硬く割れた腹筋、勃起した大きなペニス。ゾーイは目を見開き、女特有の称賛の声をもらした。

ジョーがベッドにのぼってゾーイの脚のあいだまで来ると、ゾーイは我慢できなくなり、ペニスに指をはわせた。ジョーは完全に静止して目を閉じ、快感にうめいた。ゾーイが愛撫すると、そんなことが可能かどうかわからないが、いっそう硬く大きくなった。手をさげていって睾丸を包み、少し強く肌に指をはわせる。

大きな亀頭にしずくがにじみ、ゾーイはそれを指でぬぐい取ると、その手を口に持っていき、ゆっくりと唇のあいだに指を入れて吸ってから、ポンと音をさせて抜いた。

ジョーはまたうめき、首と胸の筋肉を硬くこわばらせながら、慎重にのしかかってきた。彼の体に包まれ、その熱さにゾーイは驚いた。男らしいたくましさに対して、自分が女らしく繊細に感じられた。性的魅力があるとさえ思えた。この男は彼女とのセックスを退屈な仕事とは思っていない。

その考えに得意げになったものの、どこかしっくりこない気がした。それでも、セバスチャンのことを考えてこの美しい瞬間に水を差したりしない。ジョーと比べたら、セバスチャンは救いようのない弱虫に思えた。

ジョーが激しく唇を重ねてきた。熱く、強引で、とても情熱的で、息ができなくなった。ジョーがおおいかぶさってきて、彼女のやわらかい体がはるかにたくましい体とぴったりと重なり合う。それでもジョーは彼女を守るように抱きしめ、ゾーイはかつてないくらい大切にされている気がした。

ジョーの熱い口があごから首へと移動し、耳を軽くかすめるように歯を立てた。それから反対側に移り、また最初から同じことをくり返した。今回は、耳に着くと、口を下にすべらせ、唇と舌で喉のくぼみを攻めてから、体の中央にそって、胸の谷間からへそへとキスをしていく。

浅いくぼみを舐めたあと、拷問のようにまた上へと戻ってくる。今度は片方の乳房を通り、唇で乳首をいじってじらしてから、しっかりと吸い、歯を立てた。最高に甘く心地よい苦しみがゾーイを襲う。

あまりセックスの経験がないゾーイは、男がジョーのように辛抱強くなれるとは思いもしなかった。これほど多くを求めず、自己中心的にもならないなんて。まるで彼女の乳房だけに何時間も集中しているかのようだ。この極上の感覚に、ゾーイは彼の下でどうすることもできずに体を弓なりにそらした。息を切らしたあえぎ声とうめき声が口からもれ、空中を満たす。

「ジョー!」ゾーイはあえいだ。

「落ち着け、ハニー」ジョーが甘い声で言い、長くのんびりと乳首を攻めながら、彼女の開いた脚のあいだにゆっくりと手をすべらせた。

やさしくひだを広げられ、とてつもなく敏感なクリトリスがむき出しになると、ゾーイは身をこわばらせ、口をOの形にした。ジョーはすぐには触れず、濡れた秘部をまさぐり、入口を愛撫したりじらしたりしてから、ふくれて震えている蕾にさらに近づいていった。

すぐに触れてもらわなければ、死んでしまう。触れられたら、死んでしまう。どちらにしろ、爆発してしまう。

ゾーイは喉の奥ですすり泣くように言った。「ジョー、お願い」

するとジョーは親指で円を描くように愛撫しながら、中指をヴァギナの中に入れた。ゾーイは硬直し、口を開けて無言の叫び声をあげた。ジョーはさらに大胆になり、クリトリスをより強くなで、指を奥まで入れ、内側を愛撫した。ゾーイはその指を貪欲につかんで締めつけ、ジョーの動きが速く強くなると痙攣が起こった。

ジョーはゾーイの乳房から顔をあげ、しばらく愛撫を続けて、指だけでじらしながら、彼女のあらゆる反応を眺めていた。

「ああ、すごくきれいだ」そう言いながらゾーイのへそにキスをし、指の動きをゆるめた。

ゾーイはもう限界だった。極限に近づいている。ジョーが正しいところに息を吹きかけただけで、目の前に花火が見えるにちがいない。けれど同時に、終わらせたくなかった。期待感でおかしくなるまで引き延ばしたかった。なにを言っているのだろう？　すでに頭がおかしくなるくらい、最後まで終わらせたくてしかたがないというのに。

ゾーイは半開きの目でジョーを見つめた。彼の目が完全に集中しているのがうれしかった。ゾーイと彼女の快感に集中している。ゾーイは手をあげ、短く刈りこんだ髪にすべらせて愛撫し、そのまま彫りの深いあごの曲線へとおろしていった。ジョーは彼女の人さし指を唇にはさんで吸い、舌で先端を舐めた。

「いますぐあなたが欲しい」ゾーイはハスキーな声でささやいた。

ジョーはヴァギナから手を離すと、体を官能的にすべらせて彼女におおいかぶさり、唇をぴったりと重ね合わせてきた。唇の輪郭をなぞりながら熱く徹底的にキスをしてから、口を離し、じっと彼女を見つめた。

「コンドームを取ってくる、スイートハート」

ゾーイが夢見心地で眺めていると、ジョーは彼女の体の上から身を乗り出して、ナイトテーブルの引き出しを開けた。コンドームを取り出し、包みを破いたが、いまはまだ中から出げた。

さなかった。それから激しいキスをしながら、彼女の上にのしかかり、ひざで彼女の腿を広げた。

ふたたび口を使ってさっきと同じルートで彼女の体を探求する。今回は手でも同時にじらし、やさしく中に入れて、彼の挿入にそなえて広げさせた。

ゾーイはそわそわしはじめ、彼の下で身もだえた。脚をさらに大きく広げ、ジョーのふくらはぎに足首を引っかけ、抱いてくれと無言でせきたてた。ジョーは彼女に体重がかからないように片方の手で体を支え、もういっぽうの手でコンドームを取ると、怒張しているペニスに器用にかぶせた。そして根もとをつかみ、先端でゾーイの割れ目をこすり、円を描くようにクリトリスのまわりをなぞってから、下に向けて入口のまわりをくり返しなでた。

ゾーイがなにも考えられずに懇願しそうになったとき、ようやく、ようやく大きな先端を入口に押し当て、ほんのわずかに挿入した。そこでジョーは動きを止め、ゾーイを見おろし、つらくはないだろうかというようにじっとうかがった。

それに対してゾーイは彼の脚にしっかりと足首をかけて押さえつけ、彼の肩に両手を置き、肌に爪を食いこませて印をつけた。ジョーがずっと口でくり返し彼女に印をつけたように。

ジョーは少しずつ腰を突き出しはじめた。彼のサイズに合わせて広がり、形が変わっていくのを感じ、ゾーイは吐息をもらした。触れ合っている部分はどこもきわめて敏感になっていて、ジョーがほんのわずかに動くたびに電気ショックを受けているかのようだった。

ゾーイはジョーにしがみついた。どうしても絶頂を迎えたくてしかたがないけれど、永遠に続けたかった。何度も彼の名前を唱えていると、ジョーはより支配的に、より強引で独占的になっていくみたいだった。体が近づいてきてぴったりと重なると、ジョーは全体重がからないようにゾーイの頭の両側にひじをついた。そして唇を溶け合わせながら、より深く、より強く、より速く腰を振りはじめた。

ゾーイはまぶたを震わせながら目を閉じたが、ジョーが彼女のあごに歯を立てたのでまた目を開けた。ジョーはこちらをじっと見つめており、その熱烈なまなざしにゾーイは興奮した。

「目を開けておれを見ていろ、ベイビー。いくときのきみを見ていたい」

その厳しい言葉――要求ではなく命令――に欲望が高まり、体の奥で燃えている猛火がますます勢いを増していく。ゾーイは言われたとおりジョーと視線を合わせた。彼の目に明るく燃えている猛烈な快感に心を奪われる。彼女の目にも同じものが燃えているにちがいない。

「きみと一緒がいい」ジョーが途切れがちに言う。「一緒にいってくれ、ベイビー。一緒にいこう」

望みを叶えるために、ジョーは片方の手をふたりの体のあいだにすべらせ、同時に速く強く突きあげた。指で強く円を描くようにクリトリスとそのまわりを愛撫されると、制御できない嵐が起こり、ゾーイは息を切らしてあえいだ。

「ジョー、だめ――もう……」

「息をして、ハニー。おれと波に乗るんだ。おれたちがひとつになったらどれだけ美しいか見てくれ」ジョーはゾーイの額からやさしく髪を払い、眉にそって口づけをした。甘い苦痛に顔をしかめている。「いまだ」ジョーはささやいた。「いまだ、ゾーイ。いくんだ。自分を解き放って、身をゆだねるんだ」

そのやさしい言葉には、本物の感情と、彼女が抱いているのと同じく緊迫した欲求が満ちていて、ゾーイは勢いよく落下していった。秋の落ち葉のように激しくくるくるまわりながら急降下していき、めまいがした。快感のあまり爆発しそうだった。どんどん激しさを増していき、もはや重圧に耐えられなかった。体じゅうの筋肉が硬直して張りつめ、心地よい痛みが生じる。

次の瞬間、まわりの世界が爆発し、時間と空間の感覚がすっかりなくなってしまった。目を開けていろというジョーの命令に果敢に従おうとしたが、まぶたがあまりに重く、半開きを保つのもひと苦労だった。ジョーはそのことを罰したり叱ったりしなかった。ゾーイの経験を理解している――そして共有している――ようだった。やさしく、うやうやしく、ゾーイのまぶたに交互にキスをする。どうしようもなく体を震わせ、彼女の中でペニスが張りつめた。

彼女の名前を叫び、両腕をゾーイの体の下にすべらせてしっかりと抱きしめ、できるかぎりふたりの体をくっつけ合わせた。彼女の首に顔をうずめ、永遠に彼女の存在を自分に刻みつけるかのように、彼女の香りを吸いこむ。ゾーイは頭をのけぞらせ、好きなだけ刻みこませた。いままでの人生で経験したことがないくらい爆発的なオーガズムの余韻のなかで、ただ彼の感触とやさしさを楽しんでいた。

長い数分が過ぎるあいだ、ジョーはゾーイの上にのったまま、キスをしたり、首に歯を立てたりをくり返し、ゾーイは気だるげに彼の背中を手のひらと指でなでていた。ふたりとも満足して満たされ、完全にぐったりしていた。

「人生で最高に美しい経験だったわ」ゾーイはジョーの耳もとでささやいた。

ジョーは彼女を抱く腕に力をこめ、しばらく黙りこんだ。世界を揺るがすような出来事のあとで心を落ち着けるかのように。

「おれにとってはきみが人生で最高に美しい経験だ」ジョーはやさしく言った。「終わらせたくない、ベイビー。きみほど貴重な存在はいままでなかったし、この先もないだろう」

19

ゾーイはゆっくりと目を覚まし、完全に静止したまま、この安らぎを堪能した。目覚めたときにひとりではないというだけでうれしかった。ジョーにしっかりと抱きしめられていて、ふたりのあいだにすき間はなかった。目を閉じ、彼の美しい愛の営みを思い返した。涙がこみあげ、懸命にこらえてもまつ毛の下からこぼれ、頬を伝い落ちる。ジョーの胸にのせていた顔をそむけ、彼がまだ眠っていることを祈った。

だが、それほど運はよくなかった。

ジョーが身じろいでこちらに体を向けた。互いに顔を合わせる格好になり、ジョーの目には明らかに心配と不安がにじんでいた。

「おい」ジョーはやさしく言いながら手を伸ばし、涙をぬぐった。「どうしたんだ、ベイビー？　痛い思いをさせちまったか？　大丈夫か？」

感情がたかぶって喉がつまり、ほとんどしゃべれなかった。「美しかったわ」ゾーイは昨夜使った言葉をくり返した。「あんなに……完璧な経験ははじめてだった」

それ以上ジョーにまじまじと見つめられているのに耐えられず、ゾーイは彼の肩に顔をうずめた。息を吸って気持ちを落ち着け、暴走している感情を制御しようと努めた。

ジョーはなにも言わず、なぐさめるように彼女の背中を上下になでた。「おびえさせちまったか、ゾーイ？　無理にいそいでことを進めちまったか？」

とても不安そうで、自分を嫌悪しているような口調だった。ゾーイはあたたかい天国のようなジョーの体から離れ、彼を見おろした。言葉でなかなか表せないことが表情で伝わればいいのだけれど。単なる言葉ではこれほどのすばらしさを表現できない。

ゾーイの目は涙といら立ちできらめいていた。ジョーはやさしく、愛情にあふれ、ものすごく気遣ってくれているのに、そうでないと思わせるなんて、自分はなにをしたのだろう?

すると、ジョーの目に炎が燃えあがり、顔に感情があふれた。ゾーイを引き戻し、互いの息がかかるほど顔を近づける。ゾーイはいまの疑問を口に出していたのだと気がつき、すっかり恥ずかしくなった。

「ハニー、きみはなにもまちがったことをしてない」ジョーはそう言って、彼女の目の端にたまっていた涙の残りをこすり取った。「実際、おれは死んで天国に行ったんじゃないかって一度ならず思った。きみを抱くという栄誉と特権を与えてもらったあとで、きみがここに、おれのベッドにいるなんて、神からの祝福としか思えない。まちがいなく、天使たちが『ハレルヤ・コーラス』を歌ってるのが聞こえた。あるいは、おれが歌ってたのかも。それだったら、きみを死ぬほどおびえさせちまったな」とからかって言う。

「もしくは、もう一度やってみるべきだな。そうすれば、きみに確認してもらえる」ジョーはハスキーなささやき声で続けた。

ゾーイの体が目覚め、乳首が硬くなり、股間の奥が脈打ちはじめる。

「あなたの言うとおりかも」ゾーイはささやいた。

「おれの女の考え方が好きだ」ジョーはゾーイにキスをした。口の中に舌を押しこみ、彼女の舌を舐め、激しく触れ合わせる。

「わたしが？」ゾーイは息を切らしながら聞いた。「あなたの女？」

ジョーは体を引き、大きく眉をひそめた。「そんなバカな質問は聞いたことがない。きみの奥深くに入って、きみのあらゆる動きを感じてたのはおれじゃないのか？」

ゾーイは赤面した。

「きみはおれのものだ、ゾーイ。それはたしかだ」

「話があるの、ジョー」ゾーイは暗い声で静かに言った。

「じゃあ、話そう。きみの心も体も魂もおれのものだと、一片の疑念もなくきみに確信させたらすぐに」

「でも――」

ジョーは一本の指でやさしくゾーイを黙らせてから、唇を重ねた。ゾーイは彼の言葉に興奮すると同時に怖くなった。あえて望みを抱かなかったものに対する抑圧された欲求が解放されてしまった。

ジョーはゾーイの体の曲線に両手をはわせ、気だるげに肌を愛撫しながら、少しずつ下へと移動させた。欲望でおかしくなりそうだった。彼の口を求めるかのように乳首がつんと上を向いている。ジョーはすぐにその懇願に応じ、片方の硬い先端を口の奥までふくみ、リズミカルに吸ってから、もういっぽうにも同じことをした。

ゾーイはジョーの髪に指を入れ、頭皮に爪を食いこませると、愛情をこめて彼の頭を胸に抱きよせた。そのあいだ、ジョーはもっとも繊細で震えている部分に指で魔法をかけていた。一本の長い指が中に入ってくると、ゾーイは叫び声をあげ、腰を上に突き出した。もっとしてほしい。

「お願い、ジョー、待たせないで」とやさしく懇願する。「いますぐあなたが欲しい」

ジョーは指をもう一本加え、濡れてふくれあがったさやを広げてから、ゆっくりと指を抜き、口まで持っていって一本ずつ蜜を舐め取った。

「すごくうまい」といままでにないうなり声で言う。

「早く、ジョー」ゾーイはせきたて、頭を左右にねじるように振った。切迫感がますます高まっていき、頭がおかしくなりそうだった。

「しーっ、ダーリン」ジョーがやさしく言う。

ゾーイと指をからませ、手の甲をマットレスに押しつけながら、彼女の脚のあいだに腰をすえた。

「準備はいいか、ベイビー？」

ゾーイはうめき、体を弓なりにそらし、自ら彼を中に入れようとした。するとジョーが奥まで挿入し、いきなり満たされたゾーイは息をのんだ。それからジョーは腰を引いていき、完全に出る直前で止めた。心配そうな目をしている。

「いまやめたら、あなたを殺すことになるわよ」ゾーイは途切れがちに言った。

ジョーはくすくす笑ったが、奥まで突きあげ、ふたりでうめき声をもらした。ゾーイはジョーの背中に爪を立ててきつくしがみつき、彼に合わせて体をそらした。昨夜は長く、甘く、気だるげで、とても貴重な新しいものを探求していたが、今朝はその絆を無我夢中で築き直していた。性急に。からみ合う腕と脚、情熱的なキス、息を切らしたため息、ふたりの快感のうめき声。

「くそ」ジョーが小声で言った。「ちくしょう、すまない、ベイビー、早く終わっちまいそうだ。我慢できない」

「ゆっくりやってなんて、だれが頼んだ?」ゾーイはうなるように言った。

ジョーは激しく腰を打ちつけ、ゾーイは彼の肩にきつく爪を食いこませた。痕がついてしまいそうだが、気にしなかった。彼に痕をつけるという考えがうれしかった。自分のものだと知ってもらえる。

ジョーは苦悶に満ちた顔で腰を打ちつけた。容赦なくゾーイを突きあげ、ヘッドボードを揺らす。

「一緒にいってくれ、ベイビー。どれくらいでいきそうだ?」

「どれくらいだって聞くのをやめてくれたら、もういきそうだわ」ゾーイは泣き叫んだ。

ジョーはほほ笑み、ゾーイの唇にキスをして、すぐに飢えたようにむさぼりはじめた。彼女の中で彼がふくらむのが感じられ、同時にオーガズムがみるみる高まっていき、突如として爆発してすべてをのみこんでいく。

「ジョー！」ゾーイは叫んだ。

「ここにいる、ベイビー。ずっとそばにいる。一緒にいってくれ。一緒に」

ゾーイが絶頂を迎えると同時に、ジョーが叫び、最後にもう一度突きあげた。ふたりのオーガズムは閃光を放ち、夜空に激しく鳴り響く雷雨のようだった。ジョーがくずおれると、ゾーイはきつく両腕をまわし、重い体をどかせまいとした。

「ハニー、きみを押しつぶしちまう」ジョーはいかにも愉快そうな声で言った。

「かまわないわ」ゾーイは言った。

ジョーは彼女の首に顔をうずめ、しばらくそのまま横たわっていたが、急にうなり声をあげた。

「くそ」

「どうしたの？」ゾーイは急に不安になった。

ジョーはごろりと横に転がって彼女から離れ、あおむけになった。「ちくしょう！　今朝はKGIのミーティングがあるんだった。必ず参加しなきゃならないのに、忘れてた」

ゾーイは体を起こし、シーツを引っ張って胸を隠した。心配そうにジョーを見つめる。

「じゃあ、わたしは帰ったほうがいい？」ためらいがちにたずねる。

ジョーは顔を近づけてゾーイにキスをした。彼女の頬を包み、さらに濃厚なキスをする。

「おれの望みは、きみにここにいてもらうことだ」ジョーはやさしく言った。「長くはかからない。戻ったら朝食を作るから、ベッドで食べよう。ここにいてくれ、ゾーイ。家に帰るのが楽しみだと思わせてくれ」

どうしようもなく胸が高鳴り、ゾーイは誠意のこもった彼の顔を見つめた。

「わかったわ」ゾーイはささやいた。「でも、ジョー、戻ってきたら……話があるの」

「どんな話でも聞くよ、ベイビー」

「約束してくれる？」

ジョーはもう一度ゾーイの震える唇にキスをし、「約束する」とささやいた。


ジョーは五分遅れでミーティングの場所に入っていった。サムの鋭い非難のまなざしは無視した。ネイサンとドノヴァンが大きくにやにやと笑っており、ネイサンは問いかけるように片方の眉をあげた。

「あとでな、兄弟」ジョーはネイサンにささやいた。「今日の説教はどのくらい続きそうだ？」

「わたしたち全員がこのゆるい訓練を終えるまでよ。アリーはわたしたちが恥をかくと思ってるんでしょうね」ジョーの質問を耳にしたスカイラーがぼそぼそと言った。

「あとで兄貴がおれを引きとめて、すみっこでお仕置きをしようとしたら、おまえたちみんなで阻止してくれよ」ジョーはチームだけに聞こえるように言った。

スカイラーはほほ笑んだ。「わたしたちが守るわ。あなたにはもっと大切な用事があるって、ちゃんとわかってる。それと、ジョー？　励ましになるかわからないけど、幸運を祈るわ」心をこめて言う。

ジョーはチームメイトにあたたかくほほ笑みかけた。「ありがとう、スカイ。心から感謝する」

すでにアリーが訓練用のセットを準備してあり、それぞれのチームのメンバーが爆発物を解除して撤去することになっている。それも二分以内で。

「やれやれ」スティールの部下のドルフィンがつぶやいた。「こんなチョロい爆弾、五年生だって解除できるぜ」

くすくす笑いが起こり、アリーが顔をしかめて彼らのほうを見た。

「真面目にやる時間だぞ、みんな」エッジが間延びした口調で言った。「おれたちの尊敬する同僚は『ハイヨー』が口ぐせだからな。縄でヤギをつかまえて、さっさとここから出るぞ」

今度は笑い声が起こり、声が聞こえるところにいたP・Jがあきれて目を上に向けた。

「みんな、そのことは忘れてくれない？」

「おい、あのときはいいセリフだったぜ」ドルフィンがまぬけみたいににやにや笑って言った。

「ちゃんとわたしの話に集中してくれれば、はじめられるわよ」アリーが地獄の業火も凍らせそうな声で言った。

「おれが最初にやる」ジョーは申し出た。真っ先にここから帰れるのであれば、喜んで生贄の子ヒツジになってやる。

「チームごとにやってもらうつもりだったんだけど」アリーは答えた。

ジョーは肩をすくめた。おれのチームが最初だ。そして、チームの共同リーダーとして、おれが最初にやる。「いいとも。次がネイサンだ。問題あるか？」ジョーは愛想よく聞いた。

アリーは一番目のセットに取りかかるようにジョーに合図した。ジョーは笑いたくなった。こんなの目を閉じていてもできる。ＫＧＩがそれほど愚かだと本気で思っているのか？もしそうなら、なぜ仲間になった？

アリーはだらだらと指示を出しはじめたが、それが終わらないうちにジョーは最後のワイヤを切断し、主要トリガーが解除された場合に起爆させるトラップが残っていないか確認した。それからうしろにさがって両手をあげた。

「完了。満足か、マダム？」

アリーは唖然とした表情をうかべていた。眉をよせて前に進み出ると、装置を徹底的に調べ、頭を左右に振った。

「すごかったわ」アリーの声にはかすかに感嘆がこもっていた。「わたしの講習でこんなに速くできた人はいないかも」

ジョーはほほ笑んだ。「おれは最速じゃないぞ。爆弾のことでよくベイカーをからかってるが、装置のセッティングや解除や起爆はあいつの得意分野だ。既存の装置も、ほんとうは存在を知ってちゃいけない機密の装置もな」

アリーはその事実をどう受けとめればいいかわからないようだった。

ジョーは双子の弟のほうを向いた。「おまえの番だ、兄弟。あまりうまくやっておれに恥をかかせるなよ」

ほかの仲間たちが笑い声をあげたが、いまやアリーは考えこむような顔で全員を見ていた。罪悪感ときまり悪さのようなもので目が翳(かげ)っている。

ジョーはドノヴァンに小さく合図してわきに呼び出した。

「どうした?」ドノヴァンは小声で聞いた。

「おれの代わりにサムを頼む。おれが昨日逃げ出したことをまだ怒ってるはずだが、おれは帰らないと。大切なことなんだ。そうじゃなきゃ頼まない」

兄は明らかに心配そうな目をした。「すべて順調か?」

ジョーはほほ笑んだ。「そうなるはずだ、ヴァン。おれが家に帰ったらすぐに」

ドノヴァンはすぐに理解してにやりと笑った。「サムのことは心配するな。おれに任せておけ」

ジョーは時間を無駄にせず、大またで作戦室を出ていった。サムに呼び止められたが、無視して車に飛び乗り、居住地を出て小屋に戻った。車からおりて正面ドアの前まで行ったとき、半開きになっているのに気がついた。

恐怖で背筋がちくちくした。出ていくとき、ドアは閉めていったはずだ。ゾーイが約束を破って出ていったのか? いそいで中に駆けこんだが、どこにもゾーイの姿はなかった。血が冷たくなり、心臓が止まりそうになった。部屋はめちゃくちゃに荒らされていた。明らかに争った形跡がある。ランプが倒れ、ベッドカバーとシーツがベッドからはがされて床に広がっている。ゾーイの服が、昨夜ジョーが脱がせて放り投げた場所にまだあった。だが、心と頭に恐怖がかけめぐったのは、ベッドと床、さらに壁にまで血が飛び散っているからだった。

何者かがゾーイをさらったのだ。ジョーが彼女を無防備な状態でひとり残して出かけてしまったから。居住地とちがって安全ではないのに。ああ、これは彼の責任だ。ケリー家の女たちは安全な居住地の壁の中にいるが、身を守る術のないゾーイをひとりで残してしまった。ゾーイを無事に無傷で連れ戻せなければ、けっして自分を許せないだろう。なにがなんでも、彼が愛する女にずうずうしくも手をかけたやつを全員見つけ出してみせる。彼女に血を流させたやつらを。ひとり残らず殺してやる。

20

ラスティはショーンの家の中を忍び足で進みながら、ふと、そんなのはばかげていると気がついた。あきれて目を上に向け、寝室に入っていく。家にだれかがいるわけではないし、ショーンの防犯システムは法執行官にしてはおそまつなものだ。

寝室のドアのところで立ち止まり、ショーンとベッドにいるところを想像して頬がほてった。認めるのは恥だが、ずっと前からそんな妄想を抱いていた。だけど、もうショーンとのキスを妄想する思春期の少女ではない。いまや彼女の妄想は服を着ていないアダルトバージョンになっていた。ショーンに抱かれ、ラスティが彼を求めているのと同じくらいショーンも彼女を求めていると認めてもらうという妄想。

まあ、乗りかかった船だ。おじけづく前にいそいで服を脱ぐと、ベッドにきれいにかかっていたカバーをめくり、彼と同じにおいがするシーツの下にもぐりこんだ。枕に顔をうずめ、男らしい香りを吸いこむ。何年前からか考えたくもないけれど、この香りは彼女の頭をおかしくさせた。

玄関のドアが開く音が聞こえ、ラスティは身震いした。ぎりぎり間に合った。家を歩く軽い足音が聞こえる。ときどき立ち止まっていたが、やがてペースが落ち、もはや足音が聞こえなくなった。ラスティは眉をひそめた。どうなっているのだろうか。

と、いきなり寝室のドアが勢いよく開き、目の前にショーンのピストルの銃口が現れた。

ラスティはぱっと体を起こした。裸だということは忘れており、シーツが落ち、驚いたショーンの目の前で胸があらわになる。

「ラスティ、どういうことだ？」ショーンが問いつめる。「撃たれたいのか？　なにをしてる？　とにかく、服を着ろ」喉を絞められているような声で言う。

ラスティはひそかにほほ笑んだ。ショーンの目は彼女の体に向けられていた。ほかではない胸をじっと見ている。寝室に——もっと正確にはベッドに——だれがいるかわかってから、ショーンの目は彼女の体に向けられていた。

「まあ、どうしてもって言うなら」ラスティはなにくわぬ顔で言いながら、シーツをはいで裸体を完全にあらわにした。

ショーンは舌をのみこんだような顔になってから、目を閉じ、歯を食いしばった。動揺してあごがぴくぴくしている。それから手を震わせながら銃をホルスターに戻した。まあ、少なくとも、心を乱されている。そうならないのがいちばん不安だった。

「まったく、ラスティ、おれのベッドでなにをしてるんだ？　ついでに言うなら、どうやって家に入った？」

ラスティは気取った笑みをうかべた。「あんたの防犯システムって最悪ね」

ショーンは疲れたように顔をこすった。「なにが起きてるんだ、ラスティ？　なんで……裸で……おれのベッドにいるんだ？」裸という言葉を口にするとき、むせそうになっていた。

「説明しなきゃならないのなら、希望はないね」

ショーンはベッドの端に腰をおろした。目には苦悩と明らかな迷いがにじんでいた。つねに自信があるのが取り柄なのに、急に心が揺らいでいるようだった。

「なにが望みだ？」ショーンはやさしく聞いた。

「あんたよ」ラスティは単刀直入に言った。「あたしたち、何年もお互いにこの話を避けてきたでしょう、ショーン。あたしの片思いだとは思いたくない。あんたがぐずぐずしてるから、あたしから行動を起こしたの。注意を引くにはこうするのがいちばんだと思ったんだけど、あんたの反応を見るかぎり、うまくいったみたいね」

「おれたちのあいだにはなにも起こらないってわかってるだろう、ラスティ」ショーンはやさしく言った。

「わかってると思う？　じゃあ、あんたは？　口ではそう言ってるけど、目はまったくちがうじゃない」ラスティは静かに言った。

「おまえは美人だ、スイートハート。ペニスがある男なら、おまえを無視したりしない」

「あんたはちがうみたいね」ラスティは言った。急にベッドカバーを引き戻して体を隠したくなった。だけど、いまさら引きさがったりしない。「あんたがあたしにキスしたのよ。忘れたの？　あたしはすべて覚えてる。忘れたことはなかったわ、ショーン。あんたは？　あたしの目を見て、忘れたって言える？　あんたにとってはどうでもいいことだったのかもしれないけど、あたしにとっては重要なことだった。あたしからあんたにキスしたわけじゃない」

ラスティはベッドの端へとはっていき、ショーンの顔にうかんだ警戒するような表情は無視して、彼の目にきらめいている欲望の炎に意識を集中させた。ショーンの肩に両腕をまわすと、彼が自分を抑えて体をこわばらせているのが感じられた。それからラスティはショーンと唇を重ねた。ため息をつき、ぴったりと体をくっつけ、筋肉のついた硬い胸に乳房を押しつける。

ショーンが抵抗と生々しい欲望が混じり合ったようなうめき声をもらすと、ラスティはすかさず彼の口の内側に舌をはわせた。先端を彼のざらつく舌の端にすべらせる。光栄なことに、ショーンはしばし彼女を受け入れてキスを支配した。その熟練したキスに、ラスティの頭からつま先まで震えが走る。ところが、にわかにショーンが彼女の肩をつかみ、強く押し返した。その表情はこわばっており、ラスティがさっと下を見ると、べつのところも硬くなっていた。

「こんなことはできない、ラスティ。ちくしょう。やめろ」

「あたしへの反応は否定できない」ラスティはささやいた。

「べつの美しい裸の女が抱きついてきても、同じ反応を見せるさ」ショーンはぴしゃりと言った。

ラスティはひっぱたかれたかのようにたじろぎ、縮こまった。急にこみあげてきた涙を隠そうと下を向く。いまこの瞬間ほど打ちのめされたことはなかった。つらい子ども時代にもなかった。母に、それから継父に辱められても、高校で絶えずからかわれたり恥をかかされたりしても平気だった。

まだ小さな子どもだったときに、二度とだれにも声に出して泣いているところを見せないとラスティは誓っていた。

「ラスティ、ハニー」ショーンがやさしく言う。

「あんたはあたしをなんとも思ってない、あたしはあんたにはふさわしくないってことね」ラスティは抑揚のない声で言った。「あんたは何年もはっきりと態度でそう示してた。あんたみたいな立場の人間にとって、トレーラーパークから来たあたしはバカすぎるのね。そのことをだれかに頭に叩きこまれなきゃわからなかったみたい。だけど、あんたがやってくれた。ありがとう。よくわかったわ」

ショーンは長く荒々しく悪態をついた。「ちくしょう、ラスティ、そういう意味で言ったんじゃない。頼むから聞いてくれ。おまえを傷つけたいなんてこれっぽっちも思ってない」

「もう遅すぎるわ」ラスティは涙をこらえて言った。

それからシーツを体に巻き、いそいで服を集めた。ショーンは話を聞いてくれと何度も懇願していたが、無視した。わざわざ拒絶されたり、同情されたりするのはもう終わりだ。ショーン・キャメロンなんてくそくらえ。もう心をさらしたりしない。臆病すぎるショーンは同じことをしてくれないのだから。

そのとき携帯電話が鳴り、ショーンが悪態をついて電話に出た。

「キャメロンだ」と早口できびきびと言う。「なに？」

ショーンが『なに？』と言ったときの口調に、ラスティの背筋が不安でちくちくした。

「これから向かう。ラスティを連れていく。五分くれ」

ショーンは携帯電話を閉じた。その顔は不安に満ちていた。「服を着ろ」と短く言う。

「ショーン、どうしたの?」ラスティは聞いた。声が震えているのが気に入らなかった。

「ゾーイがいなくなった。どうもよくない状況みたいだ。おまえも一緒に来い。ほんとうの答えを知ってるのはおまえだけだろう」

ラスティの顔が青くなり、唇が震えた。「どうしよう」とささやく。「嘘よ。彼に見つかるはずがない。ありえない」ラスティはうめくように言った。

「おれじゃなくてジョーに話せ。すっかり正気を失ってる」ショーンはぴしゃりと言った。

「ちゃんと説明してもらうからな。『彼に見つかる』ってどういうことかも。だが、おまえがおれのベッドに裸でいたことは黙ってろよ」

「あら、心配しないで、ショーン。これ以上恥をかくつもりはないわ。二度と起こらないって約束してあげる」

21

訓練が最後まで終わり、アリーはあっけにとられていた。KGIのメンバー全員が合格しただけでなく、明らかに彼女が思っていた以上のスピードと正確さでやってのけたのだ。さらに、彼らがいとも簡単に合格できると彼女のチームメンバーたちはほぼ確信していたらしく、それにも驚いていた。また、彼らが自分たちのほうが優位な立場にいることを彼女に思い知らせるつもりにちがいないと思いこんでいたが、それもまちがっていた。アリーはこの状況に困惑していた。

根っからの批判的な心に恥ずかしさが押しよせてくる。いまのKGIでの自分の立場は二流市民のようなものだとアリーは思いこんでいた。まわりの優秀な戦闘員たちにうまく溶けこむには、自分がどれだけ優秀かを証明しなければならない新人。さらに悪いことに、すでにふたりの女戦士がいて、明らかに男の仲間たちと同じくらい有能で、平等に扱われている。男たちはP・JとスカイラーIに敬意しか見せていない。自分も同じように敬意を向けられたいが、不満だらけで態度の悪いくそ女みたいにふるまうだけで、敬意を得られるようなことはなにもしていなかった。チームとして団結したいと言っておきながら、チームプレーがほとんどできていない。多くを学ばなければならないのは彼女であって、ほかの人たちではない。

彼女が加わったときに先入観を持っていたのは、新しいチームメイトではなく、自分だった。それが恥ずかしかったのに。　喧嘩腰で、バカなまねをした。だれかになにかを証明する必要などなかったのに。

ほかの仲間たちが友情を見せてくれなくても当然では？　忠誠を得られないのはもちろん、応援してもらえるはずがない。仲間意識や、友情、真の一体感があまりないのは、自分の責任だ。

大きなビーッという音で陰気な考えがさえぎられ、アリーは鋭い視線でさっと部屋を見まわした。全員が背筋を伸ばし、緊張して集中した目つきになり、いつでも行動できるように身がまえる。数人の悪態が響き、だれかがつぶやいた。「楽しいことはいつまでも続かないな」

電話に手を伸ばしたのはドノヴァンだった。盗聴防止機能がついた電話だ。つまり、付き合い上の電話でも、フレンドリーなおしゃべりのための電話でもない。軍隊への召集。

「ケリーだ」ドノヴァンは短く言った。

長い沈黙が続く。

「なんだって？　落ち着け、ジョー。なにがあったか説明してくれ」

部屋にいる全員がいっせいにドノヴァンに近づいていく。みなの顔に、とくにジョーの双子の弟のネイサンの顔に、不安が刻まれていた。

「くそ！」ドノヴァンが激昂した声で言った。「落ち着け。二分でそっちに行く」

電話を切ると、どうしたのかと問いつめる声があがった。ドノヴァンはその怒号を無視し、命令を出しはじめた。

「ネイサンとスティールのチームはおれと一緒に来い。リオ、おまえのチームは連絡係と応援要員としてここに残ってくれ。事情がわかるまでは、動けるやつは全員待機だ。いつでも出動できるように準備しておけ」

アリーは眉をひそめた。「ジョーは仲間よ。みんなで行くべきじゃないの?」

ネイサンのチームがアリーのほうを向いた。彼らの表情は最高に友好的とはいえなかった。スティールのチームでさえ、ネイサンとジョーのチームメンバーたちと同じような態度を見せていた。

だが、彼らが反応する前に、サムが手をあげて黙らせた。

「おれたちはチームとして生きて死ぬ。いまのところ、おまえはチームプレーができていない。これはおれたちの仲間にかかわることだ。この家族に百十パーセント身をささげている者だけに、この任務にかかわってもらう。おれたちは家族なんだ。給料を受け取ったらそれで終わりという単なる組織じゃない。さあ、もう十分時間を無駄にしてしまった。弟が明らかにおれたちの助けを求めているんだ。移動しながら、ドノヴァンが知っていることを連絡する。行くぞ。駆け足だ」

「わたしはあなたたちに対して公平じゃなかった」アリーは低い声で言った。「みんなに謝るわ。でも、あなたが言ったように、いまは仲間がわたしたちの助けを求めてる。チャンスをもらえれば、自分の過ちを正してみせるわ」

「リオ？　おまえが決めろ」サムはチームリーダーに言った。

リオはあっさりとうなずいた。「全員集まれ。さっさと出発するぞ」

九十秒後、四台の車が轟音を立てながらジョーの小屋に到着した。ネイサンが先頭に立って中に入っていった。ジョーがソファに座って両手に顔をうずめているのが目にとまり、ネイサンの心臓が沈みこむ。ほかの仲間たちが入ってくる音に、ジョーは顔をあげた。双子の兄の目には生々しい苦悩と悲しみがにじんでおり、ネイサンはたじろいだ。

ネイサンはジョーの隣に腰をおろし、ほかの仲間たちはそばに立っていた。みな緊張し、必要とあらば戦争をはじめそうだった。

「なにがあった？」ネイサンはやさしく聞いた。

「ゾーイをここに残していったんだ」ジョーはつらそうに言った。「無防備な状態で残していった。すぐに戻るからって。ここにいてくれと頼んだ。戻ったらふたりで朝食にするつもりだった」それから、めちゃくちゃに荒らされたリビングを指した。「帰ってきたら、こうなってた。それに、寝室……」言葉につまり、ジョーはまた両手に顔をうずめた。

サムがドルフィンとベイカーに寝室を調べるように合図した。

「寝室がどうした？」ネイサンは静かに先をうながした。

「ゾーイは激しく抵抗したんだ」ジョーはつらそうに言った。「血が床についてる。それだけじゃなく、壁にも。強く殴られて血が飛び散ったみたいだ。おれはここに彼女を残して出かけちまったんだ、ちくしょう！」

「こんなことが起こるなんて予想はできなかったはずよ、ジョー」スカイラーがやさしく言いながらジョーの隣に腰をおろした。

そしてジョーと手を重ねてしっかりと握りしめた。

「ああ、だけど、ぐずぐずせずに居住地に家を建てていたら、ゾーイはそこにいたはずだ。安全な居住地の中で、どこかのろくでなしに手を出されることもなかった」

「問題は、そいつがだれかってことだ」サムが言う。

「その答えはラスティが知ってるんじゃないか」ドアのところからショーンが厳しい口調で言い、ラスティを前に押し出した。

すぐさまジョーが立ちあがった。ラスティは助けを求めるような表情をうかべ、頬に涙を流しながらジョーの腕の中に飛びこんだ。ジョーは彼女を押しつぶすかのようにきつく抱きしめた。

「力を貸してくれ、ラスティ。知ってることを教えてくれ。すべて。なにもかも話すんだ。ゾーイがさらわれちまった。怪我をしてる。寝室じゅうに彼女の血が飛び散ってる」

ラスティはうしろにさがると、自分の体に両腕をまわし、部屋にいる人たちのほうを向いた。みな、答えを求めて彼女を見つめている。ラスティは目を閉じ、さらに頬に涙がこぼれ落ちた。

「彼女の本名はステラ・ハンティントンなの」

「なんだって?」ジョーは強い口調で聞いた。

ドノヴァンが手をあげた。「話を聞こう、ジョー。あまり時間がない」

ラスティはまた目を閉じ、震える声で次の驚くべき事実を告げた。「父親はガース・ハンティントンよ」

部屋がしんと静まりかえり、あちこちから驚きの表情がラスティに向けられた。次いで全員がいっせいにしゃべりだした。ジョーは裏切られた気持ちとショックとの板ばさみになっていた。まったくわけがわからない。ゾーイ——ステラ——名前はどうでもいい……彼女の父親が北アメリカ屈指の犯罪帝国を率いる親玉だと？

ラスティがふたたびすばやくジョーをきつく抱きしめてから、体をのけぞらせ、真剣に彼の目を見つめた。「彼女があんたを利用したとか、裏切ったとかじゃないのよ、ジョー。生きるために逃げてたの。それで、あたしが新しい身元を作ってやった。完璧なやつよ。彼女とステラ・ハンティントンが結びつくことはぜったいにない。あのろくでなしの元カレは、彼女の父親に近づくために彼女の恋人になったの。父親は彼女のことなんてまったく気にかけてなくて、生まれてからずっと彼女にこうしろ、ああしろ、こういう人間になれ、こういう服を着ろって命令してきた。人生のあらゆる面を支配してたの」

だれかがなにかを言う前に、ラスティは深く息を吸った。みな、いまにも爆発しそうだ。ラスティは息を切らしながら先を続けた。あまりに早口で、自分でも考えが追いついていなかった。

「ゾーイに近づいたくそ野郎はセバスチャンって男よ。彼女を利用して、彼女の自信のなさと、人生ではじめての愛を手に入れたいっていう気持ちにつけこんだの。父親に近づくためにね。そして、父親が彼女を気にかけてないって気づくと、セバスチャンは計画を変更した。ゾーイは彼が電話で話してるのをたまたま聞いたの。彼女にはもう用はないって言ってた。父親が彼女を気にかけてないから。駒として使っても意味がない、殺すつもりだって」

相次いで悪態が起こる。ジョーの顔は険しくなり、激怒の表情になった。

ラスティはジョーの腕に手を置いた。筋肉が硬直して痙攣しているのが感じられた。「お願い、最後まで話を聞いて」と懇願する。

「ゾーイはパニックになった。知り合いも友だちもいなかった。ただひとり……あたしを除いては。あたしたちはほんとうに大学で出会ったの。それだけは事実よ。ゾーイはテネシー大学に通ってた。ほかに頼れる人がいなかったから、あたしのところに来たの。そうしてくれてよかったわ。あたしはあちこちハッキングして、何時間も死ぬほどつまらない作業をして、まったく新しい身元を――新しい人生を――作りあげた。そうしてゾーイ・キルデアが生まれた。子どものころの想像上の友だちの名前なんだって。ほかには友だちがいなかったから」ラスティはつらそうにささやいた。「あたしは彼女が生まれてから現在にいたるまでの人生を作りあげた。SNS上にも存在して、交流もしてるし、アマゾンのアカウントには新しい人格に合う購入履歴もある。新しい名前で出生証明書も発行した。社会保障カードも、運転免許証も。シカゴのデポール大学に在籍して卒業した記録も」

「国内のあちこちに偽の痕跡も残した。東海岸で銀行口座まで開いたわ。それから、たいていの人は変装するときに髪を伸ばすんじゃなくて切るから、彼女のもともとの赤毛を染めた上で、できるだけ自然に見えるように慎重にエクステをつけて、実際よりも二十センチ長くした。まったく新しい外見に仕上げたの。父親でも気づかないでしょうね」

「なんてこった」ドノヴァンが畏敬の念をこめて言った。「それを全部自分でやったのか、ラスティ？　くそ、おれでさえ、彼女のことを調べたとき、おまえが作りあげた情報しか得られなかった」

「なんでおまえも彼女もおれに言わなかった？」ジョーはつらそうに聞いた。「事情を知っていたら、彼女をひとりきりで無防備なまま残していったりしなかった。こんなことにはならなかったはずだ。ゾーイがおれを信用しない──信用できない──理由はわかるが、おまえはなんでおれを信じなかった、ラスティ？」

ラスティの目に涙があふれる。「ゾーイを裏切るわけにはいかなかったのよ、ジョー。あんたが彼女に惚れるとか、興味を持つなんて、わかるはずなかった。彼女を裏切ったり、あたしが家族のだれかに事実を打ち明けたんじゃないかって疑われたりしたら、ゾーイは逃げて、いまごろ死んでたはずよ」

サムが咳払いをしてジョーの注意を引いた。「リオのチームを居住地にやって、妻たちを集めておふくろの家に避難させる。そのろくでなしがなにを企んでいるのか、まだ近くにいるのか、どこか知らない場所に行ってしまったのかわからないが、思いこみは禁物だ。状況が把握できるまでは、だれもどこにも行かせない。スティール、作戦室に戻って、小屋と周辺の防犯カメラの映像を確認してくれ。居住地の外の映像も合わせて頼む。だが、念のためにP・Jとコールは援護のためにここに残してくれ」

ジョーは恐怖から我に返り、自分のチームに命令を出した。「スカイとスワニーもドルフインたちと一緒に、寝室を徹底的に調べてくれ。証拠になりそうなものを汚さないように気をつけろ。エッジとライカーは小屋のまわりを見張りながら、痕跡や足跡やタイヤ痕がないか調べてくれ」

次にジョーはラスティに向き直った。頭のなかでは、知らないうちにだまされていたことを理解しようとしていた。

「そのろくでなしの名前はなんだって？　ゾーイの父親に近づくために彼女にひどい仕打ちをしたやつだ」

「セバスチャンよ。本名かどうか疑わしいけど」ラスティは辛辣な口調で言った。

「ラスティ、おまえがおれたちに最初からゾーイの素性を知らせてさえいれば、こういう状況にならなかったんだ」サムがいらいらと言った。

ほかの兄弟たちもほぼいっせいに同じことを口にした。

ラスティはジョーに背を向けたが、裏切りを感じているかのように目に苦しみがよぎるのが見えた。兄弟全員の顔に非難がにじんでいる。ネイサンでさえ怒った顔をしており、それがラスティにとって決定打だったようだ。

ラスティは体のわきで両手をこぶしにすると、怒りと悲しみを爆発させ、彼女を家族だと思っている人たち、彼女が家族だと思っている人たちに食ってかかった。

「あたしがしたことをあんたたちだってするでしょう——いつもしてるじゃない。愛する人や、家族や親しい友人だと思ってる人たちのためにはもちろん、赤の他人のためにも。あんたたちみんな、あたしのことを脳なしで、無責任で、だれにも敬意を払わないまぬけだと思ってるけど、その考えを捨ててくれれば、あたしがしたことは全部過去の汚名を返上するためだってわかるはずよ。そうすれば、パパとママに誇りに思ってもらえるから。あんたたちにも誇りに思ってもらえるから。ケリー家の人間でいる価値があると思えるから。いままであたしにはなかった家族の一員になれるから」

「あんたたちは最低の偽善者よ」ラスティはいまにも泣きそうな声で怒りをぶちまけた。「ヴァンは奥さんたちに自分の慈善団体を手伝ってもらってる。たまにひとりが、あるいは何人かが、助けを求めてる人たちと接触しなきゃならないときがあるでしょう。犠牲者たちをひどい状況から救い出して、新しい名前や書類やお金や住居を用意して、新しい都市で新しい生活を送れるように手助けしてる。その犠牲者たちはみんな危険な状況にいる。しばしば命にかかわる状況もある。自分たちの奥さんを危険にさらしてるって考えたことはある？　自分たちの子どもを、家族全員を危険にさらしてるって」

「ろくでなしから逃げてる犠牲者たちが、あんたたちの奥さんが協力して保護してる犠牲者たちが、そのろくでなしに見つかってしまったら？　どうやってそんなに巧妙にいろいろと手配できるのかって、不審がられるとは思わない？　お金や仕事、新しい名前、ほかにもあんたちが与えてるものを、どこで手に入れたかって。それに、命が脅かされている場合、犠牲者が協力してくれたKGIの妻たちを利用するとは思わない？　それが唯一生き延びる方法だとしたら？　自分の子どもが唯一生き延びる方法だとしたら？」

「それから、暴力的なくそ野郎が復讐を望む可能性だってあるんじゃない？　自分の所有物に手を貸してる人たち、とくに、横から首を突っこんだ女たちに。彼がいないほうが幸せになれるって彼の女に吹きこんだと思ってるはずよ。奥さんたちが仕返しで重傷を負ったり、レイプされたり、殺されたりするかもしれないのに、本気であたしにそんな偽善的な説教をするつもり？」

「そんなこと起こらないって思ってるなら、あんたたちはとんでもない世間知らずよ。この仕事で、ひどいものを見てきたでしょう。どんなことが起きてもおかしくない」

「あたしがこの家族に加わって学んだことがあるとすれば、あんたたちは正しいことをしたいと思っていて、家族を大切にしてるってことよ。でも、ことあるごとにあたしは家族じゃないって思い知らされてる。しかも、あんたたちがいつもしてるのとまったく同じことをしただけなのに、みんなでよってたかってあたしを厳しく非難する。だけど、それはべつの話なんでしょうね。この組織では、〝おれたちの言うとおりにしろ、おれたちがしていることはするな〟ってことみたいだから」

頬に涙が流れ落ち、ラスティは泣きじゃくりはじめた。部屋にいる全員があっけにとられて完全に黙りこみ、兄弟たちは後悔の視線を交わした。奇妙なことに、ショーンは……怒っているようだ。ラスティは赤くなった顔から腹立たしげに涙をぬぐい、ドアへと歩きだした。

「ラスティ」ジョーは声をかけた。

ラスティは少しだけ立ち止まって振り返った。泣き腫らした目からまた涙がこぼれる。

「あたしのことは心配しないで。ゾーイを見つけることに集中して。あたしは自分の家に帰る――いえ、フランクとマーリーンの家に」と言い直す。「まだ歓迎されるなら」苦々しい口調でそう言い終えた。

部屋に相次いで悪態が響き、ラスティは足早に出ていった。ドノヴァンとギャレットがあとを追おうとしたが、うしろで黙って立っていたショーンが手をあげて止めた。

「おれが無事に家まで送り届ける」と静かに言う。「すぐに戻る。言うまでもないが、保安局にできることはなんでも協力する」

ショーンは足を踏み鳴らしながらジョーの小屋から出ると、ラスティを追って走りだした。ラスティは居住地に通じる曲がりくねった大通りを歩いていた。

「ラスティ、ちくしょう、止まれ」ショーンは叫んだ。

ラスティは目に見えて身をこわばらせ、背筋を伸ばして立ち止まり、ショーンが大またで歩いていくと振り返った。その冷たい目にショーンはたじろいだが、ラスティが生み出す氷を溶かせるくらい熱い怒りを覚えていた。

「殺されるつもりだったのか？」ショーンは憤然と言った。「最初から事実を伝えなかったことで、自分とゾーイだけじゃなく、家族全員を危険にさらしたんだぞ。大人になれ、ラスティ。世界じゅうがまだおまえを傷つけようとしていると考えるのはやめろ。おまえは不満ばかり抱いて、その重さによろめいてるんだ」

「ひとことだけ言っておくわ、おまわりさん」あまりに穏やかで、打ちひしがれた声に、ショーの背筋に寒けが走った。「くたばれ」

「ちくしょう、ラスティ！　おまえを愛して気にかけてる人たちがいるってことが、まだわからないのか？　世界じゅうがおまえを傷つけようとしてると思いこんでるせいで、目の前にあるものが見えてないんだ」

「あら、目の前にあるものは見えてる」ラスティはやさしく言った。「とてもよく見えてる。あんたには、思春期の子どもみたいなひがみをあざけるより大事なことがあるでしょう。みんなの役に立って、あたしのヘマの尻ぬぐいを手伝ってきて。あたしはひとりでマーリーンの家に帰れる」

「おまえの家だ、ラスティ」ショーンはいらいらと言った。「おまえの家だ。信じようが信じまいが、心を開きさえすればおまえを愛してくれる人が大勢いるんだ」

ラスティは肩をすくめた。「なんて呼ぼうが、どうでもいいでしょう。〝家は心があるところ〟って言うけど、あたしの心はもうここにはない。それに、愛する人が愛を返してくれないなら、あまり意味がないんじゃない？」

ラスティは背中を向け、全速力で走りだした。ショーンはどうすることもできずに、彼女が居住地のゲートに着くのを眺めていた。目を閉じ、体のわきで両手を固くこぶしにする。

ラスティとはいつもこうだ。指を広げたまま水をすくおうとするみたいだ。彼女がいっそう手からこぼれるのを防ぐチャンスがあったとしても、それを台なしにしてしまった。彼女の前ではひどく心を乱されてしまい、意図したとおりにしゃべることも行動することもできなくなるのだ。

「おれはどうすればいい?」ジョーは絶望に満ちた声で強く聞いた。「ああ、彼女に愛してるとも、ずっと一緒にいたいとも伝えることができなかった」

「やめろ」ギャレットが厳しく言う。「そんな言い方はするな。おれたちみんな、同じ経験をした。おまえが感じてるのとまったく同じ気持ちを抱いたことがある。信じるんだ。必ずゾーイを取り戻す」

「問題は、だれが彼女をさらったかってことだ」イーサンがつぶやいた。「考えられる可能性はふたつ。ろくでなしその一——彼女の父親。それから、ろくでなしその二——彼女を利用して、その後殺そうと考えたセバスチャンとかいうクズ野郎」

「あるいは、三つ目——彼女の父親が何年ものあいだに作ってきた大勢の敵」ドノヴァンがつけ加えた。「ゾーイの父親が彼女を気にかけてないことをセバスチャンが最初は気づいてなかったのなら、たぶんほかの多くのやつらも同じだろう」

ああ、可能性は無限にあるみたいだ。いくら考えても無駄な努力だという気がした。ゾーイが話をしたがったときに、なぜ時間を割いてやらなかった? あのときの彼女はひどくためらいがちで、不安そうな様子だった。ちくしょう、ゾーイがなにを伝えたがっていたか、いまならわかる。くだらないミーティングのために彼女の話をあとまわしにしてしまった。状況を考えれば、ミーティングなどそれほど重要ではなかった。ジョーはなにかを殴りたくなった。

「ゾーイはおれに打ち明けようとしたんだ」ジョーはしゃがれ声で言った。「今朝、話があるって言ってた。すごく緊張してて、ためらってた。それなのに、いまいましいミーティングがあったから、おれはあとまわしにした。ここにいてくれとゾーイに頼んだ。一緒に朝食を食べて、それからどんな話でも聞くと。おれのバカ野郎！　なんでゾーイを優先しなかった？」

そのときサムの電話が鳴った。サムは電話をひっつかみ、耳に当てた。「なんだ？」

しばしの沈黙のあとでサムは言った。「すぐに行く」

「スティールが防犯カメラの映像をすべて確認した。おれたちに見てもらいたいものがあるそうだ」サムは言った。「おまえたちは先に行け。おれはほかのやつらを集めて、あとからすぐに行く」

ジョーはすでにドアへと駆けだしており、兄弟たちがあとに続いた。彼らの乗った車がエンジン音を轟かせながら居住地に入り、作戦室の外でスリップしながら止まった。

「なにが見つかった？」ジョーは中に入るなり問いつめた。

スティールが一連のコマンドを入力すると、ジョーの小屋の防犯カメラの映像が映し出された。数秒流れたところで、ジョーは凍りついた。映像ではひとりの男が意識のない血まみれのゾーイを小屋から引きずり出し、すぐうしろからべつの男が出てきた。血管で怒りが沸騰するのを感じながら、ジョーは作戦会議用テーブルにこぶしを叩きつけた。

サムが駆けこんできて、そのあとから、フランクとマーリーンの家で残りの家族を保護しているリオのチームを除くKGIのチームメンバーも入ってきた。みな、恐怖の面持ちで画面の映像を眺めた。ゾーイがぞんざいに黒いSUVの後部座席に放りこまれ、男のひとりが一緒に後部に乗り、もうひとりが運転席に乗りこむ。

「止めろ」ドノヴァンが命じた。「一コマ戻して、一時停止しろ。ズームして、ナンバープレートをはっきり映せるか？」

ジョーは固唾をのんだ。スティールがズームしたが、ドノヴァンがいらいらと交代して主導権を奪った。画像が鮮明になっていき、ついに数字が見えて読み取れるようになった。ちょうど保安官のジョーンが作戦室に入ってきたので、ジョーはすぐに、ナンバーを通報してテネシー州全域に捜索指令を出せと大声で命じた。連中はまだそれほど遠くに行っていないはずだ。飛行機でゾーイを連れ去っていないかぎり。

「地元のすべての飛行場に連絡しろ。ヘリが離陸できるような場所にも」ジョーは続けて言った。

全員が驚いたことに、ふたたび作戦室のドアが開いた。入ってきたのはリオとディエゴだが、部屋じゅうが大混乱におちいり、ネイサンが取り乱しはじめた。リオとディエゴのあいだにはシェイがいた。ふたりに守られるようにしっかりとはさまれている。

「なんなんだ？」ネイサンは問いつめた。

激昂した視線をリオに向け、なぜ自分の妻がほかの女たちと一緒に安全な場所にいないのかと、無言で説明を求めた。

シェイが男たちを押しのけて前に出て、ジョーに駆けよった。両腕をまわしてきつく抱きしめる。「大変なことになったわね、ジョー。わたし、ここに来ないわけにはいかなかったの」シェイは夫に謝罪のまなざしを向け、理解してくれと無言で懇願した。「わたしが力になるわ」と静かに言う。

一瞬、希望で喉が締めつけられ、ジョーは息ができなくなった。涙でまぶたがちくちくする。他人のために身をささげてくれるなんて。大きな代償を払うことになるのに。

「だめだ！　ちくしょう、シェイ。よせ！　やめるんだ。おれが許さない」ネイサンが興奮して言った。「きみは妊娠してるんだぞ、ベイビー。そんなリスクはおかすんじゃない！」

ほかの仲間たちは明らかにあっけにとられ、ネイサンとシェイ、そして急に希望と安堵を目にうかべたジョーに交互に視線を向けた。

「どういうことか、だれか説明してくれるか？」ギャレットが強い口調で言う。

「わたしのテレパシーが、というか、他人と交信できる能力が、ランダムに働くことは知ってるでしょう」シェイが、激怒してパニックになっているネイサンと目を合わせずに言った。「バーベキューの日、はじめてゾーイがわたしたちに会ったとき……彼女の声が聞こえたの。というより、感じたの」といそいで言い直す。「圧倒されるほどの恐怖が感じられた。そのせいで窒息しそうだったわ。しばらく息ができなくて、ものすごく苦しかった。気絶するかと思ったわ」

「なんてこった」ドノヴァンがつぶやく。

「それで、いまゾーイと交信できると思うのか？」サムがやさしく聞いた。

「やってみてもらいたくもない」ネイサンがうなるように言う。「ゾーイの身になにが起きてるのか、どんな状況なのか、わからないんだぞ。どんな思いをすることになるか。許さないぞ、シェイ。妊娠して毎日しんどい思いをして、すでに弱ってる。このせいできみやおれたちの子になにが起こるか、考えたくもない」

心のどこかではジョーはネイサンに賛成だった。リスクは大きい。だが、べつの部分では、弟をどなりつけたいと思っていた。もしも立場が逆で、シェイがどんな目にあっているかわからず、彼女を見つける——助ける——鍵となる人間がいたら、ネイサンだってシェイを助けるためにどんなことでもすると言ってゆずらないだろう。

〝だから、わたしにできることはなんでもして彼女を助けるわ——それとあなたをね、ジョー〟

シェイのやさしい声が頭のなかに響いた。ジョーはシェイを引きよせてきつく抱きしめ、彼女の髪に顔をうずめた。

〝ほんとうに感謝してもしきれない、ベイビー。めちゃくちゃゾーイを愛してるんだ。ようやく運命の相手を見つけたんだから、失うわけにはいかない〟

ネイサンがあきらめたようにため息をつくのが目にとまり、弟もシェイとテレパシーで会話をしていたのだとわかった。

全員が心配そうにシェイを見つめており、こんなにも注目の的になっていることに気づいたシェイは赤面し、頬をピンク色に染めた。

「どうしたいか言ってくれ、シェイ」ギャレットがやさしく言う。「ネイサンとジョーだけにそばにいてほしいのなら、きみがいいと言うまでおれたちは外に出てる」

シェイは照れくさそうにほほ笑んだ。「やさしいのね、ギャレット。でも、みんなにいてほしい。自分がどんな情報を口で伝えてるかわからないこともあるし、みんなで聞いていてくれれば、大切な細かい点を逃すリスクが少なくなるわ」

「約束してくれ」ネイサンが荒々しい口調で言った。「少しでも痛みがあったりつらかったりしたら、リンクを絶つと約束してくれ」

シェイはジョーから体を離し、夫の腕の中に移動した。「大丈夫よ、ネイサン。約束する。はじめましょう。時間を無駄にしてるわ。ゾーイには時間がないかも」

ジョーの身がこわばり、苦しみで顔が痙攣する。シェイが謝罪の視線を向けたが、ジョーはかぶりを振った。「きみは事実を言ってるだけだ。なにが起きてるのか――ゾーイがどんな目にあってるか、わからない。だから、そうだ、いそがないと。必要なことを言ってくれ。なんでも」

「ここにいて、なるべく冷静でいてちょうだい。そうすれば、ゾーイと意識をつなげることに全神経を集中できるから。少し時間がかかるかもしれない。急にだれかが頭のなかに話しかけてきたら、ひどく混乱するでしょう。ゾーイも自分の頭がおかしくなったのかと不安になるはずよ」

ネイサンがシェイを作戦室のソファのひとつに連れていき、並んで腰をおろした。シェイはジョーの手を引っ張って隣に座らせ、ふたりの男にはさまれながら、彼らの手を握りしめた。

そして深く息を吸い、目を閉じ、眉間にしわをよせて額をこわばらせた。部屋じゅうが静まりかえり、全員がシェイに注目した。

シェイは頭からすべてを追い払ってからっぽにし、ゾーイにつながる細くかすかなリンク以外はなにもかも遮断した。

23

ゾーイはぼんやりと床に倒れていた。両手は背後で縛られている。足首もきつく縛られ、ロープが皮膚に食いこんで血がついていた。視界をはっきりさせようとまばたきをする。目が腫れ、血のせいでよく見えなかった。だが、もっとも重傷を負っているのは頭だった。我慢できないほどの痛みでつねに気分が悪く、吐かないようにいそいで唾をのんだ。

すぐ近くにセバスチャンが立っていた。彼女の知らない仲間もふたりいる。セバスチャンは悦に入って勝ち誇った表情をうかべ、ときどきあからさまに横目でこちらを見ては、自分が与えたダメージをおもしろがっているようだった。

「親父さんはほんとうにおまえを気にかけてないんだな」セバスチャンは笑いながら言った。「おれが要求を伝えたら、うんざりしたみたいだった。本気だということを示すために、娘の頭に銃が突きつけられている映像を送っても、同じことを言うかな」

セバスチャンは体をかがめ、思わせぶりにゾーイの胸に指をはわせた。ゾーイは縮こまり、その拍子に痛みが生じてうめきそうになった。セバスチャンは笑い声をあげると、すでにあざができているゾーイの頬を手の甲で殴った。

「要求が通ったらおまえをパパに返してやってもいいが、その前におまえのヴァギナをもう一度味わってやる。抵抗したら、仲間たちにもやらせるからな。おれがおまえだったら、いい子でいるぞ」

涙が頬に伝い落ち、また口と鼻から流れだした血と、乾きかけの血と交じり合う。もう助かる見込みなんてない。彼女の居場所はだれも知らない。ラスティがジョーと兄弟たちにすべてを話したとしても、どのみちジョーはゾーイなどいらないと思うだろう。父親も彼女を気にかけていない――いままでずっとそうだった。

母はさよならも言わず、手紙も残さず、愛しているとも伝えずに、ある日突然姿を消したのだ。父は母が出ていったのはゾーイのせいだと思っているのだろうか？　だから彼女を憎んでいる？　五歳児に責任を負わせる父親がいるだろうか？　彼女を責めていないとしても、自分と同じくらいゾーイも傷ついていると気づかなかったのか？　ゾーイは片方の親をなくしただけではない。母が彼女たちを捨てて出ていった日に、両方の親を失ったのだ。

そしていま、セバスチャンが彼女をあざけっている。父が彼女を気にかけていないとよくわかっているから。生き延びることはできないだろう。そもそもゾーイが逃げ出したのは、セバスチャンが電話で彼女を殺すつもりだと話していたからだ。運命を悟っている彼女をもてあそぶなんて、どんなひどいモンスターなのだろう。セバスチャンと父は同類らしい。

ゾーイは目を閉じ、ジョーとラスティとケリー家の人々と過ごした時間の一瞬一瞬を思い返した。短いあいだに、太陽に触れるような経験をし、無条件の愛と忠誠がどういうものか理解できた。

そして、ジョー。愛していると伝えたかった。あの美しい夜を取り戻したい。人生でもっともすばらしかった夜。

あざのできた頬をセバスチャンにひっぱたかれ、ふたたび痛みに襲われた。口の端からまた新たに血がしたたり落ちる。

「目を開けろ、メス犬。ああ、そうだ。パパが見てる前でおまえをファックするこのおれをよく見てろ」

うれしそうに両手をこすり合わせるセバスチャンを、ゾーイは恐怖にかられながら見つめた。この男は正気じゃない。完全な社会病質者（ソシオパス）。だがほっとしたことに、仲間のひとりがセバスチャンを呼び、ふたりで部屋の奥に移動してゾーイに声が聞こえないように会話をはじめた。セバスチャンが計画している残虐行為についてこれ以上聞きたくはない。ゾーイは目を閉じ、傷ついた唇を噛んだが、流れる涙を止めることも、猛然と押しよせてくる無力感を抑えることもできなかった。

〝ゾーイ？　ネイサンの妻のシェイよ。お願いだから、なんの反応も見せないで。自分の頭がおかしくなったと思ってるわよね。でもちがうわ。わたしにはテレパシー能力があって、遠く離れた人とこんなふうに話せるの。ジョーも一緒にいるわ。ものすごく取り乱してる。なんとしてもあなたを見つけたがってる。わたしたちみんな、なんとしてもあなたを見つけたいと思ってる。だけど、あなたを助けるには、あなたの協力が必要なの〟

たちまちヒステリーを起こしそうになり、ゾーイは頭を横に振った。もう自分は正気を失っている。

〝ちがうわ、ゾーイ。あなたは完全に正気よ。すべてを説明してる時間はないけど、誓うわ。

頭がおかしくなってるわけじゃない。苦しんでるのね。無力さも感じられる。でも、わたしが助けるわ。助けさせてちょうだい。わたしを締め出さないで。それと、口に出してしゃべらないで。言いたいことを思いうかべて。そうすれば聞こえるから〟

〝シェイ？〟

ためらいがちに答えたことで、自分はほんとうに正気を失っているのだとゾーイは確信した。けれど、あまりに無気力で、たとえ頭がおかしくなっているとしても、現実を生きるよりはましだと思えた。

〝ここよ〟シェイが励ますように答えた。

〝どうすればいい？　なにをすればいい？〟切羽詰まって訴えかけるような言葉には恐怖がにじんでいた。〝ああ、わたし、気が変になってるのね？　現実から切り離されて、ほんとうに死にかけてるんだわ〟

すると奇妙なことが起きた。シェイの不安と思いやりが感じられたのだ。シェイの意識と通じており、彼女が心からゾーイのことを心配しているのがわかった。それとジョーのことも。シェイがジョーを落ち着けようとしているのさえ感じられ、喉にこみあげるむせび泣きをこらえなければならなかった。

〝落ち着いて！　ゾーイ、お願い、あとで全部説明するわ。でも、これはまぎれもない現実で、わたしならぜったいにあなたを助けられる。わかった？　あなたを助けるわ。わたしたちがあなたを救う。だから、あなたも協力してちょうだい。できる？〟

しばらくためらってから、ゾーイは心のなかで〝ええ〟とささやいた。目に涙があふれる。失うものがある？ 自分は死ぬのだ。幻覚を起こしているのではない可能性が万にひとつでもあるのなら、それにかけなければ。

〝どこにいるか教えてくれる？ どこに捕らわれてるの？ どんなにささいなことでもいいわ。なにを覚えてる？ 連中はなんて言ってた？ なんでもいいから教えてもらえれば、あなたの居場所を突き止める手がかりになるわ、ゾーイ。ひとつ残らず教えて〟

〝居住地からそれほど離れてないわ。少なくとも、そんなに長く気絶してたとは思わない。バカげた名前の町よ〟頭のなかでいら立ちとともに痛みが暴れていた。すると、シェイが自分のこめかみと額に指を食いこませて、痛みをやわらげようとするのが感じられた。ゾーイのせいで苦しんでいるのだろうか？ ゾーイが感じているものを感じている？ 助けてくれるというシェイの申し出を無視して、リンクを絶ちたくなった。

〝だめ！ ゾーイ、わたしは大丈夫よ。あきらめないで。わたしを無視しないで〟

それからまた最高に奇妙なことが起きた。ぼろぼろの体のいたるところに広がっていた痛みが、まるでなかったかのように消えたのだ。しかし、シェイが苦しんでいるのが感じられ、目に涙がうかんだ。

〝やめて！ そんなことしたら、なにも教えないわよ〟ゾーイは荒々しい口調で言った。

〝わたしのために苦しまないで。そんなことさせない〟

シェイがいらいらとため息をつくのが感じられた。それと、不思議なことに、シェイに対するネイサンの怒りと心配もかすかに感じられた。

〝なにをしたの？〟ゾーイは驚いて聞いた。〝どうやって痛みを止めたの？〟

〝あまり時間がないの〟シェイは弱々しく言った。〝こんなふうに意識をつなげてると、少しずつ体力を消耗しちゃうの。じきに気を失ってしまうわ。手遅れになる前に、どうすればあなたを見つけられるか教えてちょうだい〟

〝雄鹿の鼻息(バックスノート)っていう地名が書かれた看板を見たわ。頭がぼんやりしてて、なんとか意識がある状態だったんだけど、バックスノートって書かれた出口でハイウェイをおりたの。たしかにそう書いてあったわ〟

〝あなたを捕らえてる人たちは何人いるの、ゾーイ？　連中はなにを企んでいて、なにを待っているの？〟

〝わたしの父よ。わたしをさらえば父が心配して助けに来てくれるって思ってるみたい〟ゾーイは悲しげに続けた。〝大まちがいなのに。父が来なければ、わたしは殺される。父が来ても、わたしは殺される。どのみち同じよ〟

ほかにもセバスチャンに脅されたことはシェイに伝えなかった。父親が来ても来なくても、彼女をレイプするつもりでいると。だがふと、黙っていても意味がないと気がついた。シェイはゾーイの頭のなかにいて、セバスチャンが脅した内容も、彼にどんなことをされたかもはっきりわかっている。

〝そんなことは起こらないわ〟シェイが猛々しい口調で言った。〝聞こえる、ゾーイ？　がんばって、どんなことをしても無事に生き延びるのよ。KGIが助けに行くわ。あなたをそこから連れ出してくれる。かつてわたしを救ってくれたように〟

〝やつらが戻ってくる〟ゾーイはおびえて言った。〝どうすればいい？〟

〝わたしがついてるわ、ゾーイ。ずっとここにいる。離れないわ〟

シェイの静かな誓いに元気づけられたゾーイは、勝ち誇ったように目をきらめかせている男たちを見あげた。

〝シェイ？　ジョーに、というかみんなに伝えて。わたしが捕らわれてる部屋には男は三人しかいないけど、ほかにもっといるわ。たくさん。外で見張ってる。それも重武装で〟

〝彼らを怒らせるようなことをしたり言ったりしちゃだめよ〟シェイがゾーイの意識のなかにささやきかける。〝おとなしく、従順なふりをして。手の内を明かさないで。おびえてるって思わせておくの。勇気を出して、わたしたちを待ってて、ゾーイ〟

〝シェイ？　お願いがあるんだけど、聞いてくれる？〟

〝なんでも言って、ゾーイ〟

〝もし……わたしが死んだら、ジョーにごめんなさいって伝えて。ラスティとほかの家族にも、ごめんなさいって伝えて。あなたたちを危険にさらすつもりはなかったの。それと、ジョーに……〟しばし言葉を切り、また新たにこみあげてきた涙をこらえる。〝愛してるって伝えて。彼との出会いは人生最高の出来事だったたって〟

シェイの感情が猛烈にたかぶり、ゾーイの意識のなかにパワーが押しよせてきた。力強さが炸裂し、絶え間ない頭の痛みが一時的に軽くなる。

〝死ぬなんて考えないで、ゾーイ。あきらめちゃだめよ。わたしたちが助けに行くわ。ジョーが助けに行く〟

ゾーイはシェイの確固とした誓いにしがみついた。正気を失いかけているのかもしれないけれど、シェイの確信に満ちた声は想像ではない。シェイが――それとジョーが――唯一の希望だった。

24

KGIの全員がテネシー州のバックスノートという小さな田舎町に集まり、アリのように全域をおおいつくして、隠れ家になりそうな場所をすべて調べていた。シェイは一緒に行くと言い張ってゆずらなかった。ゾーイとのリンクがこの救助作戦には欠かせないため、KGIは最終的にゾーイとの連絡係としてシェイを連れていかざるをえなかった。

シェイは絶えずゾーイと意識をつなげていたが、そのたびにゾーイは弱っていくようだった。シェイはそのことを黙っていた。かろうじて正気を保っているジョーが完全に取り乱してしまうにちがいない。けれど、ゾーイのことが心配だった。ろくでなしのセバスチャンに暴力を受けた上に、頭に怪我をしている。絶え間ない激痛をやわらげてあげることはできるけれど、シェイには傷は治せない。それができるのはグレースだけだが、妊娠している姉を巻きこんだりはしない。グレースが傷を引き受けたら、彼女自身か赤ん坊に深刻なダメージがあるかもしれない。

ゾーイの意識から拾った不明瞭なイメージに従って、道路標識を追っていくことができた。ゾーイの記憶にあった道のひとつに気づくと、シェイは興奮してその道を指した。

KGIのメンバーはみな、妊娠しているシェイがかかわっていることをよく思っていないが、ゾーイの命がかかっているときに選択の余地はなかった。とくにアリーはずっと黙りこんで、自分が目にしている奇妙な出来事を受け入れていた。シェイの能力を疑っているのかと思いきや、驚嘆しているだけだった。

「そんな」シェイはつぶやき、車を止めるように指示した。不安げに口もとをゆがめ、ネイサンとジョーに懸念の視線を向ける。

「どうした、ベイビー?」ネイサンがたずねる。

「ゾーイがつかまってる場所はまぎれもない要塞よ。大勢の武装した男たちが建物のまわりを見張ってるって、ゾーイが言ってたでしょう。そこに運びこまれたとき、ゾーイは意識が朦朧としてたから、記憶が混乱してごちゃごちゃになってた。でも、記憶が戻るにつれて、彼女が見たものがわたしにも見えてるの。いいニュースじゃないわ。建物の外側は頑丈に補強されてる。こっそりと、あるいは戦わずに突入するのは無理だわ」シェイは不安そうな口調で言い足した。

ジョーはほほ笑み、励ますようにシェイの手を握りしめた。「戦って突入したり脱出したりするのは、おれたちがいつもやってることだ、スイートハート。それに、こっちには秘密兵器がある。きみだ」

シェイはほほ笑もうとしたが、うまくいかず、完全に顔を曇らせた。「あなたたちに怪我をしてもらいたくない」と訴えかけるように言う。

ネイサンがシェイにやさしくキスをした。「きみは一緒に行かずに車に残ると約束してくれ。きみを心配して、同時にチームの援護をしなきゃならないとしたら、どちらもうまくできない」

その後、KGIのすべてのメンバーが、ゾーイが捕らわれている閉鎖された工場から八百メートルほど離れたところに集まった。

「アリー、おまえとベイカーで建物内に忍び込み、爆発物を取りつけてくれ。見張りは多いが、おまえたちならできるはずだ。ゾーイが爆発に巻きこまれないように、彼女が捕らわれている場所から離れたところに仕掛けろ。ほかはだれが巻きこまれようが、とくに気にしない。いそげ」サムがきびきびと命じた。

「イエス、サー」アリーがそう言って、ベイカーについてくるようにと合図した。ふたりはそれぞれに小さな町を吹き飛ばせる量のC４爆弾が入った荷物を持って、姿を消した。

「P・J、コール、ディエゴ、ドルフィン、おまえたちは狙撃担当だ。東西南北の各棟を見張れ。視界に入った標的は撃て。全員制圧したら無線で知らせろ」

それから、サムはネイサンに視線を向けた。弟が次の命令をよく思わないだろうとわかっているようだった。「おまえは残って、シェイのそばにいろ」

「ちょっと待てよ」ネイサンは反論した。

「なにがなんでもシェイは守らなきゃならない」サムは穏やかに言った。「おまえを任務から外すわけじゃない。シェイはゾーイとの唯一の連絡手段なんだ。シェイが怪我をしたり、つかまったりしたら、おれたちはおしまいだ。シェイを守るためには、おまえが必要なんだ」

ネイサンはしぶしぶその点を認めた。

「残りは手分けして広がれ。全方向から接近して、アリーとベイカーが爆破したらすぐに突入するぞ。すばやく侵入して脱出しろ。仲間以外は死傷者が出てもかまわない。おまえたちにはかすり傷ひとつ負ってほしくない」

「ドノヴァンとギャレットはおれと一緒に来い。残りは散らばれ。ジョー、シェイの考えでは、ゾーイは地下室に捕らわれているらしい。リオとライカーとテレンスがおまえの援護をしながら、おまえと地下に向かう。目的を達成したらすぐに撤退するぞ。いまから十分で終わらせる」

「そっちがよければ、こっちは準備できているぞ」サムは無線でアリーとベイカーに静かに伝えた。「おまえの実力を見せてくれ、お嬢さん」

すると相次いで爆発が起こり、地震のように地面が揺れた。叫び声やどなり声があがり、建物から男たちがあわてて出てくる。

「おかげでいつもすごく楽だわ」P・Jがぶつぶつ言いながら、敵をひとりずつ撃ちはじめる。

「おい、おれたちにも残しておいてくれよ。ひとり占めはするな、ミセス・コルトレーン」コールが不満をもらした。

いつもなら無線から聞こえてくる冗談を楽しむのだが、ジョーは無視した。これほど私情がからんだ任務はいままでなかった。愛する女を救いに行ったとき、兄弟たちはどうやって乗り越えてきたのだろうか。ジョーの心は耐えられそうになかった。

リオとテレンスがジョーの両側を守り、ライカーがうしろに続き、敵が現れると即座に倒していく。ジョーが投光照明のスイッチを入れると、廊下が照らし出された。十六世紀の地下牢みたいだ。くそ、じめじめしてカビっぽいし、死のにおいと人間の腐敗臭がする。ゾーイが——彼のゾーイが——ここに監禁されていると思うと、発狂しそうだった。

〝ゾーイの様子はどうだ、シェイ?〟

不安になりながら義妹に呼びかけたのは、ただ自分が正気を失わないようにするためだった。

〝黙りこんでるわ、ジョー。死ぬほどおびえて、自分よりあなたたちのことを心配してる。自分は生き延びられないってあきらめてる。胸が張り裂けそうだわ〟

〝おれたちが助けに行くと伝えてくれ。あきらめるなと〟ジョーは強い口調で言った。喉のつかえと胸の痛みで感覚が麻痺しそうだった。〝おれがここから連れ出してやると伝えてくれ。おれが行くまで、どんなことをしても生き延びろと〟

〝ジョー! 連中がゾーイを移動させてる!〟シェイの不安そうな声が聞こえ、ジョーは凍りついた。〝ものすごくおびえてて、思考がすっかり混乱してる。リンクが切れちゃったわ。ゾーイがわたしを締め出したのか、あるいはパニックのあまり理性を失ったのかもしれない〟

ジョーがぴたりと立ち止まると、リオとライカーとテレンスも反射的に足を止め、脅威がないかと用心深くあたりに視線を走らせた。

「どうした?」リオが低い声で聞く。

「連中がゾーイを移動させてるとシェイが言ってる。だが、ゾーイがめちゃくちゃおびえてるせいで、意識がうまく読み取れないそうだ。ゾーイはおれたちを心配してる。ちくしょう、自分は死ぬんだとあきらめてるのに、おれたちのだれも殺されてほしくないと思ってる」

「くそ」テレンスが低い声で言った。口数の多い男ではないが、つねに核心を突くことができた。

「まいったな」リオがうなるように言う。「くそ、ゾーイはこの世の善の象徴みたいだってのに、こんな人生を送ってきたなんてまちがってる」

「そんなのわかってるさ」ジョーは噛みつくように言った。

遠くで銃声が轟き、どなり声と接近戦の音が聞こえた。

「連中がゾーイを移動させてる」ジョーは無線に向かってどなった。「標的を狙うときは細心の注意を払え。ゾーイを銃撃に巻きこまないようにしろ」

「広がれ」サムがどなる。「周囲を徹底的に見張れ。ゾーイを見つけるまで、だれもこの敷地から出入りさせるな」

無線通信が静かになる。と、P・Jの声が聞こえた。「いま、ふたりの男に狙いを定めてる。ひとりはゾーイをかかえてる。まちがいない」

「どこだ?」ジョーは問いつめた。

だが、通信は銃声でさえぎられ、次いで悪態が連続して耳に響き、ジョーは恐怖に襲われた。訓練も用心も忘れ、駆けだす。愛する女のもとに行くことしか考えられなかった。

「伏せろ、ジョー！」ライカーが叫び、タックルでジョーを押し倒した。

「なんだよ！」ジョーはどなった。

壁に銃弾が撃ちこまれる。さっきまでジョーの頭があった場所だ。

「バカなまねはよせ」テレンスがうなるように言った。「おまえが死んでも、ゾーイの役には立たない」

「仲間が負傷した」P・Jの緊迫した声がした。「東の棟よ。いそいで。すぐにヘリを呼んで」

大混乱が起こった。通信を聞いてリオが青ざめ、テレンスとともに全速力で駆けだし、ジョーとライカーもあとに続いた。

アリーがコンクリートのヘリポートに手足を広げて倒れていた。体の下には血だまりができている。ディエゴが手当てをしており、そこにドノヴァンが野外用救急セットを持って駆けつけ、点滴を打ち、止血をはじめた。

P・Jが厳しい表情で走ってきた。「ゾーイをかばって撃たれたの」と静かに言う。「生きて逃げられないと悟ってパニックになった連中が、ゾーイを撃とうとした。彼女をヘリポートに残して、ヘリで逃げるつもりだったのよ。そこにどこからともなくアリーが現れて、銃の標的になって、ゾーイにいそいで逃げろって言ったの」

ディエゴとドノヴァンが手当てを続けており、テレンスがアリーの横にひざまずいた。

「しっかりしろ、アリー。簡単には死なせないぞ。この組織で特別扱いを受けるには、少なくとも二度撃たれなきゃならないんだ」

アリーは笑おうとしたが、咳きこんでしまい、そのせいで痛みが生じているようだ。「あなたたちのことを勘ちがいしてたって言ったかしら？」

「いや、だが、あとでその機会があるさ。ぜったいに」リオがからかって言う。

「傷は深いの？」アリーは痛みに顔をしかめながら聞いた。

ディエゴがにやりと笑った。「ミスコンに出られなくなることはない」

「アリー、ゾーイはどっちに行った？」ジョーはやさしく聞いた。「彼女を見つけないと」

「森に走っていったわ。彼女に逃げろって言ったの。だれかが見つけてくれるけど、できるだけ銃撃戦から離れろって」

「おまえは彼女の命の恩人だ。ありがとう」ジョーは厳粛な口調で言った。

「自分の仕事をしてるだけよ」アリーは弱々しく言った。「あなたたちにひどい態度をとってたにもかかわらず、まだ仕事があるならだけど」

「大丈夫さ、アリー」リオがほほ笑んで言う。「心配ない」

ゾーイはどこへ向かうともなく走っていた。遠くで銃声が聞こえ、首をすくめて縮こまる。視界をさえぎる血をぬぐい、走り続けたが、穴につまずいて足首を思いきりひねってしまい、地面にどさりと倒れた。起きあがろうとしたけれど、まったく力が出ない。体を丸めると、懸命に抑えつけようとしていた痛みが猛烈に襲ってきて、うめき声がもれた。

その場でうずくまり、激しく震えていた。頬と口は血が交じった涙で汚れている。金属のような味に吐き気を覚え、えずいた。まわりには濃い霧のように暴力がたちこめ、胃がむかむかした。

これが彼女という人間なのだ。彼女が受け継いだもの。ジョーがこんなものを――彼女を――求めてくれるはずがない。自分の口からジョーに真実を伝えられなかった。きっといまでは、彼女がジョーを利用し、彼と家族全員をだましたと思われているにちがいない。みなを死地まで道連れにしたと。

「ゾーイ！　ゾーイ！　どこにいるんだ、ハニー？」

聞き覚えのない声が聞こえ、ゾーイは全身を硬直させて息をひそめた。ここで土と石の中に横たわっていれば、見つからないかもしれない。だが……。

「ゾーイ！　ハニー、無事か？　怖がらなくていい。おれは味方だ」

目を開けると、見覚えのないアイスブルーの目があった。長身で貫禄のあるブロンドの男が、険しい表情で立っている。その強烈なまなざしにゾーイは身震いし、思わず縮こまった。

「おれはスティールだ。KGIで働いてる。ジョーと同じく、チームリーダーのひとりだ。おれのチームには、P・Jとコールとベイカーとレンショーがいる。きみをジョーのところに連れ帰るために来た。どれくらいひどい怪我をしたんだ？」

スティールは彼女の顔からやさしく血を拭き取った。ゾーイの目に涙があふれる。

「戻れないわ」ゾーイはささやいた。「あそこはわたしがいるべき場所じゃない。わたしはあなたたちみたいな人間じゃない」

彼女の言葉にスティールは明らかに困惑して首をかしげた。「どんな人間のことだ、ハニー？」

「善良な人間よ」ゾーイは喉をつまらせて言った。「わたしは……汚れてる。腐りきってる。生まれてからずっと、腐敗と堕落に囲まれてた。わたしの父は広大な犯罪帝国を率いてる。それがわたしよ。わたしの出生。わたしという人間。母はわたしを愛してもいなかったから、父のもとを去るときに、わたしを一緒に連れていってくれなかった。お願い、このまま行かせて。みんなの……巻きこんでしまった家族のところには戻れない。こんなふうには。行かせてちょうだい。お願いよ」

スティールの険しい顔がやわらぎ、理解を示す表情がうかぶ。ゾーイの頬を手で包み、顔の切り傷からにじむ血をまた拭いてくれた。怪我を調べるうちに、表情が冷たくなっていく。

「おれの妻のところに連れていくのはどうだ？　医者だから、きみの怪我を手当てしてくれる。治療が必要だ、ゾーイ。きっと彼女を気に入るぞ。百万人にひとりの逸材なんだ」

「ジョーをこんな状態のわたしに会わせたりしない？」ゾーイはおびえて聞いた。

スティールはまた表情をやわらげた。「ああ、ゾーイ。望まないことはしなくていい。だが、いますぐ連れていく。どれだけ重傷なのかわからないし、どこか折れてるかもしれない。先にマレンに電話して、おれたちが行くことを知らせて、診察の準備をして待っていてもらう。いいか？」

「わ、わかったわ」ゾーイは震える声で言った。「ねえ……ブランケットはある？　こんな姿はだれにも見られたくない……」

言葉を切り、恥ずかしくなってうつむいた。

スティールは持ってきた荷物の中に手を入れ、ブランケットを引き出した。それをゾーイにかけてから、腕に抱きあげ、端を彼女のあごの下で合わせ、顔だけが出るようにした。

「これからゾーイを連れていく。ヘリの準備をしておけ。診療所に連れていって、マレンに診てもらう」スティールはマイクに向かって言った。「ジョーに近づくなと伝えろ」忠告するようにつけ加えた。

スティールが待機中のヘリコプターへと大またで歩いていくあいだ、ゾーイは目を閉じ、ほかの人たちにじろじろ見られないようにスティールの胸に顔をうずめた。遠くでジョーの反論と、兄弟たちが彼にさがっていろと言うのが聞こえた。ドノヴァンとスティールと無事にヘリコプターに乗り、離陸してからようやく、ゾーイはあらがうのをやめて無意識の世界へといざなわれていった。

25

「ラスティを診察室に連れてきて」マレンが静かに夫に言った。「ゾーイは心に大きな傷を負っていて、現実を拒絶してるみたい。緊張病になりかけてるし、ジョーに会ってみないかと話しただけで、ヒステリーを起こすの」

「くそ」スティールは首のうしろをさすった。「彼女を見つけたときの様子を見てもらいたかった。めちゃくちゃ恥じていた。なにをだ？　遺伝か？　彼女は父親が悪人だから、その子どもである自分も悪者だと思いこんでる。しかも、おれたち全員を巻きこんだことにとてつもない罪悪感を抱いてる。ラスティに相談しなかったら、死んでたっていうのに」

「ほかの人にはだれにも会いたくないって。マーリーンにも。ラスティなら説得できるんじゃないかしら」

「ラスティは待合室にいる。黙りこんで、だれとも話さない。ゾーイと同じくらい罪悪感を抱いて、自分の責任だと思ってる。そんなのはでたらめだ。ラスティの家族が彼女にしたことは許されることじゃない」スティールは嫌悪感をあらわに言った。「取り返しがつかないんじゃないかと心配だ」

「ラスティを呼んできて」マレンはやさしく言った。「ゾーイが彼女を必要としてるって伝えて。ラスティは自分を必要としてる人をけっして見捨てたりしないわ」

スティールは妻を腕の中に抱きよせ、長く甘いキスをした。そして、マレンを抱きしめるときにいつもするように、無意識にまだ平らな腹に手をやった。マレンがまた妊娠したことにおびえていたものの、人生はこれ以上ないくらいすばらしくなっている。妻と娘は彼のすべてだが、そこにまた小さな命が加わる。おそろしいと同時に、畏敬の念に打たれた。

「愛してる」スティールは言った。機会さえあればつねに口にしていた。

マレンはほほ笑んだ。「わたしもよ、アイスマン。さあ、ラスティを呼んできて。なんとかゾーイに考え直してもらわないと。心配だわ」

スティールはもう一度キスをしてから、診察室を出てKGIのメンバーが集まっているところに向かった。アリーとリオのチームメンバーはいない。アリーにつきそってケンタッキー州マリーの病院にいる。アリーが受けた銃弾は下位肋骨に当たり――骨を折り――そのまま跳ね返って虫垂に埋もれており、摘出手術がおこなわれていた。虫垂も切除しなければならないらしい。

ジョーが勢いよく立ちあがったが、スティールは首を横に振り、座っていろと合図してから、ラスティのところに歩いていった。すみでひざをかかえてうずくまり、下を向いていて、家族を見ようとしない。

スティールはしゃがみこみ、ラスティのあごをやさしく突いて上を向かせ、無理やり目を合わせた。

「マレンが、ゾーイのところに戻ってきてほしいと言ってる。いい状態じゃない、ラスティ。彼女にはおまえが必要だ」

「ゾーイをこんな目にあわせたのはあたしなんだよ」ラスティは心苦しい口調で言った。「あたしを必要としてるとは思えない」

「その考えがまちがってるんだ」スティールはやさしく言った。「おまえはいい友人だ、ラスティ。おまえは正しいことをした。ほかのやつらがなんて言ってるかはどうでもいい。おまえは彼女の命を救ったんだ」

ラスティはあっけにとられてスティールを見つめ返した。彼に支持してもらったことで目が潤んでいる。スティールは立ちあがり、手を差し出した。ラスティはためらいがちにその手を取り、立たせてもらった。どういうことか教えろというジョーの切羽詰まった要求を無視して、ラスティを診察室に連れていくと、マレンがゾーイの顔から慎重に血を拭き取っていた。

ゾーイを見るなり、ラスティはわっと泣きだし、ベッドに駆けよった。ゾーイにそっと両腕をまわしてやさしくハグをする。マレンは静かにうしろにさがり、スティールに一緒に部屋を出るように合図した。

ゾーイが身じろぎ、どんよりした目にいくらか光が戻った。涙が頬を流れはじめ、ゾーイはラスティを引きよせて猛烈に抱きしめた。

「きてくれてありがとう」とささやき、がむしゃらに友人にしがみつく。

「なんでお礼なんか言うの？」ラスティはつらそうに聞いた。「あたしのせいで死にかけたのよ。実際、あたしのせいで拉致されて傷つけられたんじゃないの」

ゾーイは驚いてのけぞった。口をぽかんと開けると、腫れた口とあごが痛み、たじろいだ。「なにを言ってるの？」ゾーイはしゃがれ声で聞いた。「あなたはわたしを救ってくれたのよ、ラスティ。あなたがいなかったら、わたしは死んでたわ」

「あたしの家族はそう思ってない」ラスティは言った。また目から涙がぼろぼろとこぼれる。「みんな、みんなに責められてるの？」

「え？　みんなに責められてるの？　そんなのふざけてる」ゾーイは荒々しく言った。「みんな、なにを考えてるの？　あなたは世界でたったひとりの友人よ。わたしのために多くのリスクをおかしてくれた。わたしのせいであなたや家族全員が傷ついてたかもしれない。あるいは殺されてたかもしれない。あなたに助けを求めるべきじゃなかった。いろいろやってくれたけど、そんなことしてもらうべきじゃなかった」

「あたしが家族に嘘をつかなければ、あんたはもっとちゃんと守ってもらえた」ラスティは沈んだ声で言った。「一分だってひとりにならなかったはずよ。みんな、あたしに怒ってる。それに、ショーン……」

ラスティは言葉を切り、顔をしわくちゃにした。ゾーイは体を起こし、もう一度ラスティに両腕をまわした。

「なにが起きたの？」と静かにたずねる。

「それより、なにが起こらなかったかって聞いたほうがいいかも」ラスティの目には裏切られた苦しみがはっきりとにじんでいた。「ショーンが帰ってくるのを待って、大恥をかいたのよ。それだけでもつらいのに、あたしが赤っ恥をかいてる最中に、あんたがさらわれたっていう電話がかかってきた。あたしは作戦室に引きずられていって、みんなに自分がしたことを話さなきゃならなくなった。それで家族にこっぴどく叱られて、そのあとでショーンがここぞとばかりに言ってきたの。おまえは自分勝手な子どもだ、大人になれ、すべてを自分中心に考えるなって」

「彼はいい人だと思ってたのに」ゾーイは怒って言った。「彼を殺してやる。どうしてなの、ラスティ？　どうしてみんな、あなたにそんなことが言えるの？　あなたはわたしのために命をかけてくれた。ほかにだれも頼る人がいなかったときに、わたしを助けてくれた。しかも、なにも見返りを求めなかった。それなのに、みんなはあなたに腹を立ててるの？」

「ショーンは怒ってる。ほかの人たちはがっかりしてるんだと思う。どっちもつらいけどね。あたしを養子にしてくれた両親を、あたしを愛して受け入れてくれた唯一の人たちを、危険にさらすようなことをすると思われてるなんて、吐き気がする。彼らのためならなんでもするわ。なんでも」ラスティはむせび泣きをこらえながら言った。

「悪いのはわたしよ。あなたじゃないわ、ラスティ。自分を責めないで。あなたほど自分のことをかえりみずに他人を気遣ってくれる人は知らないわ」

ラスティは涙をうかべてゾーイにほほ笑みかけた。「あんたの顔を見て、まだチャンスがあるうちに、ほんとうに申しわけなかったって伝えたかったの。この数時間、マレンが手当てしてるあいだ、家族みんなと座って待ってた理由はそれだけよ」

ゾーイは眉をひそめた。「いやだわ、ラスティ、なんだか別れを告げられてるみたい。どこにも行かないで」

ラスティは悲しげなほほ笑みを向けた。「ここにはいられない。少なくともいまは。出ていかなきゃ。気持ちを整理するの。ショーンのことはあきらめて、前に進む。自分の人生をどう歩むか決めないと」

「ラスティ、いやよ」ゾーイは喉をつまらせて言った。「行かないで。お願いだから行かないで。わたしも一緒に行くわ。あなたと同じく、わたしもここにはいられない。一緒に行きましょう」

今回、ラスティは心からの笑みをうかべた。「ジョーが黙ってあんたを出ていかせると思ってるなら、シスター、あんたはあの男のことをちゃんとわかってない。いまは正気を失いそうになってる。ずっとあんたに会えてないから。自分の目で、あんたが無事だってたしかめられないから。つらい思いをしたのよ。それに、あんたを無防備なまま残していった自分を責めてる」

ゾーイの頬にまた涙がこぼれ落ちる。「わたしはここに合わない」悲しげに言う。「夢見るなんてバカだった。ずっと自分の頭のなかで生きてきて、幼いころから妄想を作りあげて、現実と向き合ってこなかった。そんな生き方はもうやめにしなきゃ」

「お願いがあるの」ラスティはゾーイの言葉を無視して言った。

「なんでも言って。わたしたちは姉妹よ。いつでも、どこにいても、それはぜったいに変わらない」

ラスティは唇を震わせ、つかの間だけ目をそらした。それからゾーイに向き直り、彼女の両手を握りしめた。「あたしが出ていくってこと、だれにも言わないで。ただ姿を消したりはしない。そんなふうにマーリーンとフランクを心配させたりしない。マーリーンに手紙を残して、すべてを説明するわ——いいえ、すべてじゃない。だけど、そろそろ自分の人生を生きて、不可能なことを願うのはやめなきゃ。気持ちを整理して、自分がなにを望んでるのか考える時間が欲しいの」

「連絡するって約束して。なにがあっても」ゾーイはラスティの手をきつく握りしめた。ふたりの頬に涙がこぼれ落ちる。「あなたの信頼はぜったいに裏切らない。だから、連絡は絶たないで」

ラスティはうなずいた。激しく震えていて、声が出なかった。

「代わりにわたしからもお願いがあるの」ゾーイは言った。悲しみで胸が苦しかった。

「なんでも言って」ラスティはさっきのゾーイと同じ言葉をくり返した。

「マーリーンに迎えにきてもらえるように頼んでくれる？　ジョーには会いたくない——だれにも。時間が欲しいの。あなたと同じく、自分の人生を見つめ直す時間が欲しい。マーリーンは怒ってないかしら。まだわたしを家に置いてくれればいいんだけど」

ラスティはまたゾーイを抱きしめた。「お安いご用よ。マーリーンは勝手な思いこみで批判したりする人じゃないわ。あんたが彼女を必要としてるって言えば、来てくれるわ。それに、だれも彼女に逆らったりしないの。とくに息子たちはね。ジョーは腹を立てるかもしれないけど、マーリーンの言葉を法律のように尊重してるのよ」

「もうひとつ約束して」ゾーイはもう一度ラスティの手を握りしめた。「さよならも言わずに去ったりしないで。出ていくときは連絡方法を教えて」

ラスティはほほ笑んだ。「わかった。愛してるわ、シスター」

「わたしも愛してる」ゾーイはささやいた。

「じゃあ、マーリーンを呼んでくるわ」

ラスティがマーリーンを一度もママと言わなかったことに、ゾーイは気づいていた。胸が張り裂けそうだった。自分がこの家族にこれほどの苦しみをもたらしてしまったのだ。取り返しのつかないダメージを。現状は変えられないけれど、せめてどうなるか見届けたい。

「外に出るとき、シェイに話がしたいって伝えてくれる?」ゾーイはためらいがちに聞いた。

ラスティはゾーイの手を握ってから、去り際にハグをした。「わかった。それから、マーリーンの家に着いたらすぐに少し休むって約束して」

ゾーイは弱々しくほほ笑んだ。「その約束なら喜んで守るわ」

26

診察室から出たとき、ラスティは全員の目が向けられるのを感じた。だれとも目を合わせず、シェイだけを捜す。彼女のほうに歩いていき、声をひそめて堅苦しい口調で言った。

「ゾーイが会いたいって」

シェイの目には思いやりと同情があふれており、ラスティは気まずくなってもじもじした。いまでは、家族全員がラスティの裏切りを知っているのだろう。けれど、ネイサンの怒りがいちばんつらかった。兄弟のなかでネイサンは最初からだれよりも彼女を受け入れてくれた。心を開かない癪にさわる十五歳だったラスティが、レイチェルの〝生還〟でマーリーンの愛情が奪われるのではと不安になったときも、親切だった。結果として、ラスティはほかのケリー兄弟よりもつねにネイサンと親しい絆で結ばれていた。

「ゾーイの様子はどう？」シェイがささやいた。

ラスティは顔をしかめた。「よくないけど、当然よね？　人生でことあるごとに裏切られてきたんだから」

まるでゾーイのことではなく自分自身のことを言っているかのようで、ラスティは顔をしかめそうになった。シェイもそれに気づいていた。

「きっと大丈夫よ、ラスティ」

ラスティはほほ笑もうとしたが、ぶざまに失敗していた。「二度ともとどおりにはならないわ、シェイ。だけど、ありがとう」

背中を向け、出ていこうとする。ジョーの呼びかけは無視し、ペースをあげて外に出た。ほとんど走るように車に向かい、いそいで乗りこみ、エンジンをかける。ジョーが無我夢中で手を振って止めようとするのを横目に、バックで車を出した。

ジョーは髪の中に手を入れ、絶望して目を閉じた。世界じゅうがひっくり返ってしまった。それなのに、自分にはどうすることもできない。ゾーイの様子を見に行こうと決め、診療所へと戻っていく。ずっと近づくことができず、姿をじっくり見るのはもちろん、触れることも、抱きしめることも、なぐさめることもできなかった。心から愛している、彼女を思って胸が張り裂けそうだと伝えることも。

もうたくさんだ。今回、ノーという答えは受けつけない。

中に戻ると、ネイサンのそばにいたシェイの姿がなく、ジョーはすぐに双子の弟に問いかけるように視線を向けた。

「ゾーイがシェイに会いたがったんだ」ネイサンが静かに言う。「混乱してるはずだし、聞きたいことがたくさんあるんだろう」

「おれも行く」ジョーは診察室のほうを向いたが、スティールが彼の前に立ちはだかって行く手を阻んだ。

「落ち着け」スティールは言った。「ゾーイがマレンのところでどうしても必要な手当てを受けることに同意してくれたのは、おまえに会わせないとおれが約束したからだ。それを破るつもりはない」

「少し時間をやれ、ジョー」ドノヴァンがやさしく忠告する。「とんでもない目にあったんだ。いまはいつもの自分じゃなくなってる。当然だろう？　辛抱しろ。すぐに会える」

「だけど、なんでおれに会いたくない？」ジョーは苦悶に満ちた声で聞いた。「ラスティは会えた。いまはシェイも。おれがゾーイを失望させたからか？」

「倒れる前に座れ」サムが命じた。

スティールがため息をつく。「ゾーイは自分がおまえにふさわしくないと思ってる」

ジョーはよろよろとあとずさり、椅子にどさりと座りこんで、両手に顔をうずめた。不安でおかしくなりそうだった。ゾーイが彼に――あるいはだれにも――会いたくないと言い張っていることについて、十以上もの理由が頭にうかんでいた。なかでも最悪なのは、彼らがすでに知っている以上にひどい目にあわされたからという理由だった。しかし、ゾーイが彼にふさわしくないなんてふざけたことを考えているとは夢にも思っていなかった。彼女を守れなかったのは自分だ。彼がゾーイを無防備なままひとりにしたから、連中に拉致されて脅されたのだ。

スティールが怒りであごをこわばらせた。「なあ、ゾーイはいまとんでもなくばかげたことを考えてるが、おまえが彼女を失望させたこととはなんの関係もない。その反対だ。ゾーイは自分がおまえを――おれたち全員を――失望させたと思ってる。だからおまえに会わせないでくれと懇願してきたんだ」

ジョーはたじろいだ。苦しみで息ができなかった。

「ゾーイは恥じていた」スティールが憤怒の表情で言った。「自分を傷物だと思いこんでる。汚れてると。おまえにも、この家族や組織のだれにもふさわしくないと。手当てを受けることに同意してくれたのは、おまえではなくマレンのところに連れていくと約束したからだ。それから、ブランケットでくるんでやらなきゃならなかった。くそ野郎にされたことを恥じてたんだ。体と顔にはあざができて血がついてた。正直、これまで軍やKGIの仕事でひどい状況は何度も目にしてきたが、今回は……吐き気がする。ゾーイには慎重に接するしかない。だが同時に、いまみたいにふざけたことを考えるのはやめさせるんだ」

ジョーはスティールを見つめた。ジョーも彼と同じような怒りと、ショックを覚えていた。

「おれにふさわしくない？　この家族に？」喉をつまらせて言う。「なんだそれは？」

「ゾーイの立場から考えてみろ」スティールは言った。「生まれてからずっとろくでなしどもに囲まれ、利用されてきた。ラスティが最初で唯一の友人だった。あいつを通しておれたちに出会って、はじめて受け入れられるということが――それと愛が――どんなものかを知った。そして、今回の件でおれたちに迷惑をかけたと思ってる。ラスティがいろいろと力を貸さなければ死んでいたはずだ。おまえたちは気づいてないようだが」

ジョーの兄弟たちが不安げな視線を交わしたが、黙っていた。みな、後悔の表情をうかべている。

ジョーは目を細めた。「おれはラスティを責めちゃいない」

「おれにはそう思えない。もっと重要なのは、ラスティもそう思ってないってことだ」

「くそ!」ジョーは怒りを爆発させた。「ラスティがゾーイに協力したから怒ったわけじゃない。ゾーイの秘密を打ち明けてくれなかったからでもない。おれたちに話したこと以外になにか隠してるのはわかってた。それについて話もした。ただ、ゾーイがおれにとって大切な存在だと知ったときに、おれを信用して打ち明けてほしかっただけだ。ゾーイがどんな危険にさらされてるか知ってるのは、本人以外にはラスティだけだったんだから」

「おれにわかるのは、ゾーイもラスティも苦しんでるってことだ。ふたりとも自分は落第者で、価値がないと思ってる。そんなのまちがってる。おまえだってわかってるはずだ」

スティールは背中を向け、チームが立っているところに戻っていき、実質的に会話を終わらせた。ジョーは目を閉じ、シェイと意識をつなげようとした。

〝シェイ、ハニー、教えてくれ。ゾーイの様子はどうだ? ほんとうのところはどうだ?〟

短い静寂のあとで返事があった。〝壊れてしまってるわ、ジョー。落ちこんで、責任を感じてる。自分ではどうしようもなかったことなのに〟

シェイの声に涙が感じられ、ジョーは打ちひしがれた。ゾーイに愛していると伝えてくれとシェイに頼みたかったが、はじめてその言葉を伝えるときは直接ゾーイに言わなければ。そのチャンスがあればいいのだが。

〝きみがゾーイのためにしてくれたこと、感謝してもしきれないよ、ベイビー。愛してる〟

〝あなたのためならなんでもするわ、ジョー。わたしもゾーイが大好きなの。あなたにぴっ

たりよ。まさに彼女のような人が現れるのをずっと祈ってたの〃

〃じゃあ、祈り続けてくれ、シェイ。おれはまだ……ゾーイを手に入れてない〃

27

ゾーイに会える可能性がこれ以上なくなることはないとジョーが思ったとき、母親が診療所に駆けこんできた。ちょうど診察室から出たマレンが彼女を出迎える。

ジョーは明らかにいら立っていたらしく、彼を見ると母親は同情と愛情で顔つきをやわらげ、彼に駆けよって抱きしめた。ジョーはしばらく母親にしがみついていた。悲しみが霧のように彼を包みこんでいる。

「心配しないで、ベイビー」母親がささやく。「きっと大丈夫よ。ぜったいに。ゾーイをうちに連れて帰るわ。時間をあげて。いまあの子にいちばん必要なのは、時間と、忍耐と、なによりも愛よ」

「彼女を愛してるんだ、母さん」ジョーは苦しみに満ちた声で言った。

「知ってるわ。ゾーイもおまえを愛してる。それを信じて、しっかり心にとめておきなさい。あきらめないで」

「ぜったいにゾーイをあきらめたりしない」ジョーは熱意をこめて言った。「彼女の面倒を見てやってくれ、母さん。頼んだよ」

母親は体を引き、ジョーの頬を軽く叩いた。「もちろんよ。ちょくちょく様子を知らせるわ。長くて一日か二日ね。窒息しそうなほどたっぷり愛して受け入れてあげたら、自分はこの家族にふさわしくないとかいうくだらない考えは忘れるわ。この家族には――おまえには

——あの子が必要よ」

「まったく同感だ」ジョーはしゃがれ声で言った。

「それじゃ、よく聞きなさい。ゾーイに会いたい——会わなきゃならない——と思ってるわよね。気持ちはわかるわ。でも、いまのあの子はいい精神状態じゃない。おまえは出ていったほうがいいわ。そうすれば、わたしがあの子を家に連れて帰れる。いまはおまえと会うのを怖がってる。おまえがここにいたら、ますます心を傷つけてしまうだけよ」

ジョーのまぶたの端が涙でひりひりした。ゾーイに会いたいだけじゃない。腕に抱きしめ、けっして離したくない。けれど、これ以上ストレスを与えたくなかった。がっくりと肩を落とす。憂鬱な気分が体じゅうに表れているにちがいない。

「わかった、おれは行くよ、母さん。だけど、電話してくれるかい？　ゾーイの様子を教えてほしい。いつおれに会ってくれるかどうかも」

母親の目も涙できらめいていた。「もちろんよ、ベイビー。さあ、休めるなら少し休みなさい。そんなにつらそうなおまえは見ていたくないわ。代わりにわたしがゾーイを愛情で包みこんでおくから」

ジョーはもう一度母親を抱きしめた。「ありがとう」

「さあ、行きなさい。ゾーイを家に連れ帰って、休ませるわ。ひどく苦しんでるでしょうね」

自分がすでに感じていた以上につらい気持ちになるとは、ジョーは考えてもいなかった。

ゆっくりと、百歳になった気分で、背中を向けて重い足取りでドアに向かう。ドノヴァンがあとを追って外に出てきた。

「おい、おれが車で送ってやる」ドノヴァンは静かに言った。「どのみち、用事があるんだ」

ドノヴァンのSUVへと歩いていきながら、ジョーは問いかけるように視線を向けた。

「いそいでイヴたちのところに帰りたかったんじゃないのか」

「先にラスティと話をしたいんだ」ドノヴァンは厳しい声で言った。「謝らないと」

ジョーの心がまた少し痛んだ。苦しんでいるのは自分とゾーイだけではない。

「愛してるって伝えてくれるか？」ジョーはやさしく聞いた。

「わかった。さあ、家まで送るから、少し休め。ひどい顔だぞ」

「ひどい気分だからな」


ドノヴァンは実家の前に車を止めて外におり、ドアへと向かった。ラスティのジープがあるので、わざわざノックをしたりはしなかった。いまは兄弟の訪問が喜ばれるかわからない。ラスティが腹を立てるのは当然だ。裏切られたと感じるのも。

家に入ると、中は静かだった。父親は母親がゾーイを迎えに行くときに車を出して一緒に向かったのだろうと思いながら、一階をさっと調べる。ラスティは二階の自分の寝室にいるにちがいない。部屋に押し入ってプライバシーを侵害したくなかったので、階段の下に立って呼びかけた。

「ラスティ?」

長い静寂があり、もう一度名前を呼ぼうとしたとき、ラスティが階段の上に現れた。謎めいた表情をうかべている。「ヴァン? ここでなにしてるの?」

「話せるか?」ドノヴァンは聞いた。

ラスティはためらったが、ゆっくりと階段をおりてきた。そのときはじめて、いつもの生き生きしたいたずらっぽい目が悲しみで曇っていることに気がついた。

「なに?」階段の下に着くと、ラスティはそっけなく聞いた。

「リビングに行って、座ろう」ドノヴァンはラスティのひじをやさしくつかんだ。

「ゾーイは大丈夫?」ラスティは心配そうに聞いた。

「大丈夫だ、ハニー。少なくとも、想定外のことは起きてない。じきにおふくろが連れてくる」

ラスティは困惑した視線を向けた。「じゃあ、話ってなに?」

「座ってくれ」ドノヴァンはソファに移動し、ラスティの隣に腰をおろした。「おまえに謝りたいんだ、ハニー。おれは――おれたちは――言いすぎた。あんなことを言う権利なんてなかったのに」

ラスティは肩をすくめた。「当然の報いよ。あんたたち全員に嘘をついたんだから」

「いいや」ドノヴァンはきっぱりと言った。「おまえは正しいことをしたんだ。おまえはいい友人で、ゾーイの命を救った。くそ、おまえにあれだけのことができるなんて、ぶったまげたぞ。おれさえだましたんだ。おれの自尊心は大いに傷ついた。おまえは天才だ。ゾーイの素性を調べたとき、おれはなにひとつ疑わなかった。マジで感心したよ、ラスティ。有能だってことは前から知ってたが、どれだけ技術的な才能があるか気づいてなかった」

ラスティは自分の両手を見おろし、ドノヴァンのほめ言葉には反応しなかった。

「この前のことはすまなかった、ラスティ。言いわけをするつもりはない。あんなこと起きちゃいけなかった。おまえは家族だ。家族はあんなふうに扱われるべきじゃない。だが、おまえに謝罪するためだけに会いにきたんじゃない。まあ、それがいちばんの目的だけどな。じつは、おまえに仕事のオファーをしたいんだ」

するとラスティはぱっと顔をあげ、当惑して眉をよせた。「え？」

「おれの財団のことは知ってるよな。奥さんたちが全力で協力してくれてるが、技術的な面はおれが担当してる。新しい身分証、書類、出生証明書。要するに、おまえがゾーイにしてやったことだ。ただし、おまえはおれよりもはるかにうまくやってのけた。それで、おまえに財団を引き継いで運営してもらいたいんだ。奥さんたちも手伝うが、おまえが責任者になって、技術面を担当するんだ。同情のオファーだとか、謝罪だとは思わないでくれ。財団はおれにとって我が子のようなもので、とても大切にしてる。おまえがこの仕事をきちんとこなせると思っていなかったら、引き継いでくれなんて頼まない」

ラスティは悲しげにほほ笑んだが、目は笑っていなかった。「あのね、もうべつのオファーをいくつかもらってたの。夏休みを家で過ごしながら、どの仕事に就きたいか考えてたんだ。ふたつまでしぼってあるし、すぐにどちらか決めるつもりよ」

ラスティの口調と表情から、なんとなく彼女の言葉が信じられなかった。だが、問いつめたりはしない。すでに家族からひどい侮辱を受けてきたのだ。

「ダークサイドに落ちろって説得しても無駄なのか？」ドノヴァンはからかって言った。「かなりの高収入を得られるぞ。それだけじゃなく、おれの負担が軽くなる。イヴと子どもを作ることを考えてるんだ。すでにKGIでフルタイムの仕事をしてる上に、財団も運営してたら、家族と将来生まれる赤ん坊のための時間がますますなくなっちまう」

「イヴがきちんと責任者を務めてくれるわよ」ラスティは反論した。「彼女はよくわかってる。女性たちの立派な代弁者になれるわ。かつては同じ立場にいたんだから。イヴがだめなら、イーデンはどう？　もうあまりモデルの仕事は受けてないでしょう」

ドノヴァンは隣に座っているおとなしいラスティにいら立っていた。他人同士であるかのように会話をしている。気分が沈んでいったが、なにが引っかかるのかわからなかった。ゾーイが姿を消したとき、ひどく興奮した兄弟たちに傷つけられたことを考えると、そこから立ち直る時間が必要なだけかもしれない。どうすればいいのだろうか。ダメージを修復する方法がわからず、こんなふうに無力さを感じているのがいやだった。

ラスティは母親にも父親にもなにも話していないらしい。さもなければ、両親は息子たち全員をこっぴどく叱りつけていただろう。けれど、ラスティは意地の悪い人間ではない。何年も前にはじめて彼らの人生に現れたときは、ひどく誤解していたが、ラスティは彼が知るかぎりだれよりも広い心を持っている。

ほかの答えは得られないようなので、ドノヴァンは無理やりにっこりと笑い、愛情をこめてラスティの髪をくしゃくしゃにした。

「オーケー、じゃあ、もし気持ちが変わったら知らせてくれ。あるいは、もっと高収入を得たくなったら。お互いに満足できる結論を出せるはずだ」

ラスティは弱々しくほほ笑んだ。一瞬、目が涙できらめいた気がしたが、それはあっという間に消えてしまった。きっと彼の想像だったにちがいない。

「ありがとう、ヴァン。ほかの仕事がうまくいかなかったら、真っ先にあんたに電話するわ」

またしても、ラスティは事実を言っているのではなく、彼を追い払うために言っているような気がした。ドノヴァンは衝動的に立ちあがると、ラスティを引っ張って立たせ、しっかりと抱きしめた。

「おれたちはおまえを愛してる、お嬢ちゃん。それをいつまでも忘れないでくれ」

ラスティはしばらく同じくらい熱烈に抱きしめてから、慎重にドノヴァンの抱擁から身をほどいた。そのとき、外で車が止まる音が聞こえ、ラスティの顔にまちがいなく安堵の表情がうかんだ。

「ゾーイだわ」ラスティは言った。「あたしも手伝ってくる。ゆっくり休んでもらわないと」

そうしてすぐさまドノヴァンから離れた。足早にドアへと向かうラスティの姿を眺めていると、心のなかでなにかがまた一瞬強くねじれ、ドノヴァンは眉をひそめた。彼の直感はなにを伝えようとしているのだろうか。

28

ラスティと使っている部屋で、ゾーイはふわふわの張りぐるみのリーディングチェアに深く身をうずめていた。部屋からは、かなたへと広がる湖の最高の景色が眺められる。ゾーイは古いキルトでいっそうしっかりと体をくるんだ。マーリーンがくれたもので、かつて母親が使っていたのだと言っていた。

ゾーイはその贈り物を拒み、家宝を受け取る権利などないと言い張った。マーリーンはただゾーイを抱きしめ、彼女は家族だと言った。

絶体絶命の危機を逃れた日から、丸一週間が経っていた。彼女をさらった男の目的はわからないが、彼女の父親から権力を奪いたかったのだろう。父親がゾーイのためになにかを犠牲にすると一瞬でも本気で信じたなんて、傑作だ。そのことを知ったから、セバスチャンは彼女と恋愛するふりをやめたのではないか。彼とつきあっていたのは大昔のことのように思える。

いろいろな意味で、大昔のことだった。少なくとも、べつの人生だった。ほんとうに生きていたわけではなく、ただ生き延びていただけの人生。生きること、笑うこと、愛することがどういうものなのか知らなかった。ラスティやジョー、彼らの家族と出会うまでは。とくにジョー。

急に感情がこみあげ、ゾーイは目を閉じた。めそめそしたりしない。くじけたりしない。

二十年以上生き延びてきたあとで、なんとかまた生き延びる方法を学ばなければ。

ゾーイが戻ってから、家のなかは不気味に静まりかえっていた。マーリーンとフランクは過度なまでに彼女のプライバシーに気を配り、世話をしてくれている。ゾーイとラスティはまだ同じ部屋を使っており、会話はするものの、ラスティはよそよそしく、傷ついていて、ゾーイと同じように明らかに打ちのめされていた。

ゾーイ自身、深い悲しみに暮れていたが、ラスティの悲しみに気づかないわけがない。毎朝、目が覚めたらラスティがいなくなっているのではないかと不安だった。

テネシーのケンタッキー湖に隣接するこの小さな郡のコミュニティやネットワーク全体が、おびえて息をひそめているかのようだった。ゾーイはあえて寝室に引きこもり、ほとんど外に出ることはなかった。出るとしても、マーリーンに執拗に懇願されて、罪悪感があまりに重くのしかかってくるときだけだった。

自分は……汚れている。ケリー家のような家族に彼女が存在すること自体が侮辱であり、彼らの名を汚しているような気がした。頭では、それがどれだけくだらない考えかわかっている。父親の罪は彼女の罪ではない。それでも、自分はケリー家が命をかけて日々戦っているあらゆる敵を象徴しているという事実を乗り越えられなかった。世界をよりよい場所にすることが唯一の願望である家族のなかで、堂々としていられるわけがない。彼女の家族はまさに世界を汚染している張本人だというのに。

母が去ったのも当然では？　あまり記憶に残っていない女性に同情を覚えようとしたが、

少しも感じられなかった。母はみずから我が子を捨てたのだ。それも、どのくらい他人を威嚇しておそれられるかで成功の度合いを計る男のもとに。

胸に怒りがこみあげ、大釜のように煮えたぎっていた。成長して、自分は捨てられたのだということを理解してからずっと恨んできた母親に対する怒りだけでなく、べつの道を選ぶこともできた――選ぶべきだった――父親に対する怒り。子どものために時間をとられたくないなら、子どもなど作るべきではなかったのだ。

そんな親の血筋を継いでいると思うと、心底吐き気がした。そのせいで自分は汚れているのだ。子どもを作る権利などない自己中心的で無責任な人間の、それもひとりではなくふたりの遺伝子プールから生まれた子。

『考えや行動を決めるのは遺伝子ではない。決断をくだす本人だけが決められるのだ』

大学教授が言っていた言葉が頭のなかをよぎる。いままでは気にもとめていなかった。自分は両親とはちがう選択ができるし、してみせると言うのはかまわない。けれど、自分の子孫は？　生まれか育った環境のどちらかの影響を受けて人格が形作られる？

ゾーイは顔をしかめた。どちらも科学的に成り立つのであれば、自分は完全な悪党だということになる。

憂鬱な気分で遠くを見つめ、太陽がさらに沈んでいくのを眺めた。湖の向こうにすべり落ちていくみたいだ。深く考えこんでいたので、ラスティが入ってきたことに気づいていなかった。ベッドの端に静かに腰かけるのが目の端に映ったときに、はじめてラスティが部屋にいるのに気がついた。

ゾーイと同じく、ラスティもマーリーンの家に引きこもり、あえて外に出ようとしなかった。ショーンがもう辛抱しきれなくなって、ラスティと話をするために家に来るようになって三日が過ぎたころから、ラスティはなおさら外に出なくなっていた。人生でどんなことからも隠れたことがなかったラスティが、家を出たとたんにショーンにつかまるのではないかと怖がっていた。ゾーイはラスティの狼狽ぶりを気の毒に感じていた。そして、ショーンの家に来るという強引なやり方に激怒していた。彼は明らかにろくでなしだ。どのみちラスティにはふさわしくない。

ゾーイは横を向き、弱々しく笑みをうかべた。作り笑いをしようともしなかった。きちんと笑いたくても、唇を動かすとまだひどく痛むので無理だった。六日のあいだ、最初はスープを飲み、少しずつパスタ料理やチキン・アンド・ダンプリングを食べられるようになり、今日はじめて硬い食べ物を噛めるようになったのだった。ぜったいにあごが折れていると思っていたのだが、打撲を負っているだけで骨は折れていないようだと、マレンがレントゲンで確認してくれた。

「ハイ」ラスティがしゃべらないので、ゾーイはやさしく言った。

しばらくラスティは返事をしなかった。ただやけに明るい目でゾーイを見つめ返した。ゾーイの胃が飛び出しそうになり、それから締めつけられた。

「だめよ」ゾーイはかぶりを振ってささやいた。

ラスティは涙目で笑おうとしたが、どちらかというとしかめ面になった。勢いよくベッドから立ちあがり、体をかがめてゾーイをきつく抱きしめる。ゾーイは隠そうともせずに頬に涙をこぼしながら、できるかぎり強くラスティにしがみついた。

「行かないで」と懇願する。「せめてひとりで行くのはやめて。わたしも一緒に行くわ」

ラスティはゾーイの腕から身をほどくと、大きな椅子に腰かけ、両ひざを合わせて足を広げる格好でゾーイと向き合った。ラスティの頬にも涙が流れ落ち、ふたりは無言で互いに見つめ合った。やがてラスティは沈黙を破った。

「行かないと」喉をつまらせて言う。「いまはここにいられない。いつかはいられるようになるかもしれない。でもいまは、とにかくものすごくつらいの。自分の人生を歩まなきゃ。ほかのだれかのためじゃなくても、自分自身のためになにかを証明しないと」

ゾーイはラスティの手をつかんで握りしめ、必死に息をしようとした。喉に大きなつかえができていた。

「どこに行くの?」

ラスティは肩をすくめた。「いまのところは、遠くね。気の向くまま。わからないけど、そこで自分を見つけられるかも」ラスティはゾーイの髪に触れ、ひと房の長い髪をなでてから耳にかけた。「ジョーにチャンスをやって、ゾーイ。怖いわよね。自分はふさわしくないって思ってるんでしょう。だけど、そんなのふざけてる。どこからツッコんでいいかもわからない。今度こそは幸せになるって約束して。あんたには幸せになる権利がある」

「あなたはちがうの?」ゾーイは挑戦的にあごをあげて言い返した。ラスティの目が暗くなる。「だから出ていくの。ここでは自分が探してるものがけっして見つからない。これから死ぬまでずっと、手に入れたいけどぜったいに手に入らないものを見つめて人生を過ごすのはいやなの」

ラスティは顔を近づけてきて、ゾーイと額をくっつけ合わせた。ふたりの頬に涙が静かに流れ落ちる。

「あなたがしてくれたこと、恩を返しきれないわ」ゾーイはささやいた。

今度はラスティがゾーイの手をつかみ、きつく握りしめた。

「幸せになって、あたしの兄貴を幸せにしてやって。それがあたしへの恩返しよ」

ゾーイは唾をのみ、もう一度のんだ。心の痛みと悲しみがあまりに重く、鼻と喉が痛かった。

「愛してるわ、ラスティ。わたしたちの人生がどうなろうと、心のなかではあなたはずっとわたしの妹よ」

ラスティはほほ笑み、彼女の涙がゾーイのひざにこぼれた。それからゾーイと額をくっつけたまま目を閉じた。

「あんたはあたしがずっと欲しかった姉貴よ。昔はどうしても兄弟が欲しかったけど、その願いは叶った。そしていまは、姉がいなくて自分がどれだけ損をしてたかがわかった。これで思い残すことはなにもないわ」ラスティはやさしく言った。

「電話してくれる?」ゾーイは喉を絞められたような声で聞いた。「連絡してくれる?」

「もちろんよ」そう言ってラスティはゾーイを抱きよせ、首に両腕をきつくまわした。「幸せになって、ゾーイ。あたしやほかの人のためじゃない。自分のために。あんたは自分がなりたい人間になってる。他人が言ったり考えたりしてる人間じゃない。だれになにを言われようと、自分を信じて。あたしが身をもって学んだ教訓よ。それだけはぜったいに忘れたりしないわ」

ゾーイは唇を嚙み、ラスティは体を引いて椅子から立ちあがった。しばらく互いに見つめ合ってから、とうとうラスティはほほ笑んだ。

「すぐに電話するわ。必ず」

ゾーイはキルトでいっそうきつく体をくるんだ。去ろうとしているラスティにしがみつかないように、なにかをつかんでいたかった。はじめてできた友人。信用できて、彼女を信用してくれたはじめての人。ラスティが出ていかなければならないと感じているのであれば、けっして彼女を裏切ったりしない。

ラスティが静かにドアを閉めるとすぐに、ゾーイはむせび泣きを聞かれないようにキルトに顔をうずめた。


ラスティは裏口からこっそり外に出ると、曲がりくねった木陰の道を進み、岩がむき出しになっている崖へと向かった。そこからは湖を見渡すことができ、ひとりになりたいときのお気に入りの場所だった。彼女以外はだれもここを知らない。湖の上に突き出た大きくなめらかな岩と、フランクとマーリーンの家とのあいだには、バリアのように木々が立ち並んでいるため、だれかに姿を見られる心配はなかった。崖の端を支えているふたつの大きな岩のあいだにできたすき間にそっとおりていく。座って、リラックスして、太陽が沈んだり水面に反射したりするのを眺めるのにもってこいの場所だ。

ラスティはため息をついた。すでにじっくりと考え、心を決めてあった。ではなぜ、こんなにもつらいのだろう？　なぜ体内で大量に出血して死にそうになっている気分なのだろう？　涙で視界がぼやけ、手の甲で反抗的に頬をぬぐった。

携帯電話が鳴り、ラスティはちらりと見おろした。無視するつもりだったが、ジョーの名前が出ているのを見てためらった。息を吸って気を落ち着けてから、電話を手に取って通話ボタンを押した。

「元気？」前置きもなく静かにたずね、会話の主導権を握った。ジョーが彼女に質問する前に。彼女は元気かと聞かれる前に。

「憂鬱でしかたがない。頭がおかしくなりそうだ。助けてくれ、ラスティ。おれになにができる？　ゾーイが家からも、ましてや部屋からも出ないのに、どうやって話をすればいい？」

ジョーの声には悲しみがあふれ、ラスティの声も同じくらい苦しみに満ちていた。「ひとついいことを教えてあげる」無理やりふつうの声を出そうと、つかの間苦心してから言った。「ゾーイが部屋を出ないなら、侵入して、彼女のテリトリーで会うのよ」

長い沈黙が流れる。ジョーの声はぎこちなく、それが興奮のせいか、不信感のせいか、恐怖のせいか、とまどいのせいか、ラスティにはわからなかった。

「おれに彼女を引き渡すのか？」ジョーはいぶかしげに聞いた。

「なんだか犬のおもちゃのことを言ってるみたい」ラスティはそっけなく言った。「今度こそゾーイに幸せになってもらうのは、裏切ることにはならない。なによりも彼女には幸せになってもらいたいの」悲しげなささやき声で続ける。

「おい、大丈夫か？」ジョーは鋭い口調で聞いた。「そもそも、どこにいるんだ？　いまおふくろと話したら、おまえの居場所はわからないって言われた。だけど、この一週間ほとんど家を出てないだろう」

「近くよ。でも、あんたが忍びこむつもりなら、明日の夜はどこかに行ってないとね」ラスティは間延びした口調で言った。ジョーの心配がやわらげばいいのだけれど。

「本気で自分の実家に忍びこめって言ってるのか？」ジョーは疑わしげに聞いた。

ラスティはあきれて目を上に向けた。「当たり前じゃない。たしか、あたしの部屋にはでかい窓があるし、そのでかい窓の外にはたまたまちょうどいい大きさの木が生えてる。もし木登りができないなら、ハシゴがあるわ。窓には鍵はかかってないはずよ。ところで、お礼はいいわよ」

「生意気なやつめ」ジョーは感情をこめずに言った。それから真剣な口調になった。「わかってほしいんだが、おれはおまえに腹を立てたわけじゃないんだ、ラスティ。おまえがゾーイの友だちでいてくれてよかったと思ってる。それ以上に、おまえが彼女を守るためにしてくれたことに感謝してる。愛してるよ。おれの結婚式にはドレスを着てくれ」

ラスティはほほ笑んだが、涙があふれ出た。泣き声を聞かれないように電話を下に向ける。鼻から息を吸いこみ、必死に気持ちを落ち着けようとした。ジョーにはほかに意識を向けるべきことがある。ゾーイ。彼女を幸せにすること。

「あんたがゾーイに結婚を承諾してもらえたら、ヒールだってはくわよ」ラスティは明るく言った。

「覚えておくからな」ジョーは上機嫌に言った。「ありがとう、ラスティ。愛してるよ、お嬢ちゃん」

ラスティは岩によりかかって頭をもたせ、ちらちら光る水面を見つめた。顔の横を涙が流れ落ちていく。

「あたしも愛してる」喉をつまらせて言う。「もう切るね。幸せになって、ジョー」

29

マーリーンはいつもの時間に起きてシャワーを浴びてから、フランクを起こした。夫がバスルームを使っているあいだに朝食の準備をしようとキッチンに向かいながら、ため息をつく。あまりに大きな苦しみと悲しみの重さに家がうめき声をあげているみたいだ。若い娘たちは傷ついている。マーリーンには状況を改善することも、すべてを丸くおさめることもできず、胸が張り裂けそうだった。

冷蔵庫を開けようとカウンターの横を通ったとき、彼女の名前が書かれた封筒が目にとまった。眉をひそめて引き返し、封筒を手に取る。かなり薄いようだ。手書きの文字をよく見てみると、ラスティの字と非常に似ていた。だけど、なぜラスティが彼女宛てに手紙を置いていくのだろう?

震える手で封を破り、一枚の折りたたまれた紙を引き出した。最初の数行を読み進めるうちに、涙で視界がぼやけ、マーリーンはスツールにどさりと座りこんだ。

『大好きなママへ

感謝したいことが多すぎて、すべてを書き出すには一日がかりで大量の紙が必要になっちゃう。だから、ママとパパがあたしに与えてくれたなかでいちばん大切なことに感謝を伝えるね。愛してくれてありがとう。愛ってなんなのか、どんなものなのか、ぜんぜん知らなかったし、あなたが自分の人生にあたしを受け入れてくれるまで、だれかを愛したことはなかった。まだ十代だったあたしに、あなたは世界じゅうのお金よりも価値があるものを与えてくれた。あたしに存在意義を与えてくれた。自尊心を。もっといい人生を送れる、あたしにはその価値があるって教えてくれた。ほかのだれもあたしを信じてくれなかったときも、あなたは信じてくれた。ぜったいに忘れない。あなたはあたしの人生を救ってくれた。それをわかってほしい。あなたがいなかったら、あたしはいまのあたしにはなれなかった。

ママとパパに嘘をついて、家族をだまして、みんなを危険にさらしたこと、ほんとうにごめんなさい。あたしはぜったいにあなたたちを傷つけたりしない。みんなはあたしにとって世界一大切な人たちよ。だけど、しばらく家を離れたいの。世界での自分の居場所を見つけたい。人生になにを望むか、どんな人生を送りたいかを考えたい。学位があるし、仕事のオファーももらってる。そろそろそれを利用するわ。心配しないで。つねに連絡するし、できるだけ電話する。お願いだから、あたしが決断したことや、さよならを言わなかったことを怒らないで。この手紙を書くだけでもつらかった。面と向かって伝えるなんてできなかった。あたしは若くて、そのせいでバカなことをした。その報いを受けなきゃならない。だけど、いまは人生のひとつの章を終えて、過去を忘れて前に進むときでもある。頼み事をする権利なんてないけど、ほかの人たちにはあたしの居場所や、あたしがなにをしてるかは言わないで。ただ元気でやってるとだけ伝えて。ママとパパは、どうやって自分が誇れる人間になるか、みんなに誇ってもらえる人間になるかを教えてくれた。

できるだけすぐに連絡する。パパに、最高の父親だって伝えて。あなたたちがあたしにくれた二番目にすてきな贈り物は、ケリーの名前よ。その名前に恥じないようにベストを尽くすわ。

愛をこめて

ラスティ』

喉にむせび泣きがこみあげ、マーリーンは手紙を胸に抱きしめた。悲しみに襲われ、前のめりになってカウンターの上に突っ伏し、両腕に顔をうずめた。


ショーンは自分の車に乗って居住地に入っていった。両手はハンドルをきつく握りしめている。うなじから汗が出て、背中を伝い落ちていく。くそ、はじめて大きな逮捕劇に参加する新人みたいに緊張して神経質になっている。実際に保安官代理になって一年目の新人だったころに撃たれたときでも、これほど動揺したりはしなかった。

だが、彼女のせいで動揺している。彼女のせいで、ひどく心が乱されてわけがわからなくなり、その結果、とんでもなくまちがったことばかり口にしてしまう。

フランクとマーリーンの家の前に車を止め、つかの間だけ目を閉じた。後悔が襲ってくる。

彼女を傷つけてしまった。傷つけたどころではない。心をズタズタにしてしまった。気持ちを踏みにじり、心にもないことを言ってしまった。それはすべて、彼女がひどい目にあっていたかもしれないと思ったせいだった。彼女がなにをしたのかわからず、彼女を守る術がなかったせいだった。

とはいえ、ようやく自分が言いたいことがはっきりとわかった。やれやれ。ようやく自分の気持ちがわかったというのに、彼女は一週間ほとんど家から顔を出すことさえなかった。もうこれ以上は一分たりとも待ったりしない。一分たりとも、最低最悪の考えを抱かせたりはしない。話を聞いてもらう。今回は、このいまいましい口と舌をきちんと団結させて、言いたいことをすべて伝えるのだ。

重い足取りでステップをのぼり、チャイムを鳴らした。不安で胃が締めつけられる。彼女にひどい態度をとってしまった。いままでは彼を憎んでいるだろう。話を聞いてもらえなかったら？　いいや。ノーという答えは受けつけない。あの問題児に手錠をかけて、肩にかついで家から引きずり出し、自分の家に連れていって、椅子に縛りつけなければならないとしても、話を聞いてもらう。

ドアが開き、マーリーンが現れた。その顔には悲しみの深いしわが刻まれ、頬は赤く染まり、鼻と目は腫れている。なんだ？　養母だと思っている女性への不安が高まり、胃が沈みこむ。

「マーリーン、なにかあったのか？」ショーンは厳しい口調で聞いた。

マーリーンは口もとをこわばらせたが、答えなかった。代わりに静かに聞いてきた。「ショーン、なんの用?」

こんなに……よそよそしいなんて……マーリーンらしくないが、私的な事情があるのかもしれない。余計な口出しはすべきではないだろう。それに、ラスティに言いたいことをすべて伝えたあとで、彼女から聞き出せばいい。

「ラスティと話がしたいんだ」ショーンは厳格な口調で言った。「ノーという答えは受けつけない。あいつがおりてこないなら、おれがあがっていくが、どのみちおれと話をすることになる」

マーリーンはいそいで目もとをぬぐった。「ラスティは出ていったわ」と涙声で言う。

強烈なボディーブローを受けたかのように、ショーンはたじろいだ。しばらくのあいだ、息ができなかった。

「出ていったってどういう意味だ?」しゃがれ声で聞く。

「あの子はすごく動揺してた。みんなを失望させたと思ってるのよ」マーリーンは悲しみに満ちた声で言った。「ドノヴァンがあの子に謝って、財団の責任者になってほしいって仕事のオファーをしたの。ゾーイのためにあれほど巧妙に完璧な経歴を作りあげたことにすごく感心してたのよ。でも、ラスティはべつの仕事のオファーをもらってるって言ったの。どの仕事に就くか決める前に、夏のあいだ家に帰ってきただけだって」

マーリーンはスカートのポケットからティッシュを取り出し、目と鼻を拭いた。

「今回のことで自分を責めてるわ。それに、兄たちの反応にすごく傷ついてた。彼らを——わたしたちを、わたしを——失望させたって思いこんでる。それで、いまは人生を見つめ直して、自分の価値を……居場所を見つけようとしている。もう、ショーン、なんの価値？　だれにとって？　あの子はとても愛されてる。自分の子だったとしても、これ以上誇りに思うことはないわ」

ショーンは首のうしろに手をやった。とてつもなく気分が悪かった。ラスティが出ていったのは、家族ではなく彼のせいだ。彼がラスティの心を踏みにじり、拒絶し、恥をかかせたのだ。家族ではない。それに、あのときは、ラスティもひどい目にあっていたかもしれないと思っていて、腹が立ったし、死ぬほど不安で、ラスティに対して自分があれほど激怒した理由を説明できなかった。

ああ、けっして許してもらえないだろう。自分でも自分をぜったいに許せないのに、彼女が許してくれるはずがない。

「いつ帰ってくるんだ？」ショーンは喉をつまらせて聞いた。

マーリーンのまなざしはあまりに悲しげで、ショーンの胸から心臓が引きちぎられるようだった。

「もう帰ってこないと思うわ」マーリーンはささやいた。

それから手で口をおおい、つかの間だけ目をそらしてから、ショーンにまっすぐ視線を戻した。

「ごめんなさい。もう行くわ。ゾーイがすごく動揺していて、そばについていてやらないと。ラスティを失望させてしまったけど、ゾーイは失望させたりしないわ」

そしてマーリーンは静かにドアを閉めた。ショーンはすっかり悲嘆に暮れてその場に立ちつくした。

ああ、自分はなにをしてしまったんだ？

にわかにまぶたがひりひり痛み、目を閉じた。この前自宅に帰った朝のことを思い出す。ラスティが裸でいた。ベッドの中に。昔から夢見ていたとおり。妄想していたとおり。あんなふうに自分の心をさらけ出すなんて、ラスティはどれだけ勇気を振りしぼったことか。長いあいだ、彼に嫌われていると思いこんでいたはずなのに。しかも彼自身がラスティを避けてそう信じこませてきたのだ。

おまえはくそったれの意気地なしだ。

きちんと気持ちを整理して、心に抱いている想いをすべて彼女に打ち明けて認めることさえできなかった。ラスティの前では死ぬほどおびえてしまう。ずっとそうだった。だれも彼女をつかまえていられるはずがない。自由な精神の持ち主で、見かけよりも立派で、彼が知るだれよりも勇気と熱意がある。

いまや、手が届かない。流れ星をつかまえようとするのと同じだ。戻ってこなかったら？

あごをこわばらせ、断固とした決意を胸に抱く。あきらめるものか。ラスティは彼を手に入れるためにあれほど努力してくれたのだ。どれだけがんばってもその気持ちに十分に報いることはできないかもしれないが、もう二度と彼女を手放したりしない。

だが、いまのラスティには少し時間が必要だ。そのあとで彼女を連れ戻しに行こう。多少強引でも、必ず連れて帰ってくる。

30

ジョーは月の光が当たってできた木陰に立ち、ゾーイが眠っている寝室の窓を見あげた。緊張感に襲われ、手を閉じたり開いたりする。悲しみが厚い毛布となってケリー家を包んでいた。ラスティを失ってしまった。ゾーイまで失うかもしれないなんて、耐えられない。

ラスティが出ていったいま、ゾーイは彼の実家にいるのが気まずくなっているにちがいない。すでに、ひどい目にあったのは自分の責任であり、自分のことを重荷だと思っている。重荷だと！

ゾーイはこれ以上望めないくらい最高に貴重な贈り物だ。重荷？　ありえない。そんなふざけた考えをあと一秒でも抱かせておくものか。

生まれてこのかた、これほど大切なことはなかった。これから先もないだろう。彼の人生が、というより、未来がかかっている。急に乾いた口を手でぬぐい、身のすくみそうな恐怖をこらえようとした。ゾーイを失うかもしれない。彼女と一生を添い遂げられないかもしれない。彼女に愛してもらえないかもしれない。彼が求めているほど熱烈に求めてもらえないかもしれない。

息を吸って気持ちを落ち着けてから、決意を新たに窓を見つめた。

「来たぞ、ゾーイ」とつぶやく。「ラプンツェルの王子さまにならないといけないみたいだな」

すばやく木の幹を登っていき、やがて体重を支えられるくらい頑丈な枝を足場にできるようになった。スピードをあげ、窓の下枠に届くところまで登っていった。

ゾーイを死ぬほどおびえさせたくなかったので、ゆっくりと、とても静かに窓を押しあげた。急にギーギーときしんだりしないかと息をひそめたが、あたりは夜のしじまに包まれたままだった。

窓をくぐって中に入り、すぐにゾーイの姿を捜す。ベッドに横たわっているのが目にとまり、すっかり心がやわらいだ。ゾーイは窓のほうを向いて横になり、小さな手を頬と枕の下に入れている。顔にできたあざに気づくと、ジョーは憤怒をこらえた。消えかけているとはいえ、月明かりだけでもまだはっきりと見て取れた。

ゾーイに触れたい――触れなければ。ただそばにいたい。ジョーはベッドに近づいていき、ゾーイの顔のすぐ横に腰をおろし、ヘッドボードによりかかった。手を伸ばし、額と頬にかかっている髪を指ですいてから、顔を近づけてこめかみに口づけをした。

ゾーイが身じろいで目を開けると同時にジョーは体を起こし、彼だということがわかるようにランプをつけた。ジョーに気づくと、ゾーイはパニックで目を見開いた。

「そんなふうにおびえた目で見られるのはつらい」ジョーは喉をつまらせて言った。それまで抑えつけてきた感情の高潮をもはや止められなかった。あまりに気持ちがたかぶっていた。

「おれがどれだけきみを愛してるかわからないか？　いつまでもきみを愛し続ける。きみのためならなんでもする。ずっときみと一緒にいたい」

ジョーはゾーイに懇願していた。実際、両手と両ひざをついて乞い求めていた。未来を。ゾーイの愛を。

ゾーイは体を起こすと、まぶたの縁に涙をため、急にしゃべれなくなったかのように手を震わせながら力なく喉にやった。いまはジョーもしゃべれなかった。ゾーイの姿をじっくり眺めるのに夢中になっていた。奇跡を……願い……祈っていた。ゾーイは彼の奇跡だ。

「どうしてわたしみたいな人間とずっと一緒にいたいの？」ゾーイのハスキーな声には恥辱がにじんでいた。

ジョーと目を合わせようとせず、彼の顔以外のあらゆるところを見ている。ジョーが手を伸ばし、彼女のあごを包んでやさしく上を向かせると、ようやく彼を見てくれた。

「きみみたいに美しくて、思いやりがあって、勇敢で、やさしくて、愛にあふれて、誠実な人間とってことか？」ジョーはやさしい声で言った。

ゾーイは目を閉じた。涙が目の端からこぼれ、彼の指まで流れてくると、ジョーはそれを肌からぬぐった。

「わたしの父が何者か、どんな人間か知ってるでしょう」ゾーイは喉をつまらせて言った。「母は父を――わたしを――捨てた。ほとんど母の記憶がないくらい小さなときに捨てられたのよ。そんな人間を求めてるの？　あなたが信じて戦ってる善とは正反対の人間を？」

ジョーは手のひらでゾーイの顔を包んだまま顔を近づけ、キスで黙らせた。彼女への愛を大量に注ぎこみ、この上なくやさしい手つきで支える。世界でもっとも貴重な人間であるかのように。彼の世界では、実際にそうだ。まちがいない。人生でこれほどなにかを確信したことはない。

ジョーはやさしく言った。「聞いてもいいか、ベイビー。サムの奥さんのソフィをどう思う？」

ゾーイは明らかに困惑して眉をひそめた。「すてきな人よ。とても感じがよくて、美しい。どうしてそんなこと聞くの？」

「ギャレットの奥さんのサラは？」

「ジョー、どうしてわたしがあなたの義理のお姉さんたちをどう思ってるか聞くの？　彼女たちはいい人よ。わたしとはまるでちがう」

「ヴァンの奥さんのイヴは？」ジョーはなおも聞いた。

ゾーイは当惑して頭を左右に振った。ジョーはもう一秒たりとも自分を抑えきれず、ゾーイを腕に抱きよせた。彼女の速い鼓動が自分の鼓動と重なり合う。

「兄貴たちの奥さんについて、知っておいてもらいたいことがあるんだ。そうすれば、おれがきみになにをわかってもらいたいかが、ようやく理解できるだろう」

ゾーイはまた眉をひそめ、ジョーの話を待った。

「ソフィの父親は、まだ生きてたとき、ＣＩＡの最重要指名手配リストの二番目か三番目だったんだ――正確な順位は忘れちまったけどな」ジョーが見ていると、ゾーイはその情報を理解して驚きに目を見開いた。「それからサラ。彼女の異母兄も、アメリカがどうしても倒したがってた悪人だった。やつは、当時海兵隊員だったギャレットを撃ったんだ。実際、ギャレットがサラと出会ったのは、やつに近づいて永久に葬り去るために彼女を利用しようとしたのがきっかけだった。次に、イヴの父親だが、やつはサディスティックな小児愛者で、まちがいなくモンスターだった。イヴの母親を殺し、当時まだ四歳だったイヴの異父妹に手を出してたんだ。まったくヘドが出る。ついでに言うと、ラスティの実の両親も人間のクズだった。それでも、きみはラスティが汚れてるとか、価値がないなんて思ってないだろう。あいつがきみを愛してるのと同じくらい愛してるはずだ」

ゾーイはすっかり戸惑った様子でジョーを見つめた。表情豊かな目には希望と挫折が高速で交互によぎっていた。ゾーイがさらわれた日から、ジョーもほとんど同じ葛藤を抱いていた。

「だけど、なにより、おれがきみを愛してる」ジョーはひとことずつ強調して言った。「ずっときみと一緒にいたい。ほかのだれでもない。きみの父親や母親が何者だろうと、どんな人間だろうとかまわない。おれが大切に思ってるのはきみだ。きみを愛してる。ほかのだれかを愛することはない。きみと結婚して、子どもを作りたい」

ジョーは両手をゾーイの頬にそえ、手のひらで美しい顔を包み、目を見つめた。「おれを愛してくれ」とささやく。「おれと——おれに——人生をかけてみてくれ。きみを失望させたりしない、ゾーイ。ぜったいにきみを失望させない。きみが許してくれるなら、死ぬまでずっときみを愛してみせる」

ゾーイは手をあげてジョーの手首をつかみ、彼の手の中でうつむいた。親指が涙で濡れるのを感じ、ジョーは体をかがめてふたたびゾーイと視線を合わせた。

「なあ、なんで泣く?」やさしくたずねる。

「わたしも愛してる」ゾーイは泣きじゃくりながら言った。「心から愛してる。わたしもずっと一緒にいたい。なによりもそれを望んでる。夢見るのはもう疲れたわ、ジョー。一度でいいから、現実で自分のものを手に入れたい。あなたを」

甘い安堵が勢いよくかけめぐり、一瞬だけ力が抜けた。ジョーは目を閉じ、それからゾーイの頭のてっぺんに口づけをした。

「よかった」ジョーはささやいた。「ありがたい」

ゾーイはジョーの腕にそって手を肩まですべらせ、細い腕をまわした。ジョーはゾーイをきつく抱きしめ、彼女の髪に顔をうずめ、自分にとって大切なすべてを腕に抱きしめる気分を堪能した。

「両親よりもいい親になりたい」ゾーイは涙声で言った。「子どもには愛されてると感じてもらうだけじゃなく、愛されてるとわかってもらいたい。それと、子どもの父親はあなたがいい」

ジョーはほほ笑み、やさしくゾーイの髪を引っ張って、鼻が触れ合いそうになるまで頭をうしろに傾けさせた。

「それはよかった、ハニー。ほかの男がきみの子の父親になるなんて耐えられない」

ジョーはゾーイの右頬のあざを指でなぞってから、まだ赤く痛々しい口の端の裂傷に触れた。

「調子はどうだ?」静かにたずねる。「きみを無防備なまま残していって、ほんとうにすまなかった。あんなことは二度と起こらない、ベイビー。きみにおれたちの家の建築計画を選んでもらったらすぐに、居住地に建てはじめる。完成するまで、おれがそばにいないときは居住地にいてくれ。そこなら、きみがつねに安全だとわかる」

「あれはわたしの責任――」

ジョーはゾーイの怪我をしていない側の口の端に指を当てた。「しーっ。きみの責任じゃないし、そんなこと言わないでくれ。二度と。いいな?」

「あなたがわたしに二度と謝らないなら」ゾーイはそう言って挑戦的にあごをあげた。

ジョーはくすくすと笑い、ふたたびゾーイと唇を重ねた。彼女を味わいたくてしかたがなかった。一生を添い遂げてくれる女を見つけ、彼女に愛してもらう幸運に恵まれるという単純なことを得意げに喜びたかった。

「準備ができたらすぐにおれと結婚してくれるなら」ジョーはハスキーな声で言い返した。

ゾーイはふたたび目をきらめかせ、無言でジョーの目を見つめた。と、それまでの喜びが悲しみに変わった。

「どうした、ベイビー?」

「ラスティが出ていったの」ゾーイはむせび泣きをもらした。「彼女を愛してる。すごく寂しいわ。わたしのせいよ。わたしのせいなの！」ジョーが小さくうなると、ゾーイは強調して言った。「わたしが彼女を巻きこんで、そのせいで家族との絆を壊してしまった。なんてひどいことを。この先、ラスティみたいな親友はできないわ。それなのに、わたしのせいで出ていってしまったのよ」

ジョーはため息をつき、ゾーイの頬を指でなでた。「いいや、ハニー。あいつを失望させたのはきみじゃない。おれたち家族だ。おれたちの責任だ。おれたちは言っちゃいけないことを言っちまった。おれたちだって、全員あいつと同じことをしたはずなのに」

ゾーイは顔をしかめた。「ラスティが出ていったいちばんの理由はショーンよ」

ジョーは困惑してゾーイを見つめた。「ショーン？　あいつがどう関係してるんだ？」

ゾーイはあきれて目を上に向けた。「ほんと、男ってすごく鈍感なのね。あなたたちみんな、信じられないくらい鈍いんだから」

「話についていけないんだが、ベイビー」

「気にしないで」ゾーイは憤慨して言った。「ラスティは大丈夫よ。強いし、ファイターだもの」

「ああ、そうだ。だけど、きみもな」ジョーはゾーイにキスをした。それから真顔になり、まっすぐ自分のほうに視線を向けさせた。「ゾーイ、ラスティが出ていったことで、自分を責めたり、自分のせいだと考えたりするな。あいつなら真っ先にそう言うはずだ。あいつが出ていく前の日に、話したんだ」

苦しみで顔全体が痙攣するのを抑えきれず、喉がつかえているせいで、ジョーは一瞬だけ言葉を切らなければならなかった。

「そうなの？」ゾーイは聞いた。「知ってたの？　どういうこと？」

ジョーは妹の無私の心に畏敬の念を抱きながら、首を横に振った。「あいつが出ていくつもりだとは知らなかった。おれは自暴自棄になってて、それであいつに電話したんだ。きみに会えなくて途方に暮れてた。きみの様子を知りたかった。どんなささいな情報でも、なんでもいいから聞き出したかった。すっかりだまされたよ。寝室の窓から忍びこめって言ったあと、あいつは冗談を言ってからかってきた。今日の夜は自分は姿を消してるようにするって言ったんだ」ジョーはつかの間視線を落とした。声にはよりはっきりと苦しみがにじんでいた。「あいつはきみに——おれに——幸せになってもらいたがってた。自分はひどく落ちこんでいて、すでに遠くに行くと決めていたのに」

「彼女みたいな人はそういないわ」ゾーイは言った。

ジョーはうなずいたが、なにも言えず、静寂が訪れた。ゾーイはジョーに両腕をまわし、彼の胸に頬をよせた。

「愛してる」とうとう静寂を破ったゾーイの声にはかすかに苦しみが聞き取れた。「わたしがずっと探し求めてたのはあなただった。でも、すべてを失ったと思ったときにやっとそのことに気づいたの」

ゾーイと同じように、ジョーも彼女にしっかりと両腕をまわし、自分の体にきつく抱きよせ、彼女の髪にキスの雨を降らせた。「しーっ、ベイビー。おれを失うことはぜったいにない。努力すればそんなことにはならない。死ぬまでずっときみにつきまとって、きみが与えてくれる愛と思いやりをすべて心に吸収してやる」

ゾーイはジョーの胸に顔をつけたままほほ笑み、彼を抱きしめた。ジョーは怪我やあざがあるゾーイをあまりきつく抱きしめないように気をつけていたのだが。

「じゃあ、心を空腹にしておいてね」ゾーイは顔をあげ、大きくにっこりと笑いかけた。「たくさん与えてあげるから」

「もう一度言ってくれ」ジョーはささやいた。

ゾーイはほほ笑んだ。ジョーの言葉を誤解したりしなかった。彼女の笑顔は人生で目にしたなかでもっとも美しいものだった。そして、この世に存在するなかでもっとも美しい言葉がそのあとに続いた。

「愛してる」ゾーイは言った。

家の建築に加え、結婚式の出席者に妊婦が三人いることをふまえて、ジョーとゾーイは、家が完成して家具がそろい、マレンとグレースとシェイが全員出産するまで、式を挙げるのを待つことに決めた。

ところが、結婚式の二カ月前にレイチェルから妊娠していると告げられ、当然ながらゾーイはジョーをちょっといじめずにはいられなかった。大げさに口をとがらせ、これでレイチエルが赤ん坊を産むまで結婚式を延期しなければならなくなったと言った。

ジョーはこの状況をおもしろがることができず、ケリー家の妊婦全員が出産するのを待っていたら、ぜったい結婚式を挙げられないと言った。これほど大きな家族では、いつもだれかが妊娠しているのだから、と。

そして、結婚式の一週間前にサラが顔を紅潮させながら、ふたり目を身ごもっていると発表すると、ゾーイは笑い、ジョーの意見を認めた。

ついにその日が来たとき、ゾーイは喜びと興奮で我を忘れていた。ウェディングドレスを選ぶ際には、ケリー家の女性たちが全員でゾーイと一緒にナッシュヴィルまで行ってくれた。完璧なドレスを見つけるために、みなで週末のあいだじゅう店に足を運んだ。

ゾーイは雲のようなサテン生地に慎重に足を入れてドレスを身につけ、女性たちのひとりに背中の小さなパールのボタンをとめてもらいながら、鏡に映る姿を畏敬の念に打たれつつ見つめていた。このお姫さまみたいな女性がほんとうに自分だとは信じられなかった。

「泣かないのよ」シェイが忠告した。「メイクに一時間かかったんだし、あなたが泣きはじめたら、わたしまで泣きだしちゃう。そうなったら、みんなが泣きだして、メイクを直すのにさらに七時間かかっちゃうわ」

笑い声が起こり、ゾーイはほほ笑んだ。口をあまりに大きく横に広げていると、幸福感で爆発しそうだった。顔全体が輝き、きらきらのアイシャドーの明るいきらめきで視線も輝いていた。妖精のお姫さまになった気分だ。あるいは王室の一員。髪はもうエクステをつけていないけれど、巻けるぐらいの長さになっており、頭の上でゆるく巻いて、くるくるとカールした髪が首にかかっている。

頭には女性たちがつけるようにと言い張ったティアラがのっていて、きらきら輝いているが、ジョーからもらったとてつもなく大きな婚約指輪以外でいちばん気に入っているのは、ダイヤモンドのシャンデリアイヤリングだった。昨夜、リハーサルのあとでジョーにもらったものだ。

ジョーは顔を近づけて耳もとでこうささやいた。「お姫さまはティアラと一緒にイカしたイヤリングをつけるべきだ」

ゾーイはどうにかその場で泣きださないように我慢した。かろうじて。

ドアが軽くノックされ、ゾーイは眉をひそめて顔をあげた。花嫁の控え室にいるべき人たちは全員そろっているし、男たちは立ち入りを禁じられている。では、いったいだれがノックをしているのだろう？

女性たちが大きな笑いを交わし、実際に興奮して体をそわそわと揺らしていた。ゾーイは頭を左右に振った。今度はなにを企んでいるのだろうか。

だが、ドアが開くと、ゾーイはメイクや髪やティアラのことも、すべてが完璧だということも忘れた。目に涙をあふれさせ、駆けだす。長いすそにつまずきそうになりながら、酔っ払いのようによろよろと進んでいき、ラスティの腕の中に飛びこんだ。

ふたりは互いに抱き合い、笑いながら泣いた。

「メイクアップアーティストに、式がはじまる前に本格的にメイクを直してもらうことになるって言っておいてよかったわ」ソフィがそっけなく言った。

それでも、女性たちは全員目に涙をうかべながら、抱き合うふたりを囲み、みなで大きなハグで包みこんだ。ようやくゾーイはつかの間だけ体を離して友人をまじまじと見つめた。

「来てくれたのね」涙声で言う。

ラスティは豪華なドレスを手で示してから、ヒールを指した。

「あたしの付き添いなしで親友を結婚させるはずないでしょう」ラスティはからかうように言った。「それに……結婚式でドレスを着るってジョーに約束させられたの。ほんとうにあんたと結婚してもらえるなら、ヒールもはくって言っちゃった。だから、こうしてここにいるってわけ」

ゾーイはもう一度ラスティを抱きしめた。「来てくれてすごくうれしい。これで最高の一日になるわ。どうしてもあなたに来てもらいたかったの。もちろん、花嫁付添人になってね」

ラスティもゾーイを抱きしめ返した。「あたしが健康のためにこんな格好をしてるなんて思ってないでしょう？」

「きれいよ」ゾーイはじっくりとラスティを眺めながら正直に言った。

ラスティが去ってから、八カ月が経っていた。なんだか……別人みたいだ。もともと美しかったけれど、いまはもっと美しい。髪は伸びて、ゆるやかにカールしながら波のように背中に流れている。少し体重が増えてふっくらし、以前より体の曲線が際立っている。ラスティはいつも、自分にはヒップもおっぱいもないと文句を言っていたが、どうやらものすごく成長が遅かったらしい。いまの体形はまぎれもなく色っぽい。

ラスティは顔を赤らめた。彼女をよく知らない人が見たら、幸せで満ち足りていて落ち着いているように思えるだろう。しかし、目の奥には悲しみが刻まれていた。以前より口数が少なく、やる気が感じられず、かつてのラスティとは正反対だった。行方をくらましていたあいだに、皮肉屋で不遜でいつも人をいら立たせていた少女はどういうわけか消えてしまっていた。

ゾーイはこれ以上メイクを台なしにしないように、もう泣くまいと必死にこらえながら、ラスティの手を握った。

「あなたが来てること、ほかのみんなも知ってるの？　ああ、あなたに会えたらすごく喜ぶわ、ラスティ！」

ラスティの目に罪悪感がよぎり、視線をそらした。「ママは知ってる」と小声で言う。「パパも。もちろん、ここにいる女性陣も」そう言いながら女性たちに笑みを向ける。「だけど、ほかの人たちには黙っているように約束させたの。もしだれかに話したら来ないって脅してね」

ラスティは真顔になり、集まっている女性たち全員の顔をもう一度見つめた。「面倒をかけてごめんなさい。ただ……」言葉が途切れ、恥ずかしそうに赤面する。

女性たちのなかでおそらくいちばんやさしく思いやりのあるレイチェルが、ラスティの肩に腕をまわして抱きしめた。

「謝らないで、ラスティ。しかたないわ。男ってまぬけなんだもの。たしかに、もっとまぬけな男もいるけど、みんなとんでもなく鈍感よ」

笑い声が響き、気まずさがやわらいだ。ラスティでさえほほ笑み、レイチェルに感謝のまなざしを向けた。

「はじめる前に、もうひとつ話があるの」ラスティは言葉を濁して言った。「みんなにお願いがあるんだけど」

「言って」ゾーイは即答した。

「式のあとの写真撮影まではいるけど、そのあとでできるだけ早く出ていきたいから、みんなには緩衝材として協力してほしいの」

はっきりと言われたわけではないが、みな理解していた。緩衝材とはショーン対策のことだ。ショーンは付添人ではないので、写真撮影のあいだ教会にはいないだろう。つまり、撮影が終わった直後ならラスティは彼を避けて出ていける。

「ショーンのことは任せて」レイチェルが自信たっぷりに言った。「わたしたちがしっかり団結するし、わたしはつわりで少し気分が悪いふりをするわ。そうすればショーンはわたしを心配するしかなくなる。わたしが彼に吐きそうになってるふりをしてるあいだに、逃げられるわ」

その光景があまりに愉快で、全員でまた笑いはじめた。多くが目から涙をぬぐい、それからうめき声をあげた。時間どおりに式をはじめるなら、メイクアップアーティストがとてもいそがしくなる。

「メイクを直してもらうあいだ、一緒に座ってて」ゾーイは言い張った。「この八カ月にあったことをすべて教えて」

ラスティはあきれて目線を上に向けた。「つまらないわよ、ほんとに」

ゾーイは鼻を鳴らした。「あなたの生活がつまらないはずないでしょう」

ショーンは席に座り、ネクタイをゆるめながら落ち着かずに体をもぞもぞさせた。腕時計を確認し、眉をひそめる。ジョーの付き添いの男たちも同じ表情だった。とくにジョー自身も。開始時間からすでに十分が過ぎている。ジョーは緊張してピリピリしているようだ。やれやれ、汗までかいているのではないか。

めちゃくちゃに緊張しているジョーをからかってやりたいが、彼の不安は容易に想像できた。ゾーイの気が変わったのではないか、直前になにかが起きて彼女を失うのではないかと心配しているのだろう。その気持ちはいやというほどよくわかった。だが、ジョーはハッピーエンドを手に入れるだろう。ショーンはまだ自分のハッピーエンドを求めていた。

音楽が流れはじめ、玄関ホールに通じるドアが開くと、礼拝堂内に明らかに安堵が広がった。ケリー兄弟の妻たちとマレンが、それぞれ紫色のアイリスの花束を手に持ち、ひとりずつ通路をすべるように進んでくる。生まれてはじめて、ショーンは友人たちが送っている人生がうらやましくなった。家に帰れば妻が待っている。溺愛する子どもたちがいる。

ケリー兄弟よりいくつか年下のショーンは、先輩たちのように家庭を築くよりも、キャリアを確立して独身でいることに意識を向けていた。しかしいまでは、彼らが結婚しはじめたときと同じ年齢になっていた。一緒になりたいと少しでも思う女はひとりしかいない。それなのに、彼女とのチャンスを何度となく台なしにしてきた。

ソフィがほかの付添人と並んで自分の場所に立ってから、間があった。すぐにゾーイが現れるのだろうと思い、ショーンは振り返った。ところが、背筋を伸ばしてまっすぐ前を見つめながら通路を歩いてくる人物を見て、胃が沈みこんだ。

ラスティ？

いくつもの相反する感情に襲われた。高揚感。安堵。怒り。興奮。裏切り。ショーンはケリー家の男たちをとがめるようににらみつけたが、彼らもショーンと同じくらい大きなショックを受けているようだった。彼と同様に、ラスティが戻ってくることを聞かされていなかったらしい。なぜ彼らに知らせない？　ラスティはゾーイの花嫁付添人としてふるまっているが、ジョーさえ仰天している。

ショーンは目を細め、女たちに視線を移した。彼女たちはだれも驚いていない。有頂天になっているみたいだ。

ラスティが通路のすぐわきの席に座っているショーンの近くに来ると、ショーンはさっと横を向いた。ラスティの目がはじめて揺らぎ、前方の説教壇から彼が座っているところに視線を落とした。

「ラスティ」ショーンは声をひそめて言った。「いままでどこにいたんだ？　めちゃくちゃ心配してたんだぞ！」

「ここではやめて！」ラスティは歯のあいだから小声でうなるように言うと、歩幅を大きくし、ばかげたヒールでよろめきそうになった。

彼のラスティは、靴に見せかけた爪楊枝(つまようじ)をはいたりしない。サンダルやコンバットブーツやスニーカーをはく女だ。メイクや女の子らしい装飾などには興味がなく、髪はほとんどポニーテールか簡単なおだんごにするだけだ。それなのに今夜は……歯がうずくほど美しい。

別人だ――別人に見える――が、それでも彼のラスティだ。なにがあってもそれはけっして変わらない。

なかった。

ラスティがさらに離れていくと、ショーンは呼びかけた。騒ぎを起こしているのも気にし

ラスティはすぐに立ち止まり、くるりと振り返った。その目は敵意で明るく燃えていた。

「ゾーイの結婚式を台なしにしたら、一生許さないから」激情にかられた声で言う。

ショーンは顔をしかめてから、ジョーに謝罪の視線を向けた。ちくしょう、正しいことを言ったりしたりするのはとうてい無理そうだ。ラスティを見ていられず、頭を垂れる。彼女を見たら、衝動にあらがえなくなり、彼女を教会から引きずり出して、結婚式を台なしにして、手錠で自分のベッドにつなげてしまうだろう。話を聞いてもらうまで。あるいは、とうとう自分の気持ちを打ち明けるまで。

ジョーは愛情と感謝で胸をいっぱいにしながら、ラスティを見つめた。どのみち少しあとで式の手順を破るつもりだったので、気にせずにラスティが立っているところまで歩いていき、腕の中に引きよせて熱烈に抱きしめた。

「ゾーイのために――おれのために――来てくれてありがとう」ラスティの耳もとでささやいた。「愛してるよ、妹。すごくおまえに会いたかった。これで、おまえがいるべき場所に帰ってきてくれるのならいいが」

ラスティはほほ笑み、持っている花束に気をつけながらジョーを抱きしめ返した。「あたしも愛してるよ、兄貴。ほら、あんたの気が変わったんじゃないかと思ってゾーイがパニックを起こす前に、式を進めて」

「しまった」ジョーは小声で言った。

いそいでマイクスタンドのところに行き、緊張ぎみに咳払いをして、ドアを開けるように合図した。ドアが開くと、ゾーイが現れた。目が痛くなるくらい美しい。ゾーイは当惑した様子で、明らかに問いかけるようにジョーと目を合わせた。

ジョーはやさしく笑みを向けてから、出席者全員に聞こえるようにマイクに向かって言った。

「花嫁のために、特別なことをしたかったんだ。おれがどれだけ愛してるかを知ってもらいたい。彼女はおれと一生を添い遂げることに同意してくれた。その栄誉を心から大切に思ってると伝えたい。ふつうは花嫁の入場曲にウェディングマーチを流すものだけど、彼女への贈り物としてある歌を選んだ。おれの父にエスコートされて、おれのところに歩いてくる彼女へのメッセージだ」

ゾーイは涙目でジョーの父親を見あげた。フランクはわきにしっかりとゾーイの腕をはさんでいる。これから通路を歩いて、ジョーに彼女を引き渡すのだ。

ふたたびジョーが合図すると、彼が選んだ歌――ジョン・マイケル・モンゴメリーの『わたしは誓う（アイ・スウェア）』――が流れはじめた。父親には、とてもゆっくり歩くようにと頼んであった。ゾーイと父親が彼の待っているところまで来たら、ジョーがあとを引き継ぐ。

ジョーの視線はゾーイにくぎづけになっていた。視線をそらそうとしても無理だった。人生でこれほど美しいものは見たことがない。しかも**彼の**ものなのだ。

歌詞に耳を傾けているゾーイの頬に細い涙が流れ落ちる。満面の笑みが部屋全体を照らしているようだった。だが、ジョーがひざをつきそうになったのは、ゾーイの目にまばゆいばかりの愛が全員に見えるくらい輝いているせいだった。

この瞬間をずっと待っていたような気がした。ジョーがいるところまで父親がゾーイを連れてくる時間が果てしなく感じられた。とうとう父親がジョーの前で止まると、心臓が猛烈に早鐘を打ちはじめた。音楽が流れていても、その鼓動が聞こえているにちがいない。

フランクが体をかがめてゾーイの頬にキスをした。彼の目にも涙がうかんでいた。「家族にようこそ、娘よ」

ゾーイはフランクの手を握りしめ、泣きじゃくらないようにこらえながら震える息を吐いた。それからフランクは礼儀正しくゾーイの手をジョーに渡し、きわめて厳粛な表情で彼の目を見つめた。

「彼女を大切にして、いつまでも愛し続けるんだぞ」

「わかってる」ジョーはしゃがれ声で言った。

父親はうしろにさがって母親の隣に腰をおろした。母親はおおっぴらに泣きながら、何度もティッシュで顔を拭いていた。ジョーはゾーイの両手を握り、向きを変えて互いに向かい合った。集まった人たちには体の側面を向ける格好になっていた。

ジョーはただゾーイを眺めていた。彼女への愛が体と心と魂のあちこちからほとばしり出る。聞こえているのは音楽と歌詞だけで、ゾーイは目に涙をためて真剣に耳を傾けている。

歌はジョーから彼女への約束を伝えていた。

「愛してる」ゾーイが声に出さずに口を動かして言った。目は潤んでいるが、まぎれもない喜びで輝いていた。

「おれのほうが愛してる」とジョーも声に出さずに伝えた。

歌がおわり、家族全員の前で花嫁にセレナーデをささげた。血と愛でつながった家族。遺伝子でもDNAでも出生でも定義されない家族。いまやゾーイはそこに属し、自分の家族と呼ぶことができる。そのことだけでも、ゾーイにとってはいまだかつてないほど貴重な贈り物であるにちがいない。

子どもが——彼女自身の家族が——できたら、ゾーイの幸せは十倍にもふくれあがるだろう。そして、ジョーは彼女を幸せにするという特権と栄誉を得られる。彼女の夢をすべて叶え、彼女に愛される。それだけでいい。それ以上はなにも望まない。

歌が終わり、気がつくとジョーの目もゾーイの目も潤んでいた。ジョーはまたしても手順を無視し、まだしっかりと握っているゾーイの手を胸に持っていき、心臓の真上に置いた。体をかがめ、彼女の唇にやさしくキスをする。

音楽がやんだいま、はなをすする音、咳払いをするような音があちこちから聞こえた——兄弟たちが立っている背後からも。だれもが、この瞬間のまぎれもない美しさと完璧さに感動していた。永遠に続けられるのであれば、そうしよう。いや、だめだ。まだゾーイは彼のものになっていない。式を終わらせなければ。

ジョーは牧師のほうを向いた。彼の家族のほとんどを結婚させてきた牧師だ。この四十年、この田舎の古い白塗りの教会で牧師を務めており、ケリー家が通常の手順にきちんと従わないことには慣れていた。

彼の目さえもきらめき、やさしいほほ笑みで加齢による顔のしわがより目立っていた。髪は真っ白だが、ジョーが知るなかでだれよりも青くやさしい目と、思いやりにあふれた広い心の持ち主だった。ジョーの両親が若く、サムがまだ子どもだったときから、どんなにいいときも悪いときもケリー家を支えてくれている。

「今日じゅうに結婚する気はあるのかい、我が子よ?」牧師は愉快そうに聞いた。

「イエス、サー」ジョーはきっぱりと言った。

ゾーイがほほ笑み、うなずいた。

ふたりは牧師のほうに体を向け、厳かに誓いを唱えた。一度も互いから目を離さず、ずっと手をつないで指をからませていた。ゾーイの左手の薬指に結婚指輪をはめるときでさえ、ジョーの左手は彼女の右手を握ったままだった。

ふたりを夫婦と認める前に、年老いた牧師はジョーの肩に手を置いた。真剣な表情でジョーをじっと見つめる。

「我が子よ、すばらしい女性というのは見つけがたく、非常に貴重な宝物だ。神からきみへの贈り物、あるいは恩寵だということをけっして忘れてはいけない。そして、苦難のときにはいつでも神に頼りなさい。彼女の友人となり、いちばんのファン兼サポーターとなり、つねに、つねにゴミ出しをして、点数を稼ぎたければ進んで皿洗いをしなさい」

教会内に笑い声がまばらに起こる。

「きみたちを夫婦であると宣言できて光栄だ。我が子よ、花嫁へのキスを許可するだけでなく、強く勧めよう」

言われるまでもなかった。ジョーは横を向き、ゾーイを引きよせ、両腕をまわして抱きしめた。ぴったりとくっつき、ゾーイのやわらかい体がそれよりも硬い体と重なり合う。この貴重な瞬間、ジョーはゾーイの目を見つめ、彼女の姿を記憶に刻みつけた。死ぬ日まで覚えていて、何度も思い返そう。

それから顔を近づけ、ゾーイの唇を奪い、夫婦としてはじめてのキスを堪能した。観客がいることも、父親と母親がすぐ近くに座ってずっと見ていることも気にせず、ゾーイの唇のラインを舌でじらすように舐め、口を開けさせようとした。

ゾーイはかすれた吐息をもらし、おとなしく従った。ジョーは舌を入れ、彼女の甘さを味わった。あまりに長くキスが続き、ふたりとも息を切らしていた。付添人たちや席に座っている人たちから歓声や拍手ややじが起こる。

「家族のほうを向いたら、きみと奥さんを夫婦として紹介しよう」牧師が愉快そうににここ笑いながら言った。

ジョーはゾーイをわきにしっかりと抱きよせ、愛する人たちのほうを向いた。

「みなさん、ジョセフ・ケリー夫妻です」

座っていた人たちが立ちあがり、全員が拍手をはじめた――頰から涙をぬぐう合間に。母親の隣の席にはティッシュが山積みになり、父親はただ彼女に腕をまわし、やさしい笑みをうかべながら、愛情をこめて妻を見おろしていた。

ジョーはゾーイに笑みを向けた。「行こうか、ミセス・ケリー？」

ゾーイは声をあげて笑った。「ミセス・ケリーはたくさんいるわ。みんなと混同しちゃうんじゃない？」

ジョーは頭をのけぞらせて笑った。「ハニー、きみがおれのものであるかぎり、だれと混同しようがかまわない。だれが**おれ**の妻かはぜったいにまちがえたりしない」

ジョーはゾーイを前に押し出し、ふたりで通路を歩きだした。祝いの言葉をかけてもらい、出席者全員が明らかに喜んでいるのを見て、ふたりは満面の笑みをうかべた。玄関ホールに出てから、ジョーはすばやくゾーイを引きよせ、ふたたび長く息をつかせないキスをした。

それからしぶしぶ体を離すと、ゾーイの目が彼に笑いかけていた。

「すぐにみんなが出てくるだろう」ジョーはぶつぶつと言った。「結婚式の日に、チャンスがありしだい奥さんにキスをするのは罪じゃない」

ゾーイは背伸びをして、ジョーの口に軽くキスをした。「たしかにそうね」とささやく。

ドアが開き、出席者たちが礼拝堂からぞろぞろと出てきた。ふたりは笑みをうかべながら立っていた。付添人たち以外は教会を出て、結婚パーティーが開かれるフランクとマーリーンの家へと向かう。だが、ショーンは玄関ホールに立って、陰気な表情で礼拝堂を見つめていた。

「行きましょう」ゾーイがささやき、ジョーの手を引っ張った。「写真を撮らなきゃ」

ゾーイとふたりでショーンの横を通って礼拝堂の中に戻るとき、ジョーは不思議そうに視線を向けた。どうしたのだろうか。なぜいまにも爆発しそうな様子なのだろうか。そのときふと、窓からゾーイのいる寝室に忍びこんだ夜に彼女が言っていた言葉がよみがえり、ぱっとひらめいた。

「そうだったのか！」ドアを通って通路を歩きながら、ゾーイの耳にささやく。「ラスティとショーンが？」

ゾーイは途中で立ち止まってジョーのほうを向き、懇願するような表情で見あげた。「お願い、ジョー、だれにもなにも言わないで。あとで説明するわ。ぜったいに。でも、いまはなにも言わないで。ラスティにとってますます厄介な状況になっちゃう。もうすでに悪くなってるのに」

「ショーンのせいでラスティは出てったのか？」ジョーは厳しい口調で聞いた。

突然、ドアから出て、あの男をぼこぼこに殴ってやりたい衝動にかられた。あいつのせいで妹はものすごく傷ついて、自分の家を出ていったのだ。しかし、ゾーイがなにもしないでくれと無言で懇願しているし、結婚式を台なしにするつもりはなかった。

「あとで説明するから」ゾーイは歯のあいだからささやいた。

ジョーは体をかがめてゾーイにキスをした。こうすれば、そのせいで足が止まったのだとほかの人たちに思ってもらえるだろう。

「あとでな」ジョーは認めた。「すべて終わったときに、あの保安官のケツをひっぱたいたほうがいいか教えてくれ」

ゾーイはあきれて目を上に向け、頭を左右に振った。それからジョーの手を離し、ラスティが兄たちにハグをされて手荒に歓迎されているところまで足早に向かった。そしてもう一度懇願の視線をジョーに向けた。今回は彼にも理解できた。ラスティを五人の兄たちの尋問から守ってほしいと思っているのだ。

やれやれ、女たちとグルになったら、叱られちまう。だが、かまうものか。

ジョーは兄弟たちのなかに歩いていき、ラスティがいることに感激しているかのように大きなハグで包みこんだ。実際に感激していた。けれど、サムとドノヴァンが質問を浴びせるなか、ラスティをほかの兄弟から引きはなした。

ラスティを抱きしめたまま、兄弟たちに口もとが見えないように体の向きを変え、彼女の耳にささやいた。「心配するな、スイートハート。おれとゾーイにくっついてろ。プレッシャーから守ってやる。それと、警告しておく。ショーンが玄関ホールにいる。あれこれ考えこんでるみたいだぞ」

ラスティは体を引いた。それまでのひどく悲しげな表情は消え、代わりに驚きと感謝の表情がうかんだ。「ありがとう」と途切れがちに言う。

ジョーはラスティの髪をやさしく引っ張った。「ところで、そのドレスとヒール、よく似合ってきれいだぜ。おれは約束を果たしたからな。おまえも約束を守ってくれてよかった」

ラスティは笑い声をあげてから、衝動的にジョーにハグをして、息ができないくらい抱きしめた。「会いたかった」とささやく。

「おれもだよ、お嬢ちゃん。まだ家に帰ってくる気はなさそうだが、ひとつだけ覚えておいてくれ。ここはいつでもおまえの家だ。帰りたくなったら、おれたちが両腕を広げて待ってる」

「もう、みんなの前で泣かせないでよ」ラスティは荒々しい口調で言った。

カメラマンが割りこんできて、それから一時間は質問をする時間などなかった。いくつもポーズをとったり、グループを作り直したりしながら、何十枚もの写真が撮影された。

終わりにさしかかるころ、ゾーイがラスティを横に引きよせ、カメラマンのほうを向いて、だれにも聞こえないように声をひそめてなにかを頼んだ。そのあとで、説教や洗礼や聖歌隊のための壇に通じるステップへとふたりで歩いていき、礼拝堂の奥を向いて立った。カメラマンが撮影の指示を出す。

だが、最後にゾーイがカメラマンに手をあげて言った。「もう一枚」

そしてラスティの腰に両腕をまわし、ふたりで前を向いて、ラスティと頬をくっつけた。ラスティは目に見えて感動した様子で、ゾーイに両腕をまわし、ふたりで頬を合わせてぴったりくっついた。ふたりの満面の笑みに、見ている全員の表情がやわらいだ。

ゾーイは横を向いてラスティの頬にキスをし、ふたりが離れる前にカメラマンがすばやくシャッターを切った。それからゾーイは体の前でラスティの両手を握った。無言のさよならだとジョーにはわかった。最高に幸せな時間だが、悲しみに襲われた。ラスティがこんなにもつらい思いをしているのが気に入らなかった。ゾーイもこれから何日かは悲しむだろう。だが、自分がそばにいて、毎回ゾーイを笑顔にしてみせる。

ジョーはできるだけ支えになろうと、ふたりのところまで歩いていき、交互に視線を向けた。「おれはなにをすればいい?」声をひそめてたずねる。

ゾーイがジョーにほほ笑みかける。その目には、夜空でもっとも輝く星のように愛情がきらめいていた。

「みんなに、写真撮影はこれで終わりだから、パーティー会場に移動するって伝えて、先に正面玄関から出してちょうだい。なにか聞かれたら、わたしが少しだけラスティとふたりきりになりたがってるって言って」

ラスティがジョーの手を握りしめた。顔をゆがめて感情を抑えようとしている。

「連絡してくれ、ハニー」ジョーは静かに言った。「おまえは家族だ。なにか困ったことがあれば、おれに電話一本かけるだけでいい。なにも聞かずに駆けつけてやる」

「そう言ってもらえて、ものすごくうれしい」ラスティは言った。それから背筋を伸ばした。「オーケー、やりましょう」

ジョーはぶらぶらと集団のところに戻り、そろそろパーティー会場に移動しようと告げた。正面玄関のほうを指しながら、全員をそちらに誘導しはじめる。ドノヴァンが眉をひそめてちらりとラスティを振り返ったが、ジョーは兄を前に押した。

「ゾーイに少しだけラスティとふたりきりになりたいって頼まれたんだ。ゾーイには外で待ってるって言ってある」

ドノヴァンは内心では納得していないようだが、もう一度振り返ったあとで、ほかの人たちに続いて教会を出た。

ゾーイはドアが閉まるのを待ってから、ラスティのほうに向き直った。喉のつかえを取ろうと、何度も唾をのむ。

「あなたが来てくれて、そばについててくれて、これ以上ないくらい幸せだったわ」

ラスティはほほ笑んだ。「いつだってそばにいるわ、シスター。それと、ねえ、あたしのことは心配しないで、いい？　あたしは大丈夫。ほんとに。ひとりでちゃんとやってる。ある意味……解放的だわ」

「とにかく気をつけて。わたしが愛してるってことを忘れないで」

ラスティは身をよせてゾーイを抱きしめた。「あたしも愛してる。さあ、もう行って。旦那さんが待ってるし、最高のハネムーンに行くんでしょう」

「すぐに電話してくれる？」

「ええ。あんたがハネムーンから戻ったあとでね」

ラスティは緊張ぎみに正面玄関のドアをちらりと見やった。ゾーイはラスティの体を礼拝堂の奥のほうに向けた。「ショーンがしびれを切らして無理やり押し入ってくる前に、いそいで」

ラスティは一瞬だけ目に悲しみをうかべてから、それを振り払い、元気よくゾーイに手を振り、社交ホールに通じるドアから姿を消した。そこを通って教会の裏口から出られるようになっている。

ゾーイはそのまましばらく待って、ラスティが逃げられるだけの時間を稼いでから、前を向き、何層にも折り重なったドレスのすそを両手で持って、通路を歩きだした。夢見心地で、唇には笑みがうかんでいた。

結婚したのだ。王子さまを見つけた。ただし、迷彩服と戦闘靴を身につけた王子さま。とんでもなくセクシーだ。もはや一片の後悔もない。なにに対しても。セバスチャンとのことも。あの失敗がなければ、ラスティに助けを求めることもなく、ジョーと出会って恋に落ちることもなかっただろう。

そう、たとえ過去に戻ってすべてをやり直せるとしても、なにひとつ変えたりしない。変えてしまったら、今日いる場所にいられず、いまの自分にもなれないだろう。いまの彼女は……幸せだ。

ドアに着くと、外から開けられ、ジョーが立っていた。黒いタキシード姿で、愛情にあふれたまなざしでこちらを見つめている。そのまばゆい光景に胸を打たれ、足が止まる。こんなふうに見つめられるたびに、いまだに戸惑ってしまう。

ゾーイはなにも言わずにその場からジョーに飛びついた。ジョーは彼女を受けとめ、胸まで抱きあげた。何層にも布が重なったドレスを着たまま、ゾーイはできるかぎり彼に脚をまわし、むさぼるように唇を重ねた。

ジョーはうめき声をあげ、ゾーイの尻を手で包んで愛情をこめて愛撫した。「パーティーに行かなきゃだめか？」

ゾーイは声をあげて笑った。「そうね……たしか、ハネムーンに行くのよね。飛行機はないの？」

ジョーの目がきらめき、顔にゆっくりと笑みが広がる。「じつは……あるんだ」ジョーは前を向き、ゾーイをより高く腕に抱きあげ、教会のドアから真昼の太陽の下に出た。「たしかめに行くかい、ミセス・ケリー？」

訳者あとがき

お待たせしました。ケリー兄弟と特殊部隊ＫＧＩのメンバーが活躍する〈ＫＧＩシリーズ〉の最新刊をお届けします。日本でも人気のマヤ・バンクスによる本シリーズ、本書でとうとう十一作目です。

今回の主役は、ケリー家で唯一独身のジョーです。兄弟たちは全員運命の相手を見つけて結婚していますが、ジョーはまだ身を落ち着ける気はなく、しばらくは独身で自由気ままに暮らしていくつもりでした。そんなとき、ケリー家の養女になったラスティが、大学時代の友人のゾーイを実家に連れてきます。ラスティは、久しぶりに会う親友のゾーイに家に泊まってもらって、しばらくのあいだ一緒に過ごすだけだと言いますが、ゾーイにはなんとなくおびえた様子があり、ジョーは不信に思います。どういう事情があるのか探るべく、ジョーはゾーイに近づき、ふたりで過ごすことに。いっぽうのゾーイも、秘密と恐怖をかかえてラスティの家に来たものの、ジョーと過ごすうちに、明るく大らかなジョーにどんどん惹かれていきます。

さて、これでケリー兄弟は全員お相手が見つかったことになりますが、ＫＧＩにはまだまだ主役候補がたくさんいます。ということで、次の十二作目の主役は、ＫＧＩの女性メンバーのスカイラーです。お相手はすでに登場している男性とのことですが……いったい誰なのでしょうか。本国アメリカでの出版は二〇二〇年八月なので、もう少し先になりますが、どんな物語になっているのかとても楽しみです。

最後になりましたが、今回もまたこのシリーズを翻訳させてもらう機会をいただき、訳出の際に多くのアドバイスをいただきました、株式会社オークラ出版と株式会社トランネットのかたがたに、それから、この本を手に取ってくださった読者のみなさまに、この場をお借りして心からお礼申しあげます。

あなたの笑顔が眩しくて

2020年2月14日　初版発行

著 者　マヤ・バンクス
訳 者　市ノ瀬美麗
（翻訳協力：株式会社トランネット）
発行人　長嶋うつぎ
発 行　株式会社オークラ出版
〒153-0051 東京都目黒区上目黒1-18-6 NMビル
営 業　TEL：03-3792-2411 FAX：03-3793-7048
編 集　TEL：03-3793-8012 FAX：03-5722-7626
郵便振替　00170-7-581612（加入者名：オークランド）
印 刷　中央精版印刷株式会社

定価はカバーに表示してあります。
乱丁・落丁はお取り替えいたします。当社営業部までお送りください。

ISBN978-4-7755-2921-8